suhrkamp taschenbuch 1773

Stanisław Lem, geboren am 12. 9. 1921 in Lwów, lebt heute in Kraków. Er studierte Medizin und war nach dem Staatsexamen als Assistent für Probleme der angewandten Psychologie tätig. Privat beschäftigte er sich mit den Problemen der Kybernetik, der Mathematik und übersetzte wissenschaftliche Publikationen. 1985 wurde Lem mit dem Großen Österreichischen Staatspreis für Europäische Literatur ausgezeichnet und 1987 mit dem Literaturpreis der Alfred Jurzykowski Foundation. Wichtige Veröffentlichungen: *Solaris* (1972), *Die vollkommene Leere* (1973), *Sterntagebücher* (1973), *Robotermärchen* (1973), *Das Hohe Schloß* (1974), *Summa technologiae* (1976), *Imaginäre Größe* (1976), *Der Schnupfen* (1977), *Phantastik und Futurologie I und II* (1977/78), *Die Stimme des Herrn* (1981), *Kyberiade* (1983), *Also sprach Golem* (1984), *Lokaltermin* (1985), *Philosophie des Zufalls* (1983/1985), *Frieden auf Erden* (1986), *Provokationen* (1988), *Irrläufer* (1989).

Provokationen umfaßt den 1981 in der »Bibliothek Suhrkamp« veröffentlichten Band *Provokation. Besprechung eines ungelesenen Buches* und »Lems Bibliothek des 21. Jahrhunderts«, die in den Einzelbänden *Eine Minute der Menschheit, Waffensysteme des 21. Jahrhunderts* und *Das Katastrophenprinzip* publiziert wurde.

In *Eine Minute der Menschheit* liefert Lem eine Momentaufnahme der Menschheit an der Schwelle zum 21. Jahrhundert, alles, was in einer Minute auf der Welt passiert, d.h. vor allem, was die Menschen einander in einer Minute antun; der zweite Text behandelt die neuen fürchterlichen Waffensysteme, die sich bereits drohend abzeichnen; und der dritte liefert den allgemeinen philosophisch-kosmologischen Hintergrund für die Entstehung von Leben im Weltall, die ein außerordentlicher Zufall ist. Und einmal entstanden, ist das Leben ständig von Katastrophen bedroht, befindet sich immer in einem prekären Gleichgewicht, in einem Balanceakt zwischen Katastrophen.

In *Provokation* schließlich geht Lem anhand des fiktiven Buches *Der Völkermord* des Göttinger Anthropologen Horst Aspernicus den Wurzeln des Holocausts nach: Lem ist dabei ein Analytiker, der uns zwingt, über unbequeme Probleme nachzudenken.

Stanisław Lem
Provokationen

Aus dem Polnischen
von Friedrich Griese,
Jens Reuter und Edda Werfel

Phantastische Bibliothek
Band 263

Suhrkamp

Redaktion und Beratung: Franz Rottensteiner
Umschlagmotiv von Helmut Christian Wenske

suhrkamp taschenbuch 1773
Erste Auflage 1990

Quellen- und Übersetzernachweise am Schluß des Bandes
Suhrkamp Taschenbuch Verlag

Druck: Ebner Ulm
Printed in Germany
Umschlag nach Entwürfen von
Willy Fleckhaus und Rolf Staudt

1 2 3 4 5 6 – 95 94 93 92 91 90

Inhalt

Eine Minute der Menschheit
Eine Momentaufnahme

Aus Lems Bibliothek des 21. Jahrhunderts

ONE HUMAN MINUTE

J. JOHNSON AND S. JOHNSON

Moon Publishers

London – Mare Imbrium – New York, 1985

I

In diesem Buch wird beschrieben, was die gesamte Menschheit innerhalb jeder Minute tut. Das lesen wir in der Einleitung. Erstaunlich, daß niemand früher auf diese Idee gekommen ist. Sie drängte sich doch geradezu von selbst auf, nach den »Ersten drei Minuten« des Weltalls, nach der »Sekunde des Kosmologen« und nach Guinness' Buch der Rekorde – um so mehr, als alle diese Bücher Bestseller waren und heutzutage sowohl Verleger als auch Autoren nichts mehr reizt als ein Buch, das niemand lesen muß, aber jeder haben sollte. Nach jenen Büchern war das Konzept schon fix und fertig, es lag direkt auf der Straße, man brauchte es nur aufzuheben. Ich möchte gern wissen, ob es sich bei J. Johnson und S. Johnson um ein Ehepaar handelt, um Brüder oder bloß um ein Pseudonym. Auch würde ich gern ein Foto dieser Johnsons sehen. Es kommt vor, auch wenn es schwer zu erklären ist, daß das Aussehen des Autors den Schlüssel zum Buch bildet. Ich zumindest habe mehr als einmal diese Erfahrung gemacht. Die Lektüre verlangt eine bestimmte Einstellung zum Text, wenn dieser unkonventionell ist. Das Gesicht des Autors kann da viel zur Aufhellung beitragen. Ich glaube aber, daß es diese beiden Johnsons gar nicht gibt und daß das »S« vor dem Namen des zweiten eine Anspielung auf Samuel Johnson ist. Vielleicht ist das übrigens gar nicht so wichtig.

Bekanntlich jagt den Verlegern nichts eine solche Angst ein wie das Herausgeben von Büchern, denn hier wirkt schon uneingeschränkt das sogenannte Lemsche Gesetz (Niemand liest etwas; wenn er etwas liest, versteht er es nicht; wenn er es versteht, vergißt er es sofort) – wegen allgemeinen Zeitmangels, des Überangebots an Büchern sowie der absoluten Perfektion der Werbung. Die Werbung ist heute als Neue Utopie Gegenstand eines Kults. Diese schrecklichen und langweiligen Dinge, die man im TV sieht, schauen wir uns alle deshalb an (wie Meinungsumfragen erwiesen haben), weil nach dem Anblick quasselnder Politiker, blutiger Leichen, die aus verschiedenen Gründen in verschiedenen Weltgegenden herumliegen, sowie von Kostümfilmen, bei denen man nicht weiß, worum es geht, weil es gewöhnlich endlose TV-Serien sind (man vergißt nicht nur, was man gelesen, sondern auch, was man gesehen hat), es gerade die Werbespots sind, die uns wunderbare Erleichterung und Entspannung bringen. Nur in ihnen hat noch Arkadien überlebt. In diesen Spots gibt es schöne Frauen und großartige Männer, auch erwachsene, glückliche Kinder und ältere Menschen mit gütig-weisem Blick vorwiegend hinter Augengläsern. Als Objekt immerwährender Bewunderung genügt ihnen ein Pudding in einer neuen Verpackung, eine Limonade aus echtem Wasser, ein Spray gegen Fußschweiß, ein mit Veilchenextrakt durchtränktes Klopapier oder auch ein Schrank, an dem das einzige Außergewöhnliche der Preis ist. Der Ausdruck tiefster Glückseligkeit in den Augen, im ganzen Gesicht, mit dem die vornehme Schöne eine Rolle Toilettenpapier oder eine Schranktür betrachtet – als wäre es die Tür zum Sesam –, teilt sich im Nu jedem mit. In dieser Empathie steckt vielleicht ein Körnchen Neid, sogar einige Irritation, weil jeder von uns weiß, daß er nicht fähig wäre, beim Trinken dieser Limonade oder bei der Verwendung dieses Papiers ein solches Entzücken zu empfinden, daß also dieses Arkadien für ihn unerreichbar ist, doch das darin herrschende Schönwetter verfehlt seine Wirkung nicht. Es war mir übrigens im vorhinein klar, daß die Werbung, die sich im Daseinskampf der Waren auf dem Markt immer mehr vervollkommnet, uns nicht durch die besser werdende Qualität der Waren, sondern durch die schlechter werdende Qualität der Welt unterjochen wird. Was ist uns denn geblieben, nachdem Gott, höhere Ideale, Ehre, uneigennützige Gefühle gestorben sind, in den überfüllten Städten, unter dem sauren Regen – außer der Ekstase der Damen und Herren aus den Werbespots, die über Kekse, Puddings und Schmieröle in einem Ton sprechen, als würden sie den Anbruch des Reiches Gottes auf Erden verkünden? Weil aber die Werbung mit einer grauenerregenden Wirksamkeit jedes ihrer Objekte als vollkommen anpreist, also die Bücherwerbung – jedes Buch, fühlt man sich so, als wollten einen zwanzigtausend Schönheitsköniginnen zugleich verführen, und da man sich für keine entscheiden kann, steht man mit seiner unvollzogenen Liebesbereitschaft da wie ein Hammel im Stupor. So geht es mit allem. Das Kabelfernsehen, das einem gleichzeitig vierzig Programme liefern kann, erweckt im Zuschauer den Eindruck, daß – angesichts dieser Menge – jedes andere besser sein muß als das gerade angesehene, man springt also von Programm zu Programm wie ein Floh auf einer glühenden Bratpfanne, was nur beweist, daß vollkommene Technik vollkommenen Frust erzeugt. Man hat uns nämlich, wenngleich dies niemand ausdrücklich gesagt hat, die ganze Welt, alles versprochen, wenn nicht zum Besitzen, so zumindest zum Anschauen, zum Betasten; und auch die schöne Literatur, die ja nur ein Echo der Welt, ihr Abbild und Kommentar ist, ist in dieselbe Falle geraten. Warum sollte ich eigentlich lesen, was einzelne Personen verschiedenen oder desselben Geschlechts miteinander reden, bevor sie ins Bett gehen, wenn in diesem Buch kein Wort über Tausende andere, vielleicht interessantere Personen steht, oder mindestens über solche, die einfallsreichere Dinge tun? Man müßte also ein Buch darüber schreiben, was alle Menschen gleichzeitig tun, damit uns nicht mehr der Eindruck quält, daß wir hier albernes Zeug erfahren, während die wesentlichen Dinge anderswo geschehen.

Das Guinness-Buch der Rekorde war ein Bestseller, weil es uns lauter außerordentliche Dinge zeigte, deren Authentizität garantiert war. Dieses Panoptikum der Rekorde hatte jedoch einen großen Fehler – es wurde rasch von der Zeit überholt. Kaum hatte ein Herr achtzehn Kilo Aprikosen mitsamt den Kernen verschlungen, kam schon ein anderer daher, der nicht nur noch mehr Aprikosen gegessen hatte, sondern gleich darauf an Darmverschluß gestorben war, was dem Rekord einen grausig-pikanten Beigeschmack verlieh. Obschon es nicht stimmt, daß es keine Geisteskrankheiten gibt und daß die Psychiater sie bloß erfunden haben, um ihre Patienten zu quälen und zu schröpfen, ist es dennoch wahr, daß normale Menschen viel verrücktere Dinge tun als die Verrückten. Der Unterschied besteht darin, daß der Verrückte das, was er tut, uneigennützig tut, der Normale hingegen des Ruhmes wegen, den man später in Bares umsetzen kann. Übrigens – es gibt auch solche, denen der Ruhm allein genügt. Die Sache ist also nicht ganz klar, aber wie dem auch sei, die noch nicht ausgestorbene Subspezies der subtilen Intellektuellen verachtete diese ganze Sammlung von Rekorden, in der besseren Gesellschaft war es kein Ruhmestitel, auswendig zu wissen, wieviel Meilen man auf allen vieren eine lila bemalte Muskatnuß mit der Nase vor sich herschieben kann.

Man mußte sich also ein Buch ausdenken, das gleichsam dem Guinness-Buch der Rekorde angenähert, aber auch seriös genug wäre, auf daß man es, wie etwa die »Ersten drei Minuten« des Weltalls, nicht mit einem Achselzucken abtun könnte, zugleich aber nicht so abstrakt und mit Überlegungen über verschiedene Bosone und Quarks überfrachtet. Doch ein solch wahres, nicht ausgedachtes Buch über alles gleichzeitig zu schreiben, ein Buch, das alle anderen Bücher in den Schatten stellen würde, schien völlig unmöglich. Selbst ich hatte keine Ahnung, was für ein Buch das sein sollte; ich schlug den Verlegern nur ein Buch vor, das am miserabelsten, auf unübertreffliche Weise allen Bemühungen der Werbung entgegengesetzt wäre; doch der Vorschlag ließ die Verleger kalt. In der Tat, obwohl das Buch, das ich zu schreiben gedachte, für die Leser verlockend sein könnte – ist doch heute das Wichtigste der Rekord, und der schlechteste Roman der Welt wäre ja auch ein Rekord –, wäre es dennoch nicht ausgeschlossen, daß, auch wenn es mir gelänge, dieses schlechteste Buch zu schreiben, es niemand bemerken würde. Wie schade, daß ich nicht auf die bessere Idee gekommen bin, deren Frucht die »Eine Minute« ist. Angeblich hat der Verlag nicht einmal eine Niederlassung auf dem Mond, der Name »Moon Publishers« soll nur ein Reklametrick sein. Um sich jedoch nicht dem Vorwurf der Unredlichkeit auszusetzen, hat der Verleger angeblich durch die NASA beim nächsten Flug der »Columbia« auf den Mond einen Behälter mit dem Manuskript des Buches sowie einen kleinen Computer mit einem Lesegerät geschickt. Sollte also jemand den Namen beanstanden, kann man ihm gleich nachweisen, daß ein Teil der Verlagsarbeit tatsächlich auf dem Mond geleistet wird, da der Computer auf dem Mare Imbrium immerfort ein und dasselbe Manuskript liest, und daß er es gedankenlos liest, das macht nichts, denn im allgemeinen lesen auch die Lektoren in den irdischen Verlagen Manuskripte auf ähnliche Weise.

Ich tat falsch daran, am Anfang meiner Rezension einen sarkastischen Ton anzuschlagen, der mehr nach Nörgelei als nach einer ernsthaften Auseinandersetzung aussieht, denn mit diesem Buch ist nicht zu spaßen. Man kann darüber empört sein, es als Beleidigung des ganzen Menschengeschlechts auffassen, und zwar eine geschickte Beleidigung, denn sie ist kaum zu widerlegen, es gibt ja im Buch nichts außer verifizierten Tatsachen; man kann sich damit trösten, daß wenigstens niemand daraus einen Film oder eine Fernseh-Serie machen wird, das ist ganz ausgeschlossen, aber es lohnt bestimmt, sich darüber Gedanken zu machen, obwohl die Schlußfolgerungen nicht rosig sein dürften.

Das Buch ist zweifellos wahr und zugleich phantastisch – wenn man, so wie ich, als phantastisch das anerkennt, was die letzten Grenzen unseres Begriffsvermögens überschreitet. Nicht jedermann wird hierin mit mir einverstanden sein, ich aber bleibe bei meiner Behauptung, denn ich sehe die Misere unserer gegenwärtigen phantastischen Literatur, der *Science-fiction,* darin, daß sie zu wenig phantastisch ist, im Gegensatz zu der uns umgebenden Wirklichkeit. Es hat sich zum Beispiel gezeigt, daß ein Mensch mit einem entzweigeschnittenen Gehirn (es wurden schon viele solche Operationen durchgeführt, besonders bei Epileptikern) *eine* Person und zugleich *mehr als eine* Person ist. Es kommt vor, daß ein solcher Mensch, scheinbar ganz gewöhnlich und normal, nicht die Hose anziehen kann, weil seine rechte Hand sie nach oben und die linke nach unten zerrt, oder daß er seine Frau mit der einen Hand umarmt und mit der anderen wegstößt. Es wurde festgestellt, daß in bestimmten Situationen die rechte Halbkugel des Gehirns nicht weiß, was die linke wahrnimmt und denkt; der Schluß daraus sollte lauten, daß eine Bewußtseinsspaltung und sogar eine Persönlichkeitsspaltung eingetreten ist, daß somit in einem Körper zwei Personen leben. Andere Experimente haben jedoch erwiesen, daß nichts dergleichen zutrifft. Es ist nicht einmal so, daß wir es einmal mit einer einzigen Person und ein anderes Mal mit einer verdoppelten Person zu tun haben. Die Hypothese, daß es anderthalb oder gar mehr als zwei Personen sind, wurde gleichfalls widerlegt. Das sind keine Scherze – es hat sich gezeigt, daß es auf die Frage, wieviel Denkapparate eigentlich in einem solchen Menschen stecken, keine Antwort gibt. Das ist wahr und zugleich phantastisch. In diesem, und nur in diesem Sinn ist »Eine Minute« phantastisch.

Obwohl dies eigentlich jedem mehr oder minder bekannt ist, denken wir im allgemeinen nicht daran, daß auf der Erde in jedem Augenblick alle Jahreszeiten, alle Klimata, alle Tages- und Nachtstunden gleichzeitig existieren. Diese Binsenwahrheit, die jeder Schüler einer Grundschule kennt oder zumindest kennen sollte, lebt irgendwie außerhalb unseres Bewußtseins. Vielleicht deshalb, weil wir nicht wissen, was wir mit dieser Wahrheit anfangen sollen. Die hierzu gezwungenen Elektronen, die in einem unerhörten Tempo die Bildschirme der Fernsehapparate belecken, zeigen uns jeden Abend die Welt, hineingestopft in die »Letzten Nachrichten«, in Stücke zerhackt, damit wir erfahren, was in China, in Schottland, in Italien, auf dem Meeresboden, in der Antarktis los ist, und uns scheint, daß wir in einer Viertelstunde erfahren haben, was in der ganzen Welt geschehen ist. Das stimmt natürlich nicht. Die Kameras der Reporter stechen den Erdball nur an einigen Stellen an, dort, wo ein wichtiger Politiker die Gangway eines Flugzeugs herabsteigt und mit verlogener Herzlichkeit die Hände anderer wichtiger Politiker schüttelt, wo gerade ein Zug entgleist ist, es kann aber keine x-beliebige Entgleisung sein, sondern eine, die sich gewaschen hat, mit Wagen, die zu Nudeln zusammengedreht sind und aus denen man die Menschen stückweise herauszieht, denn kleinere Unfälle gibt es schon zu viele – mit einem Wort, die Massenmedien lassen alles links liegen, was nicht Fünflinge, Staatsstreich (am besten mit einem ordentlichen Gemetzel verbunden), Papstbesuch oder königliche Schwangerschaft ist. Der gigantische, fünf Milliarden Menschen zählende Hintergrund dieser Ereignisse existiert zweifellos, wird doch jeder danach Befragte bestätigen, daß er selbstverständlich vom Dasein Millionen anderer Menschen weiß, und würde er einen Moment nachdenken, käme er selbst darauf, daß zwischen zwei seiner Atemzüge so und so viele Kinder geboren wurden und so und so viele Menschen gestorben sind. Es ist dies jedoch ein nebelhaftes Wissen, nicht weniger abstrakt als das Wissen darüber, daß, während ich diese Worte schreibe, irgendwo auf dem Mars in der fahlen Sonne eine schon nutzlose amerikanische Rakete steht und auf dem Mond ein paar Autowracks herumliegen. Das Wissen darüber ist eigentlich ein Nichts, denn man kann es mit dem Wort berühren, nicht aber erleben. Erleben kann man einen mikroskopischen Tropfen aus dem Meer der uns umgebenden menschlichen Schicksale. In dieser Hinsicht unterscheidet sich der Mensch nicht allzusehr von der Amöbe, die im Wassertropfen schwimmt, als wären dessen Grenzen die Grenzen der Welt. Den Hauptunterschied würde ich nicht in unserer Überlegenheit als vernunftbegabte Wesen über den Einzeller sehen, sondern vielmehr darin, daß dieser unsterblich ist, denn statt zu sterben, teilt er sich und wird auf diese Weise zu einer immer zahlreicheren Familie.

Die Aufgabe, die sich die Autoren der »Einen Minute« gestellt haben, scheint also unlösbar. In der Tat, wenn man jemandem, der dieses Buch noch nicht in der Hand gehabt hat, sagt, daß es wenig Worte enthält, dagegen eine Unmenge statistischer Tabellen und Zahlenreihen, wird er im voraus zur Überzeugung gelangen, daß das ganze Unterfangen ein Flop, ja sogar eine Idiotie ist, denn was kann man schon mit Hunderten Seiten Statistik anfangen? Welche Bilder, Emotionen und Erlebnisse können Tausende von Zahlenkolonnen in unserem Kopf wecken? Gäbe es dieses Buch nicht, läge es nicht auf meinem Schreibtisch, würde ich selbst vielleicht den Einfall für originell, sogar frappierend, aber zugleich für unrealisierbar erklären – ebenso wie das Telephonbuch von Paris oder New York sich nicht zum Lesen eignet und uns nichts über die Einwohner dieser Städte sagen kann.

Gäbe es die »Eine Minute« nicht, wäre ich bestimmt der Ansicht, sie sei ebenso unleserlich wie ein Telephonbuch oder ein statistisches Jahrbuch.

Diese Idee also – sechzig Sekunden aus dem Leben aller nebeneinander existierenden Menschen darzustellen – müßte wie der Plan eines großen Feldzugs ausgearbeitet werden. Das ursprüngliche Konzept, wenngleich wichtig, würde für den Erfolg nicht ausreichen. Nicht der ist ein besserer Stratege, der weiß, daß man den Gegner überrumpeln muß, um zu siegen, sondern der, der weiß, wie man das tut.

Es ist unmöglich zu erfahren, was alles auf der Erde selbst im Laufe einer Sekunde vorgeht. Angesichts solcher Phänomene wird das mikroskopisch kleine Fassungsvermögen des menschlichen Bewußtseins offenbar, dieses keine Grenzen kennenden Geistes, dessen wir uns zu Recht rühmen und der uns von den Tieren unterscheidet, jenen geistigen Kümmerlingen, die nur ihre unmittelbare Umgebung wahrzunehmen vermögen. Wie traurig ist mein Hund jedesmal, wenn er sieht, daß ich die Koffer packe, und wie peinlich ist es mir, daß ich ihm nicht erklären kann, wie unnötig seine Niedergedrücktheit ist, sein jämmerliches Winseln, das mich bis zur Gartenpforte begleitet. Es gibt keine Möglichkeit, meinem Hund zu erklären, daß ich morgen wieder da bin. Jeden Abschied erlebt er auf dieselbe leidvolle Weise, mit uns Menschen hingegen verhält es sich angeblich ganz anders. Wir wissen, was ist, was sein kann, und was wir nicht wissen, können wir erfahren. Das ist die allgemeine Überzeugung. Indessen beweist uns die moderne Welt auf Schritt und Tritt, daß unser Bewußtsein eine sehr kurze Decke ist; man kann mit ihr ein ganz kleines Stückchen von etwas zudecken, aber nicht mehr, und die Probleme, die wir mit der Welt haben, sind viel schlimmer als die des Hundes, weil der Hund, dem die Fähigkeit zur Reflexion abgeht, nicht weiß, daß er etwas nicht weiß, und nicht versteht, daß er fast nichts versteht, wir dagegen wissen das eine und das andere. Wenn wir uns anders verhalten, dann geschieht das aus Dummheit oder aus Selbstbetrug, um uns den Seelenfrieden zu bewahren. Man kann Mitleid mit einem Menschen empfinden, eventuell mit vier – mit achthunderttausend kann man nicht mitfühlen. Die Zahlen, derer wir uns unter solchen Umständen bedienen, sind ausgeklügelte Prothesen, der Stock, mit dem der Blinde auf dem Gehsteig klopft, um nicht an eine Mauer zu stoßen, aber niemand wird doch behaupten, der Blinde sähe mit diesem Stock den ganzen Reichtum der Welt, selbst in diesem ihrem winzigen Ausschnitt einer einzigen Straße. Was also tun mit diesem unserem armen, undehnbaren Bewußtsein, damit es erfaßt, was es nicht erfassen kann? Was hätte man tun sollen, um auch nur eine Minute der ganzen Menschheit darzustellen?

Du wirst, lieber Leser, nicht alles *auf einmal* erfahren; doch wenn du zuerst in das Inhaltsverzeichnis, geordnet nach einzelnen Bereichen, dann in die entsprechenden Rubriken hineinschaust, wirst du Dinge erfahren, die dir den Atem verschlagen. Nicht aus Bergen, Flüssen und Feldern gebildet, sondern aus Milliarden von Menschenleibern, wird in einer Momentaufnahme vor dir eine Landschaft erscheinen, wie eine gewöhnliche Landschaft in einer dunklen gewittrigen Nacht, wenn das Aufleuchten der Blitze die Dunkelheit zerreißt und du plötzlich, im Bruchteil einer Sekunde, einen ungeheuren, sich gegen alle Horizonte dehnenden Raum erblickst. Wieder bricht Dunkelheit ein, aber jenes Bild hat sich schon in dein Gedächtnis eingegraben, du wirst es nimmer los. Diesen Vergleich kann man in seinem visuellen Aspekt begreifen, denn wer hat nicht schon einmal ein nächtliches Gewitter erlebt, aber wie soll eine Welt, die wir in der Nacht durch das Aufleuchten eines Blitzes sehen, mit tausend statistischen Tabellen verglichen werden?

Der Kunstgriff, dessen sich die Autoren bedient haben, ist einfach: die Methode der sukzessiven Approximation. Zu Demonstrationszwecken greifen wir zunächst aus den zweihundert Kapiteln eines heraus – über den Tod, eigentlich über das Sterben.

Da die Menschheit fast fünf Milliarden Köpfe zählt, ist es verständlich, daß in jeder Minute Tausende Menschen sterben, das ist keine sensationelle Entdeckung. Hier stoßen wir aber mit der Undehnbarkeit unseres Begriffsvermögens an die Zahl wie an eine Mauer. Dies ist leicht zu erkennen, weil die Feststellung: »Gleichzeitig sterben neunzehntausend Menschen« für uns einen nicht um ein Jota größeren Erlebniswert hat als die Information, daß neunhunderttausend sterben. Meinetwegen eine Million, zehn Millionen. Unsere Reaktion, immer die gleiche, kann nur ein etwas erschrockenes und unklar besorgtes »Ach« sein. Wir befinden uns schon im Vakuum abstrakter Begriffe, die etwas bedeuten, aber diese Bedeutung kann man nicht empfinden, fühlen, erleben, wie man etwa den Herzinfarkt des Onkels erlebt. Die Nachricht von diesem Infarkt wird uns mehr beeindrucken.

Aber dieses Kapitel führt dich auf achtundvierzig Seiten in das Sterben ein, wobei zuerst die Gesamtzahlen genannt werden, worauf die ins einzelne gehende Aufsplitterung folgt; es ist so, daß du zuerst den *ganzen* Bereich des Todes wie durch das schwache Objektiv eines Mikroskops sehen kannst, und dann einzelne Ausschnitte in immer größerer Annäherung, als würdest du immer stärkere Gläser benützen. Erst kommen gesondert die natürlichen Todesarten, dann, separat, die durch andere Menschen, Irrtümer, Schicksalsschläge usw. verursachten Todesfälle. Du erfährst, wieviele Menschen pro Minute unter Polizeifoltern umkommen und wieviele von der Hand von Tätern, die keine staatliche Ermächtigung dazu haben. Wie sich normalerweise die Anwendung der Folter auf die sechzig Sekunden verteilt und wie ihre geographische Streuung ist; welche Folterwerkzeuge in dieser Zeiteinheit verwendet werden, wieder aufgeteilt auf die einzelnen Erdteile und dann auf die einzelnen Staaten. Du erfährst also, daß, während du deinen Hund spazierenführst, die Hausschuhe suchst, mit deiner Frau redest, einschläfst, die Zeitung liest, eine tausendköpfige Menge anderer Menschen brüllt, sich in Todeszuckungen windet – und das in jeder aufeinanderfolgenden Minute aller vierundzwanzig Stunden jedes Tages, jeder Nacht, jeder Woche, jeden Monats und Jahres. Du wirst ihr Schreien nicht hören, aber du weißt schon, daß es ununterbrochen andauert – weil die Statistik es nachweist. Du wirst erfahren, wie viele Menschen pro Minute durch einen Irrtum sterben, weil sie statt eines harmlosen Getränks Gift geschluckt haben; und wieder – diese Statistik berücksichtigt alle Arten der Vergiftung, durch Herbizide, Säuren, Alkaloide; sie sagt uns auch, wie viele durch Irrtum verursachte Todesfälle auf Fehler von Autofahrern, Ärzten, Müttern, Krankenschwestern usw. entfallen. Wie viele Neugeborene – das ist schon eine andere Rubrik – von ihren Müttern gleich nach der Geburt, vorsätzlich oder aus Nachlässigkeit, getötet werden, denn es gibt Säuglinge, die mit einem Kissen erstickt wurden und andere, die in eine Latrine gefallen sind, weil die vor der Geburt Stehende einen Druck verspürte und glaubte, es sei der Stuhl, oder weil die Mutter unerfahren oder geistig zurückgeblieben war, oder auch im Moment, als die Geburt begann, unter dem Einfluß von Drogen stand; jede dieser Varianten wird dann weiter unterteilt. Auf der nächsten Seite ist von Neugeborenen die Rede, die ohne Fremdverschulden sterben, weil sie lebensunfähige Mißgeburten sind, oder im Mutterleib umkommen, weil der Mutterkuchen falsch gelagert war *(Placenta praevia)*, weil die Nabelschnur sich um den Hals des Kindes geschlungen hat, weil die Gebärmutter geplatzt war – auch hier kann ich nicht alle aufzählen. Viel Platz nehmen die Selbstmörder ein. Es gibt heute viel mehr Methoden, sich das Leben zu nehmen, als in der Vergangenheit; der Strick zum Erhängen ist in der Statistik auf den sechsten Platz gerutscht. Übrigens ist in die Frequenz der Selbstmordmethoden Bewegung gekommen, seitdem als Bestseller Handbücher gehandelt werden, mit Instruktionen, wie man den Tod schnell und sicher herbeiführt, es sei denn, jemand wünscht sich einen langsamen Tod, denn es gibt auch solche Fälle. Du kannst, geduldiger Leser, sogar erfahren, in welchem Verhältnis die Auflagen dieses Handbuchs suizidaler Selbstbedienung zur normalen Höhe gelungener Selbstmorde stehen; früher, als man die Sache dilettantisch anpackte, konnten viel mehr Selbstmörder gerettet werden.

Dann gibt es natürlich die Krebs- und Infarkttoten, die Opfer der medizinischen Kunst, den Tod an etwa vierhundert wichtigsten Krankheiten, ferner Schicksalsschläge wie Autounfälle, von umfallenden Bäumen, Mauern, herabfallenden Ziegeln Getötete, von Zügen Überfahrene bis hin zu solchen, die von einem Meteor erschlagen wurden. Ich weiß nicht, ob es uns trösten kann, daß Menschen nur selten von auf die Erde fallenden Meteoren getötet werden. Soweit ich mich daran erinnere, stirbt auf diese Weise pro Minute nur 0,0000001 Mensch. Wie wir sehen, haben die Johnsons solide Arbeit geleistet. Um genauer den Bereich des Sterbens zeigen zu können, haben sie die sogenannte *Kreuzkontrollierung* sowie die diagonale Methode angewandt. Aus einer Tabelle kann man entnehmen, an welcher *Gruppe von Ursachen* Menschen sterben, aus anderen, wie sie wegen *einer Ursache*, zum Beispiel durch elektrischen Stromstoß, sterben. Dank dieser Vorgehensweise wurde der außergewöhnliche Reichtum unserer Todesarten herausgestrichen. Am häufigsten stirbt man durch Berührung schlecht geerdeter elektrischer Installationen, seltener in der Badewanne und am seltensten, wenn man von einem Brückenübergang für Fußgänger auf eine Hochspannungsleitung pinkelt (das ergibt wieder nur eine Bruchzahl pro Minute). Die gewissenhaften Johnsons bemerken in einer Fußnote, daß man bei den durch Folter mit Stromschlägen Umgekommenen nicht genau bestimmen kann, wie viele unabsichtlich (d. h. wenn man ohne Mordabsicht zu starken Strom anwandte) und wie viele vorsätzlich getötet wurden.

Es gibt auch eine eigene Statistik darüber, auf welche Weise sich die Lebendigen die Toten vom Hals schaffen – von den Begräbnissen mit Leichenkosmetik, Chören, Blumen und religiösem Pomp bis zu einfacheren und billigeren Methoden. Die diesbezüglichen Rubriken sind zahlreich, denn es zeigt sich, daß gerade in den hochzivilisierten Ländern *mehr* Leichen in mit Steinen beschwerten Säcken, oder die Beine in alte Eimer einzementiert, oder nackt und zerstückelt in Lehmgruben und Seen geworfen werden; oder man lädt sie (die Zahlen werden separat genannt) eingewickelt in alte Zeitungen oder in blutige Fetzen auf großen Müllhalden ab – all dies kommt in diesen zivilisierten Ländern viel öfter vor als in den Ländern der Dritten Welt. Den Armen sind gewisse Methoden, wie man Leichen loswird, unbekannt. Anscheinend sind Informationen über diese Methoden noch nicht zusammen mit der finanziellen Hilfe der entwickelten Länder in die Dritte Welt gedrungen. Hingegen werden in den armen Ländern mehr Neugeborene von Ratten gefressen. Angaben darüber finden wir auf einer anderen Seite, damit sie aber dem Leser nicht unbekannt bleiben, verweist ihn eine Fußnote auf die entsprechende Stelle. Will man das Buch gründlich, Stück für Stück, genießen, so kann man sich des alphabetischen Inhaltsverzeichnisses bedienen, in dem alles zu finden ist.

Nun kann man irgendwie kaum mehr behaupten, es handle sich nur um eine Anhäufung trockener, nichtssagender, langweiliger Zahlen. Nach und nach wird man von einer abwegigen Neugierde ergriffen, auf wie viele weitere Arten Menschen in jeder Minute unserer Lektüre sterben, und beim Blättern in diesem Buch werden unsere Finger irgendwie klebrig. Selbstverständlich ist es nur Schweiß, es kann ja kein Blut an ihnen kleben.

Der Hungertod ist mit einer Fußnote versehen, die angibt, daß die betreffende Tabelle (denn es bedurfte einer gesonderten Tabelle, mit Aufschlüsselung nach Alter der Verhungerten; am häufigsten verhungern Kinder) nur für das Erscheinungsjahr des Buches gilt, weil diese Größe schnell, in arithmetischer Progression, wächst. Der Tod an Übersättigung kommt zwar auch vor, ist jedoch 119 000 Mal seltener. In diesen Zahlen steckt ein wenig Exhibitionismus und ein wenig Erpressung. Eigentlich wollte ich nur einen kurzen Blick in diesen Teil des Buches werfen, aber dann las ich ihn wie unter einem Zwang, so wie der Mensch sich manchmal den Verband von einer blutenden Wunde reißt, um diese Wunde zu sehen, oder mit einer Nadel im Loch eines schmerzenden Zahnes herumstochert.

Es tut weh, aber man kann nicht aufhören. Diese Zahlen sind ein geruch- und geschmackloses Mittel, das langsam ins Gehirn einsickert. Und ich habe doch hier fast keine genannt und habe nicht die Absicht, die wichtigsten Kapitel über Marasmus, Altersschwäche, Verkrüppelung, über Entartungen der einzelnen Organe auch nur aufzuzählen, widrigenfalls müßte ich Zitate aus dem Buch bringen, statt eine Rezension zu schreiben!

Eigentlich sind aber diese nach Rubriken geordneten, in Tabellen aufgereihten Zahlenkolonnen über alle Todesarten, diese Leiber von Kindern, Greisen, Frauen, Neugeborenen aller Nationalitäten und Rassen, die immateriell außerhalb der Zahlenreihen anwesend sind, nicht die Hauptsensation dieses Buches. Nachdem ich diesen Satz geschrieben hatte, überlegte ich noch einmal, ob er die Wahrheit sagt, und ich wiederhole: Nein, sie sind es nicht. Mit dieser Unmenge menschlichen Sterbens verhält es sich ein wenig so wie mit dem eigenen Tod: als wüßte man davon schon im vorhinein, aber bloß auf die allgemeine, nebelhafte Art und Weise, mit der wir die Unvermeidlichkeit der eigenen Agonie begreifen, obwohl wir nicht genau wissen, wie sie aussehen wird.

Das eigentliche Riesenausmaß des Lebens in seiner ganzen Körperlichkeit wird uns schon auf den ersten Seiten gezeigt. Die dort angeführten Daten sind unumstößlich. Man kann schließlich die Genauigkeit der Angaben über das Sterben in Frage stellen. Sie beruhen auf Durchschnittszahlen. Es ist schwer anzunehmen, daß die Taxonomie und die Kausalität der Todesfälle mit voller Exaktheit erfaßt werden können. Übrigens leugnen unsere loyalen Autoren auch gar nicht die Möglichkeit statistischer Abweichungen. Schon in der

Einleitung beschreiben sie sehr gründlich die in ihren Berechnungen angewandten Methoden und weisen auf die Computerprogramme hin, auf die sie sich gestützt haben. Diese Methoden schließen sogenannte Standardfehler mitnichten aus, doch sind letztere für den Leser belanglos; denn was für einen Unterschied macht es schon, ob in jeder Minute siebentausendachthundert oder achttausendeinhundert Neugeborene sterben? Übrigens sind diese Abweichungen angeblich geringfügig wegen des sogenannten Effekts des Bilanzausgleichs. Zwar ist die Zahl der Geburten (wenn wir schon darauf zu sprechen kommen) in verschiedenen Jahres- und Tageszeiten nicht gleich, aber auf der Erde koexistieren miteinander alle Jahreszeiten, alle Stunden des Tages und der Nacht zugleich, somit bleibt die Summe der Todesfälle bei der Geburt stabil. Es gibt jedoch andere Rubriken, deren Daten auf indirekten Schlußfolgerungen aufgebaut sind, weil zum Beispiel weder die staatliche Polizei noch private Mörder, Berufskiller oder Amateure (mit Ausnahme ideologisch motivierter) Berichte über die Effektivität ihrer Arbeit veröffentlichen. Hier könnten Fehler in der Größenordnung tatsächlich einiges Gewicht besitzen.

Die Statistiken des ersten Kapitels sind hingegen unanfechtbar. Sie geben an, wie viele Menschen – also lebendige menschliche Leiber – es in jeder von den 525 600 Minuten des Jahres gibt. Wie viele Leiber, das heißt: wie viele Muskeln, Knochen, Galle, Blut, Speichel, Zerebrospinalflüssigkeit, Kot usw. Wenn es darum geht, dem Leser eine gewaltige Größenordnung zu versinnbildlichen, greifen die Autoren populärwissenschaftlicher Werke gerne zu bildlichen Zusammenstellungen. Das tun auch die Johnsons. Würde man also die gesamte Menschheit versammeln und an einer Stelle zusammenpferchen, so würde sie einen Raum von dreihundert Milliarden Liter, also nicht ganz ein Drittel eines Kubikkilometers, einnehmen. Das scheint viel. Aber die Weltmeere enthalten eine Milliarde zweihundertfünfundachtzig Millionen Kubikkilometer Wasser. Würde man also die ganze Menschheit, diese fünf Milliarden Menschenkörper, in den Ozean werfen, dann würde sich der Meeresspiegel nicht einmal um ein Hundertstel Millimeter heben. Mit diesem *einen* Aufplätschern würde die Erde ein für allemal menschenleer werden. Solche statistischen Spielereien kann man, durchaus zu Recht, als ziemlich billig bezeichnen. Sie sollen der Überlegung dienen, daß wir, die mit dem Schwung unseres Handelns die Luft, den Boden, das Wasser vergiftet, die Dschungel in Steppen verwandelt, Myriaden Pflanzen- und Tierarten, die Hunderte von Jahrmillionen gelebt haben, ausgerottet haben, wir, die wir andere Planeten erreicht und sogar die Albedo der Erde verändert und dadurch unsere Anwesenheit kosmischen Beobachtern verraten haben, daß wir also leicht und spurlos verschwinden könnten. Mich hat das jedoch nicht frappiert, ebensowenig wie die Berechnung, daß man der Menschheit 24,9 Milliarden Liter Blut abzapfen könnte, ohne daß dadurch ein Rotes Meer noch auch nur ein roter See entstehen würde.

Des weiteren, unter dem Eliot entnommenen Motto, daß das menschliche Dasein *»birth, copulation and death«* sei, folgen neue Zahlen. In jeder Minute kopulieren 34,2 Millionen Männer und Frauen. Zur Befruchtung kommt es bloß in 5,7 % des Geschlechtsverkehrs, aber das gesamte Ejakulat mit einem Volumen von 45 000 Liter pro Minute enthält eine Billion neunhundertneunzig Millionen (mit Abweichungen an der letzten Stelle) lebendiger Samenzellen. Genau dieselbe Zahl weiblicher Eier könnte – bei einer Minimalproportion von einer Samenzelle zu einem Ei – pro Stunde sechzigmal befruchtet werden, und dann würden, in diesem ganz unmöglichen Fall, in jeder Sekunde drei Millionen Kinder gezeugt werden. Diese Daten sind aber auch nur reine statistische Spekulation.

Die Pornographie und die moderne Lebensart haben uns mit verschiedenen Formen des Geschlechtslebens bekannt gemacht. Man würde meinen, hier könne nichts mehr entblößt, nichts mehr gezeigt werden, was eine sensationelle Neuigkeit wäre. Statistisch erfaßt, ist es dennoch eine Überraschung. Unwichtig, daß wiederum mit Vergleichen und Gegenüberstellungen gespielt wird: Der Strom von Sperma, jene 43 Tonnen, die in jeder Minute in die weiblichen Genitalien gespritzt werden, macht 430 000 Hektoliter aus, und die Statistik stellt sie mit den 37 850 Hektolitern siedenden Wassers zusammen, die bei jedem Ausbruch der größte Geysir der Welt (im Nationalpark Yellowstone) ausstößt. Der Sperma-Geysir ist 11,3 mal so stark und sprudelt ununterbrochen, pausenlos. Das Bild ist nicht obszön. Der Mensch kann sexuell nur innerhalb einer bestimmten Größenordnung erregt werden. Geschlechtsakte, sei es in starker Verkleinerung, sei es in riesenhafter Vergrößerung gezeigt, verursachen überhaupt keine sexuelle Erregung. Diese Erregung entsteht als Reflex in den entsprechenden Gehirnzentren, sie ist eine angeborene Reaktion und wird nicht unter Bedingungen geweckt, die über die visuelle Norm hinausgehen. Geschlechtsakte, die mikroskopisch verkleinert gezeigt werden, lassen uns kalt, weil sie Geschöpfe von den Dimensionen einer Ameise zeigen. Riesenhaft vergrößert, rufen sie Abscheu hervor, denn die glatteste Haut der schönsten Frau sieht dann wie eine weißliche, poröse Fläche aus, aus der Haare, dick wie Stoßzähne, herausragen, und den Mündungen der Talgdrüsen entströmt ein zäher, klebriger, glitzernder Brei. Die Überraschung, die ich erwähnt habe, hat eine andere Ursache. Die Menschheit pumpt pro Minute durch ihre Herzen 53,4 Milliarden Liter Blut, und dieser rote Fluß befremdet uns nicht, muß er doch fließen, um das Leben aufrechtzuerhalten. In derselben Zeit sondern die männlichen Genitalien 43 Tonnen Samen ab, und der Haken steckt darin, daß zwar jede Ejakulation auch ein gewöhnlicher physiologischer Akt, aber für den einzelnen Menschen ein unregelmäßiger, intimer, nicht allzu häufiger, ja nicht einmal ein unbedingt notwendiger Akt ist. Gibt es doch Millionen Greise, Kinder, Menschen, die in einem freiwilligen oder erzwungenen Zölibat leben, Kranke usw. Und doch fließt dieser weiße Strom mit derselben Beständigkeit wie jener rote. Die Unregelmäßigkeit verschwindet nämlich, wenn die Statistik die ganze Erde erfaßt, und das ruft Erstaunen hervor. Die Menschen setzen sich an gedeckte Tische, suchen nach Abfällen in Müllhaufen, beten in Gotteshäusern, Moscheen, Kirchen, fliegen in Flugzeugen, fahren in Autos, stecken in mit Atomraketen bestückten U-Booten, debattieren in Parlamenten, Milliarden Menschen schlafen, Leichenzüge gehen durch Friedhöfe, Bomben explodieren, Ärzte beugen sich über Operationstische, Tausende Professoren und Dozenten besteigen gleichzeitig ihre Katheder, Theatervorhänge gehen auf und nieder, Überschwemmungen ergießen sich über Felder und Häuser, Kriege werden geführt, Traktoren stoßen auf den Schlachtfeldern uniformierte Leichen in Gräben hinab, es donnert, es blitzt, es ist Tag, es ist Nacht, es dämmert am Morgen und am Abend – was auch immer geschieht, der befruchtende Strom von 43 Tonnen Sperma fließt pausenlos, und das Gesetz der großen Zahlen garantiert, daß er ebenso beständig bleibt wie die Menge der auf die Erde fallenden Sonnenenergie. Das hat etwas Mechanisches, Unerschütterliches und Tierisches zugleich an sich. Man weiß nicht, wie man sich mit diesem Bild einer Menschheit abfinden soll, die so unerschütterlich kopuliert – inmitten aller Kataklysmen, die ihr begegnen und die sie sich selbst bereitet.

Das ist es eben. Wollen Sie bitte verstehen, daß man den Inhalt eines Buches, das alle menschlichen Dinge bis auf die letzten Grenzen, nämlich auf bloße Zahlen komprimiert (wir kennen keine noch weitergehende Methode des Zusammenpressens irgendwelcher Erscheinungen), nicht wiedergeben kann. Das Buch selbst ist ja schon ein Extrakt, eine extreme Zusammenfassung der Menschheit. In einer Rezension kann man nicht einmal die allermerkwürdigsten Teile des Buches erwähnen. Geisteskrankheiten: Es zeigt sich, daß wir heute pro Minute mehr Wahnsinnige haben, als es vor etwa fünfzehn Generationen überhaupt Menschen auf der Erde gab. Das ist so, als würde das damalige gesamte Menschengeschlecht heute aus lauter Verrückten bestehen. Die Tumorkrankheiten, die ich in meiner ersten medizinischen Arbeit vor 25 Jahren »somatischen Wahnsinn« nannte, bei dem der Körper sich selbstmörderisch gegen sich selbst wendet, bilden eine Ausnahme von der Regel des Lebens, einen Irrtum seiner Dynamik, aber diese Ausnahme wird, statistisch erfaßt, zu einem ungeheuren Moloch, diese Masse krebsbefallenen Gewebes, auf eine Minute umgerechnet, ist gleichsam ein Zeugnis der Blindheit der

Prozesse, die uns doch ins Leben gerufen haben. Daneben, einige Seiten weiter, gibt es noch düsterere Dinge. Die Kapitel, die Akten der Gewalt, sexuellen Perversionen, abstrusen Kulten, Mafias und Geheimbünden gewidmet sind, will ich mit keinem Wort erwähnen. Das Bild dessen, was Menschen Menschen antun, um sie zu peinigen, zu erniedrigen, zu vernichten, sie in krankem und gesundem Zustand auszubeuten, in ihrem Alter, ihrer Kindheit, ihrem Siechtum, und zwar ununterbrochen, in jeder einzelnen Minute, dieses Bild kann selbst dem eingefleischtesten Menschenfeind den Atem rauben, der glaubte, keine menschliche Niedertracht sei ihm fremd. Doch genug davon.

War dieses Buch notwendig? Ein Mitglied der Französischen Akademie hat in »Le Monde« geschrieben, daß es unvermeidlich war, daß es geschrieben werden mußte. Diese unsere Zivilisation, meint er, die alles mißt, berechnet, bewertet, wiegt, die alle Gebote und Verbote mißachtet, alles wissen will, die aber immer mehr an Übervölkerung leidet, wird dadurch für sich selbst immer weniger überschaubar. Auf nichts stürzt sie sich mit einer solchen Verbissenheit wie auf das, was ihr immer noch Widerstand leistet. Kein Wunder also, daß sie ihr Selbstbildnis haben wollte, so getreu, wie es dieses Bildnis bisher nicht gegeben hat, und ebenso objektiv – ist doch Objektivismus das Gebot der Vernunft und der Stunde –, also hat sie, dank der technischen Modernisierung, ein Foto erhalten, wie es der Reporter mit seiner Kamera schießt: eine nicht retuschierte Momentaufnahme. Der ältere Herr hat die Frage nach der Notwendigkeit der »Einen Minute« mit einer Finte beantwortet: Sie ist erschienen, weil sie als Frucht ihrer Zeit erscheinen mußte. Die Frage bleibt aber offen. Ich würde an ihre Stelle eine bescheidenere setzen: Zeigt uns dieses Buch wirklich das, was als ganze Menschheit nicht zu zeigen ist? Die statistischen Tabellen vertreten hier das Schlüsselloch, durch das der Leser, ein Peeping Tom, den riesigen, nackten Leib der Menschheit, die ihren Alltagsgeschäften nachgeht, beobachtet. Durch ein Schlüsselloch kann man nicht alles auf einmal sehen. Was vielleicht noch wichtiger ist: Der heimliche Beobachter steht sozusagen Aug in Aug nicht nur mit seiner ganzen Spezies, sondern auch mit deren Schicksal. Man muß zugeben, daß »Eine Minute« eine Unmenge erstaunlicher anthropologischer Daten enthält – in den Kapiteln über Kulturen, Religionen, Ritualen, Sitten und Bräuchen, weil, obwohl es nur Zahlenagglomerate sind (oder vielleicht eben deswegen), sie uns eine verblüffende Mannigfaltigkeit der Menschen, trotz der Identität ihrer Anatomie und Physiologie, präsentieren. Komisch, daß man nicht die Zahl der Sprachen errechnen kann, deren sich die Menschen bedienen. Es ist nicht genau bekannt, wie viele es sind, man weiß nur, daß es über viertausend sind. Selbst die Spezialisten haben sie bis jetzt nicht alle identifiziert; die Sache ist um so schwieriger festzustellen, als manche Sprachen kleiner ethnischer Gruppen zusammen mit diesen Gruppen aussterben; überdies streiten sich die Linguisten über den Status bestimmter Sprachen. Einige sehen sie als Dialekte und Idiome an, andere als separate taxonomische Einheiten. Solche Stellen, wo die Johnsons die Notwendigkeit eingestehen, auf die Umrechnung aller Daten »pro Minute« zu verzichten, gibt es wenige. Trotzdem empfindet man eine gewisse Erleichterung gerade bei diesen Stellen, zumindest ich habe sie empfunden. Die Sache hat ihre philosophischen Wurzeln.

In einer elitären deutschen Monatsschrift habe ich eine von einem zornigen Humanisten geschriebene Kritik der »Einen Minute« gefunden. Das Buch, sagt der Autor, habe aus der Menschheit ein Monstrum gemacht, einen Fleischberg, errichtet aus Leibern, Blut und Schweiß (die Abmessungen haben tatsächlich neben der Defäkation und dem Menstruationsblut auch die verschiedenen Arten des Schweißes erfaßt – denn anders schwitzt ein zu Tode erschrockener Mensch und anders ein schwer arbeitender), nachdem es diesen Leibern den Kopf abgeschnitten hat. Das geistige Leben ist nicht gleich der Zahl von Büchern und Zeitungen, die von den Menschen gelesen werden, noch mit der Zahl der Worte, die sie pro Minute aussprechen (letztere ist eine wahrhaft astronomische Zahl). Die quantitativen Zusammenstellungen der Theaterfrequenz oder der Zahl der Fernsehzuschauer mit der Konstante der Agonien, der Ejakulationen usw. sind irreführend, und es handelt sich hier um einen schwerwiegenden Irrtum. Weder der Orgasmus noch die Agonie sind spezifisch menschliche, ausschließlich menschliche Erscheinungen. Was wichtiger ist, ihr Inhalt erschöpft sich innerhalb der Physiologie.

Die spezifisch menschlichen Angaben hingegen, wie etwa die psychischen Inhalte, werden durch die Auflagenziffern der Zeitschriften oder philosophischen Werke nicht nur nicht erschöpft, sondern in ihnen nicht einmal berücksichtigt. Das ist ungefähr so, als wollte man die Körpertemperatur der Temperatur der Liebesgefühle gleichsetzen oder unter dem Stichwort »Akt« Aktbilder, d. h. Bilder nackter Menschen, und Akte eines glühenden Glaubens nebeneinanderstellen. Dieses Chaos der Kategorien ist kein Zufall – den Autoren ging es gerade darum, den Leser durch eine aus Statistiken zusammengestellte Schmähschrift zu schockieren, uns alle durch einen wahren Hagel von Zahlen zu erniedrigen. Mensch sein, das heißt aber, ein geistiges Leben haben, und nicht nur eine Anatomie, die addiert, dividiert und multipliziert werden kann. Allein die Tatsache, daß das geistige Leben sich nicht messen und nicht statistisch erfassen läßt, macht den Anspruch der Autoren, ein Bild der Menschheit verfertigt zu haben, zunichte. In der buchhalterischen Parzellierung von Milliarden Menschen in Teilfunktionen, auf daß sie in die Rubriken der Autoren passen, steckt die Geschicklichkeit eines Pathologen, der Leichen seziert – und ein beträchtliches Stück Boshaftigkeit. Unter den Tausenden Stichworten des Sachregisters würden wir vergeblich nach einem solchen wie etwa »Menschenwürde« suchen.

Auf die philosophische Wurzel, die ich erwähnt habe, ging auch ein anderer Kritiker ein. Ich habe den Eindruck (dies nebenbei), daß »Eine Minute« die Intellektuellen in eine gewisse Panik versetzt hat. Sie fühlten sich berechtigt, über solche Produkte der Massenkultur wie Guinness' Buch der Rekorde hinwegzugehen, aber »Eine Minute« bereitete ihnen einige Verlegenheit. Die besonnenen – oder auch nur schlauen – Johnsons haben nämlich ihr Werk durch eine gelehrte, methodologische Einleitung auf eine viel höhere Ebene hinaufgeschraubt. Auch haben sie vielen Einwänden vorgegriffen, indem sie sich auf moderne Philosophen beriefen, die die Wahrheit als den höchsten Wert der Kultur anerkennen. Wenn dem so ist, dann ist jede auch noch so deprimierende Wahrheit zulässig und sogar notwendig. Der Kritiker-Philosoph hat sich also auf das hohe Roß geschwungen, dessen Steigbügel ihm die Johnsons hielten; zuerst hat er den Wert der Johnsons gebührend eingeschätzt, um ihn dann wieder herabzusetzen.

Wir sind, schrieb der Kritiker des »Encounter«, fast buchstäblich so behandelt worden, wie es Dostojewski in den »Aufzeichnungen aus dem Kellerloch« so sehr fürchtete. Dostojewski war der Meinung, daß wir von dem durch die Wissenschaft behaupteten Determinismus bedroht seien, der jegliche Souveränität des Individuums, die sich in dessen freiem Willen äußert, auf den Müllhaufen wirft – wenn diese Wissenschaft imstande sein wird, jede Entscheidung und jedes Gefühl wie das Anschlagen einer mechanischen Taste vorauszusehen. Er sah keinen anderen Ausweg, keine Rettung vor der grausamen Voraussehbarkeit unserer Taten und Gedanken, die uns der Freiheit beraubt, als den Wahnsinn. Sein Mann aus dem Kellerloch bereitet sich auf den Wahnsinn vor, damit sein Geist, von Wahnsinn zerrüttet, nicht dem triumphierenden Determinismus zum Opfer falle. Nun ist aber dieser Determinismus, eine Marotte der Rationalisten des 19. Jahrhunderts, gefallen und wird nicht mehr aufstehen, aber auf eine unerwartet wirksame Weise ist an seine Stelle die Wahrscheinlichkeitsrechnung mit ihrer Statistik getreten. Das Schicksal einzelner Individuen ist ebenso unvoraussehbar wie das Schicksal einzelner Gaspartikelchen, aber aus der Riesenanzahl der einen wie der anderen ergeben sich Regelmäßigkeiten, die alle zusammen betreffen, obgleich sie sich nicht auf ein einzelnes Molekül oder einen einzelnen Menschen beziehen. Die Wissenschaft hat also nach dem Sturz des Determinismus ein Umzingelungsmanöver vollzogen und sich von einer anderen Seite her an den Mann aus dem Kellerloch herangemacht. Es ist leider nicht wahr, daß es in einer Minute nicht die leiseste Spur des Geisteslebens der Menschheit gibt. Ein so dichtes Abschließen dieses Lebens im Kopf, daß es sich nach außen nicht anders als bloß durch Worte manifestiert, ist eine verständliche Berufsgewohnheit von Literaten und anderen Intellektuellen, die, wie uns das Buch informiert, ein winziges Teilchen, ein Millionstel der Menschheit stellen. 99 Prozent der Menschen manifestieren ihr geistiges Leben durch Taten, die durchaus meßbar sind. Es wäre ein Fehler, aus Edelmut Psychopathen, Mördern und Kupplern, ebenso wie Wasserträgern, Kaufleuten oder Weberinnen jegliche psychischen Inhalte abzusprechen. Man sollte daher nicht von misanthropischen Intentionen der Autoren reden, sondern höchstens von Beschränkungen ihrer Methode. Die Originalität der »Einen Minute« besteht darin, daß sie keine bilanzierende Statistik, also keine Information über schon stattgefundene Ereignisse ist wie jedes normale statistische Jahrbuch, sondern daß sie mit der menschlichen Welt *synchron* läuft. Sie ist wie ein Computer jenes Typus, den wir einen in der realen Zeit arbeitenden Computer nennen – eine Einrichtung also, welche die Ereignisse, auf die sie programmiert wurde, synchron mit dem Tempo ihres Ablaufens registriert.

Nachdem der Kritiker des »Encounter« unseren Autoren dergestalt den Lorbeerkranz aufgesetzt hat, begann er an dem Lorbeer zu rupfen, als er sich die Einleitung vornahm. Die Richtlinie der Wahrheitsliebe, auf die sich die Johnsons berufen, um »Eine Minute« vor den Vorwürfen, sie sei drastisch vulgär oder gar eine Schmähschrift, zu schützen, klinge zwar schön, sei aber in der Praxis undurchführbar. Das Buch enthält nicht »alles über den Menschen«, weil das unmöglich ist. Alles über den Menschen enthalten nicht einmal die größten Bibliotheken der Welt. Die Zahl der von der Wissenschaft entdeckten anthropologischen Daten ist so groß, daß sie schon seit langem die Aufnahmefähigkeit eines einzelnen Menschen übersteigt. Die Arbeitsteilung, auch die der geistigen Arbeit, die vor etwa dreißigtausend Jahren in der Altsteinzeit begonnen hat, ist zu einem irreversiblen Phänomen geworden, und dagegen kann man nichts machen. Wir haben wohl oder übel unser Schicksal den Händen der Experten anvertraut. Die Politiker sind ja auch eine Art Experten, nur eben selbsternannte. Doch auch die Tatsache, daß wirklich kompetente Experten Politikern mit mediokrer Intelligenz und miserabler Voraussicht dienen oder gar vor ihnen liebedienern, ist halb so schlimm, weil sich auch die erstklassigen Experten nicht einig sind in bezug auf irgendein wichtiges Problem der Welt. Wir wissen also nicht, ob eine Logokratie der untereinander zerstrittenen Experten besser wäre als die Herrschaft der geistig Minderbemittelten, der wir heute unterworfen sind. Die sich ständig verschlechternde intellektuelle Qualität der führenden politischen Eliten ist eine Folge der wachsenden Komplexität unserer Welt. Weil niemand diese Welt voll erfassen kann, und wenn er noch so weise wäre, drängen sich jene zur Macht, die sich darüber keine Sorgen machen. Es ist kein Zufall, daß in »Einer Minute«, in dem Kapitel über intellektuelle Fähigkeiten, die Intelligenzquotienten hervorragender regierender Staatsmänner nicht angegeben werden. Selbst den allgegenwärtigen Johnsons ist es nicht gelungen, diese Leute entsprechenden Tests zu unterziehen.

Meine Ansicht über das Buch ist nicht allzu dramatisch. Man kann darüber auf unendliche Art und Weise räsonieren, davon zeugt die oben vorgestellte Probe.

Ich denke, das Buch ist weder eine boshafte Schmähschrift noch die redliche Wahrheit, weder eine Karikatur noch ein Spiegel. Die Asymmetrie der »Einen Minute« – also die Tatsache, daß in ihr ungleich mehr des schändlichen Bösen des Menschen und der armseligen Häßlichkeit unserer Existenz wiedergegeben ist als der Symptome des Guten und Schönen unseres Seins – würde ich weder den Absichten der Autoren noch ihrer Methode zuschreiben. Das Buch kann nur auf jene deprimierend wirken, die über den Menschen noch verschiedene Illusionen hegen. Die Asymmetrie des Guten und Bösen könnte sich sogar in einer Zusammenstellung von Zahlen erfassen lassen – worauf die Johnsons nicht gekommen sind. Jene Teile des Buches, die sich mit dem Laster, dem Verbrechen, dem Betrug, dem Diebstahl, dem Erschwindeln, der Erpressung befassen, einschließlich der neuesten Formen der Kriminalität, die wir Computerverbrechen nennen (es handelt sich um eine solche Manipulation dieser elektronischen Verlängerung der Geistesarbeiten, die den Programmierern widerrechtliche Gewinne bringt; in der letzten Zeit ist diese Kategorie um Handlungen bereichert worden, die man, nach dem Prinzip »nullum crimen sine lege«, vorläufig nicht als Straftaten bezeichnen kann – kein Verbrecher ist somit jemand, der die ungeheure Rechenkapazität der Computer mißbraucht, um die eigenen Gewinnchancen in der Lotterie oder im Hasardspiel zu mehren: Einige Mathematiker haben nachgewiesen, daß man beim Roulettespiel die Bank sprengen kann, indem man die Bewegung der Kugel auf dem Roulettetisch analysiert, da kein Roulette eine ideale Verlosungs-Einrichtung ist, sondern Abweichungen von der theoretischen Erwartung der mathematischen Ergebnisse aufweist, was man mit

Hilfe von Computern feststellen und ausnutzen kann), sind viel umfangreicher als die Kapitel, die sich mit »Samariter«-Taten befassen. Die Autoren haben die diesbezüglichen Zahlen nicht in einer Tabelle zusammengestellt, und das ist schade. Es würde eindeutig zeigen, wie vielgestaltiger das Böse ist als das Gute. Es gibt weniger Methoden, um anderen Menschen zu helfen, als um ihnen zu schaden – denn so ist die Natur der Dinge, nicht die statistische Methode. Unsere Welt steht nicht auf halbem Wege zwischen Hölle und Himmel, sie scheint jener viel näher zu sein. Da ich mich jedoch diesbezüglich schon seit langem keinen Illusionen hingebe, habe ich das Buch nicht als anstößig empfunden.

Berlin 1982

II

Die zweite Auflage von »Eine Minute der Menschheit« hat der Herausgeber um eine Reihe neuer Kapitel erweitert, und schon aus diesem Grunde ist eine neue Besprechung fällig.

Das Buch beginnt jetzt mit dem Bild der Welt als Heimstätte der Menschen: Daten dieser Art kann man in Mengen in jeder Enzyklopädie finden, aber, zugegeben, pro Minute umgerechnet sind sie viel eindrucksvoller als die trockenen, abstrakten Angaben eines Lexikons. Es ist eigentlich sonderbar, sich vorzustellen, daß auf der Erde immer irgendwo Gewitter toben und die Zahl der einschlagenden Blitze konstant ist: 6000 pro Minute. In jeder Sekunde schlagen 100 Blitze ein, und das geht so in einem fort, Monat für Monat, Jahrhundert für Jahrhundert. Aus der neuen Auflage können wir auch erfahren, daß die Erde auf ihrer Umlaufbahn um die Sonne in einer Minute 1800 Kilometer durchmißt, daß das Gesamtgewicht des kosmischen »Mülls und Schuttes«, der in derselben, so kurzen Zeitspanne auf ihre Oberfläche fällt, Tausende Tonnen ausmacht– daß aber gleichzeitig unser Planet beträchtliche Mengen seiner Atmosphäre verliert, die, aufgewühlt durch das Auf und Ab der Hochs und Tiefs, durch Zyklone und Passate, auch von der Sonne erwärmt, einen eigenartigen »Gasschweif« bildet, den die Erde Tausende Meilen weit hinter sich herzieht und der stellenweise abreißt, was eben die enormen Verluste von Gas bewirkt. Zugleich steigen jedoch aus den Tiefen der Erde ununterbrochen neue Gase auf, auch die Ozeane dünsten sie aus, teilweise als Wasserdampf, usw. usf. Das Buch hat somit eine Einleitung in populärwissenschaftlichem Geist erhalten. Die dort zusammengestellten Zahlen zeigen einerseits die ungeheure Größe unseres Planeten im Verhältnis zu seinen Bewohnern, und andererseits seine geradezu unheimliche Winzigkeit gegenüber dem Kosmos. All dies stellt jedoch, wie schon gesagt, einen mit benediktinischem Fleiß erarbeiteten Extrakt aus verschiedenen naturwissenschaftlichen Lehrbüchern dar.

Einige der schon in der ersten Auflage speziellen Themen gewidmete Kapitel haben die Autoren um neue Daten bereichert, die einen bald komischen, bald makabren Beigeschmack haben. Der Mensch als Henker, Folterer und Mörder seiner eigenen Spezies wurde uns schon dort vorgestellt. Jetzt können wir erfahren, was für ein Räuber, oder, wenn jemand diese Bezeichnung vorzieht, Parasit der ganzen Biosphäre, also der Tier- und Pflanzenwelt er ist. Normalerweise empfindet niemand Gewissensbisse, wenn er sich über sein Filet oder Kotelett hermacht, ihm kommt gar nicht der Gedanke, daß er dadurch ebenso zum Komplizen des Schlächters wird wie einer, der dem Mörder hilft, die Leiche des Opfers zu beseitigen. Damit ihm solche Gedanken überhaupt nicht in den Sinn kommen und ihm nicht den Genuß der Fleischleckerbissen verleiden, haben alle Sprachen ohne Ausnahme eine besondere Terminologie entwickelt, die uns privilegiert. Wir *sterben*, die Tiere dagegen *krepieren, gehen ein*; und erst recht spricht jedes Wörterbuch des Jägerjargons alles von jeglicher Schuld frei, was in der Juristensprache als vorsätzlicher Mord definiert wird, da doch der Jäger mit geladener Waffe sich in den Wald begibt, um zu töten. Nun geht »One Human Minute« über alle diese im Grunde scheinheiligen Feinheiten unseres Wortschatzes zur Tagesordnung über, es gibt nämlich nicht irgendwelche Namen an, sondern bloß die Zahlen unserer Opfer. Wie sich zeigt, fallen in jeder Minute von unserer Hand Tiere, die sich zu ganzen Bergen von Kadavern auftürmen, und ebensolche Berge von Kadavern werden in jeder Minute in Form von Braten von einigen Milliarden menschlicher Kiefer zerkaut. Es sind Bilder, wie leibhaftig Gullivers Reise nach Brobdingnag entstiegen, wo das verführerische Lächeln eines schönen Riesenweibes einer Szene aus dem »Weißen Hai« gleicht, wenn sich der mit grauenhaften Zähnen bewehrte Rachen des Haifisches öffnet. Bekanntlich ist ein besonders erlesener Leckerbissen der Chinesen das Affenhirn, das roh aus dem soeben aufgespaltenen Schädel des noch lebenden Affen gelöffelt wird; obgleich es wohl nicht gelungen war, die Menge der auf diese Weise pro Minute verspeisten Affenhirne einigermaßen genau zu ermitteln, ist die entsprechende Zahl dennoch in der Rubrik der exotischen Speisen zu finden.

Dem ewig sprudelnden Sperma-Geysir hat man in der neuen Auflage den Strom der Milch hinzugefügt, der aus Frauenbrüsten der ganzen Welt in die Mäulchen der Säuglinge fließt. Die in einem besonderen Kapitel – wahrscheinlich, um sie stärker zu exponieren – aufgezählten menschlichen Gebrechen und Verstümmelungen scheinen ein stummer, natürlicher Ausdruck unseres Schicksals zu sein. Diese Armeen von Blinden, Tauben, diese Millionen schon von Geburt an entstellten Körper, deren bloße Quantität beweist, wie wenig sich im Grunde genommen die Natur um jedes einzelne menschliche Individuum kümmert (obschon es uns doch in allen Religionen und in fast allen philosophischen Systemen so sehr darum geht, die Menschenwürde, die doch jedes Individuum verkörpert, zu retten), diese separat und geradezu pedantisch aufgelisteten Beschwerden des Greisenalters – das alles erweckt den Eindruck, als sei der, der diese Tabelle zusammengestellt hat, absichtlich darauf aus gewesen, alte Menschen rostenden Wracks oder maschinellem Gerümpel anzugleichen, die langsam zu Stücken zerfallen, wenngleich sie eine Zeitlang noch die mehr oder weniger ursprüngliche Gestalt beibehalten. Selbst die ärztlichen Bemühungen, die doch der Erhaltung und Rettung menschlichen Lebens dienen, werden in ihren Folgen in dem Kapitel über Gebrechen so behandelt – als ganze Menschenmengen, einarmig oder einbeinig nach Amputationen, und gar die radikale Chirurgie, heute die Hauptmethode in der Bekämpfung des Krebses, bereichert die Welt in jeder Minute um so viele Frauen mit amputierten Brüsten, um so viele Menschen beiderlei Geschlechts nach einer Kastration, mit ausgeschnittenen Teilen der Gedärme, des Magens, daß es dem Auge schwer fällt, diesen Zahlenkolonnen bis zum Ende zu folgen.

Ich stehe nicht allein da mit dem Verdacht, daß den Autoren die Absicht vorschwebte, die »Schlagkraft« dieses Buches, das immerhin so unleserlich ist wie jeder andere statistische Wälzer, zu vergrößern, und daß die neuen Kapitel, besonders die dem Schicksal von Kindern gewidmeten, eben diesem Zweck dienen. Dieses Schicksal war vorher über verschiedene Rubriken verstreut. Der größeren Anschaulichkeit halber hat man es nun in *einem* Kapitel zusammengefaßt. Der Effekt ist wahrhaftig grauenerregend; und wieder drängt sich die Frage auf, ob man solche Daten so trocken und kalt herzeigen sollte, wenn der Leser darauf ohnehin nur mit ohnmächtigem Mitleid, Angst und Niedergeschlagenheit reagiert. Seit Jahren finden wir in schönen, auf Glanzpapier gedruckten Illustrierten der reichen Länder immer wieder großformatige Inserate, die das Foto eines kleinen, meist dunkelhäutigen und dunkelhaarigen Kindes zeigen, und die Gesellschaft oder Vereinigung, die das Inserat veröffentlicht, wendet sich an uns mit der Bitte um Spenden zur Rettung dieser Kinder vor dem Hungertod. Und wieder erfahren wir mit grausamer Genauigkeit der Statistik, daß die Zahl der auf diese Weise geretteten Kinder sich zur Zahl der ihrem Schicksal überlassenen so verhält wie ein Eimer Wasser zum Meer. Man könnte einwenden, daß in den alttestamentarischen Worten Moses: »Wer ein Menschenleben rettet, der rettet die ganze Welt«, eine große moralische Weisheit steckt. Mag sein – aber Kommentare *dieser Art* finden wir in »One Human Minute« nicht.

Weil die Statistik mit Durchschnittszahlen operiert und solche manchmal komische Fakten anführt, wie etwa, daß jeder Mann seine Frau 2,67 mal jährlich betrügt, und eine der Eigenschaften, die uns als Gattung von allen anderen Lebewesen unterscheidet, die ungeheure Spanne der Lebensbedingungen ist (Bequemlichkeiten und Annehmlichkeiten des Daseins, die ebenso unverdient sind wie das Dahinvegetieren im Elend am anderen Ende des Spektrums), will das Buch mittels der sogenannten diagonalen Methode und des Vielfarbendrucks uns eben diese Spannweite des menschlichen Schicksals veranschaulichen. Im Kommentar distanziert sich der Text entschieden von Guinness' Buch der Rekorde, dieses konzentriert sich nämlich auf Absonderlichkeiten des menschlichen Verhaltens, auf die ausgefallensten, zumeist sinnlosen Spitzenleistungen, hier hingegen geht es um die *Gegenüberstellungen* des Überflusses (des stets wachsenden

Reichtums) der Gesellschaften mit dem höchsten Konsum und solchen, die dem Untergang geweiht sind. Hier geht es um viele Tabellen, wie zum Beispiel der in den reichen und den armen Ländern pro Minute und pro Einzelmensch verbrauchten Energie, was besonders kraß im Bild des selbstzerstörerischen Elends in Gebieten zum Ausdruck kommt, wo einfach getrockneter Dung oder Holz, als Brennstoff verwendet, die Energiequelle ist. Über seinen vom Titel aufgezwungenen Rahmen hinausgehend, führt »One Human Minute« auch andere Zahlen an, etwa wann der Baumbestand der armen Länder, der viel schneller abgeholzt wird, als die Natur die dadurch entstandenen Lücken auffüllen kann, sich in leblose Wüste verwandeln wird.

Auch die finanzielle Seite der ökonomischen Erscheinungen wurde in der zweiten Auflage erweitert. Es ist schließlich keine Bagatelle zu erfahren, wieviel die Menschheit für ihre Religionen ausgibt. Dies wird wieder mit boshafter Ironie mit den Rüstungskosten zusammengestellt. Nichtsdestoweniger hat die Behandlung der Kirchensteuer und aller anderen religiös motivierten Geldleistungen als *Kapitalanlage* pro Minute, deren Zinsen eventuell im Jenseits fällig sind, ihren höhnischen Aspekt. Der Kommentar zu dieser Statistik gibt jedoch vor, nicht im geringsten eine solche Absicht gehabt zu haben, es ginge einzig und allein um die faktischen Unterhaltskosten der religiösen Institutionen, die finanziell meßbar sind ohne Rücksicht darauf, ob es zu irgendwelchen »Rückzahlungen im Jenseits« kommt oder auch nicht. (In diese Kosten wurde auch der Unterhalt aller Kloster- und Ordensgemeinschaften, der kirchlichen Missionen sowie der Ausbildung der Geistlichen miteinbezogen.) Mit einem Wort: Es geht darum, wieviel die Menschheit als

Ganzes die »Aufrechterhaltung *guter Beziehungen* mit dem lieben Gott« kostet!

Auch die dem Sexualleben gewidmeten Absätze wurden umgearbeitet und erweitert. In der Einleitung wird dies mit den Veränderungen erklärt, die in diesem Bereich seit dem Erscheinen der ersten Ausgabe von »One Human Minute« vor sich gegangen sind. Die Sexindustrie hat in diesen paar Jahren ein exponentielles Wachstum erlebt, also sind die einschlägigen dort enthaltenen Zahlen längst nicht mehr aktuell. Hier öffnet sich vor uns ein wahres Panoptikum voller erstaunlicher Beschreibungen und Zahlen. Beschreibungen, denn für jemand, der sich in der Differenziertheit dieses Produktionszweiges der Konsumindustrie nicht genug auskennt, würden die Namen allein unverständlich bleiben. Einer, der sich über die Bewegung der »women's liberation« lustig macht, bemerkte vor kurzem, daß die Frauen hinsichtlich der »Liebesprothetik« benachteiligt seien, weil die *sex industry* fast ausschließlich künstliche Damen herstellt, und zwar mit bereits eingebauten Tonbandgeräten, damit sich diese Damen, je nach dem Tonband, verführerisch oder auch obszön ausdrücken können, männliche Puppen hingegen gab es im Verkauf fast gar nicht. Jetzt hat sich die Lage soweit gebessert, daß die vollkommene Gleichheit, wie sie die Emanzipationsbewegung der Frauen fordert, auf diesem Gebiet fast schon erreicht ist. Die Aktivität der Puppen beider Geschlechter, mit Strom angetrieben – nicht unbedingt aus der Steckdose, jemand könnte ja Verlangen nach einem amourösen Abenteuer mit Akkumulatorantrieb haben –, also die Leistungsfähigkeit der männlichen und weiblichen Ausgestopften oder Aufgeblasenen hat schon ein solches Niveau erreicht, daß sie sich eigentlich zu

Paaren verbinden und überhaupt ohne lebendige Partner auskommen können. Das sind natürlich Bosheiten. Aber der Hunger nach sexuellen Erlebnissen scheint in den reichen Ländern des »permissiven« Typus wirklich unersättlich zu sein. Zeigt es sich doch, daß dort für Wäsche, Kleider, Toiletten, Perücken und Parfüms der künstlichen Gespielen und Gespielinnen *mehr* ausgegeben wird als für die ganze unentbehrliche Bekleidung der Bevölkerung in manchen ärmeren Ländern der Dritten Welt.

Die Daten, die selbst in einer relativ genauen statistischen Annäherung nicht eruiert werden konnten, wie etwa die Zahl der pro Minute vergewaltigten Frauen, werden mit dem loyalen Vorbehalt dieser Unsicherheit präsentiert – aufgrund sogenannter »Dunkelziffern«, also Vermutungen, da, wie Kenner dieses düsteren Phänomens behaupten, die Mehrheit der Vergewaltigten es vorziehen, die ihnen angetane Schande zu verschweigen. Weil dagegen heute sich niemand mehr des Homosexualismus beiderlei Geschlechts zu schämen braucht oder ihn verbergen muß, werden die in die Millionen gehenden Zahlen der Homosexuellen in »One Human Minute« sehr exakt angegeben.

Blättern wir in diesem dicken Band, noch dicker als die erste Auflage, stoßen wir von Zeit zu Zeit auf Daten, die uns zu Bewußtsein bringen, daß wir in der Epoche einer solchen Blüte der Kunst leben, die schon kaum von ihrem Untergang zu unterscheiden ist. Es geht darum, daß die Maßstäbe und Grenzen, die ein Kunstwerk von etwas trennen, das kein Kunstwerk mehr sein kann, sich völlig verwischt und verflüchtigt haben. Einerseits werden also in der Welt *mehr* Kunstgegenstände produziert als alle Autos, Flugzeuge und alle anderen Fahrzeuge, einschließlich der Traktoren,

Lokomotiven, Schiffe usw. zusammengenommen. Andererseits löst sich jedoch gleichsam diese Unmenge in der Masse der Dinge auf, die überhaupt zu nichts nutze sind.

Ich muß zugeben, daß diese Zahlen in mir ziemlich düstere Reflexionen geweckt haben. Zum einen wurde die Welt der schönen Künste endgültig zerschlagen, und kein Kunstliebhaber ist mehr imstande, sie zu überschauen, selbst wenn er sich zum Beispiel nur für Graphik, Malerei oder Skulptur interessiert. Es könnte der Eindruck entstehen, daß die technischen Kommunikationsmittel gerade dazu so außerordentlich vervollkommnet wurden, um uns die mikroskopisch kleine Aufnahmefähigkeit des armseligen menschlichen Gehirns zu Bewußtsein zu bringen: Was haben wir davon, daß uns potentiell alles Schöne zur Verfügung steht und daß wir das alles persönlich auf den Bildschirm unseres Heimcomputers abrufen können, wenn wir uns nun wieder in der Lage des Kindes befinden, das mit einem Löffel am Ufer des Ozeans steht? Ferner – und das erschien mir schon besonders grauenhaft, als ich auf die Tabellen blickte, auf denen zusammengestellt war, wieviele *welcher* verschiedener Kunstwerke (und *woraus*) in einer Minute hergestellt werden – verblüffte mich die absolut nichtssagende Qualität dieser Kunstwerke. Wenn einmal in der fernen Zukunft irgendwelche Archäologen Ausgrabungen machen werden, um zu erfahren, welche Kunst unsere Epoche hervorgebracht hat – sagen wir, in der Plastik –, werden sie nichts erfahren. Sie werden nicht imstande sein, gewöhnlichen Müll und Abfall von unseren »Kunstwerken« zu unterscheiden, weil es zwischen dem einen und dem anderen häufig keinen Unterschied gibt. Daß eine Tomatensuppendose der

Marke »Campbell« ein Kunstwerk ist, folgt nur aus der Tatsache, daß sie auf einer Ausstellung gezeigt wurde, sobald sie aber auf einer Müllkippe landet, wird sie niemand mehr mit dem ästhetischen Entzücken anblicken, wie ein Archäologe eine aus dem Schlamm in Griechenland geborgene Vase oder Marmorgöttin anblickt. Man könnte zur Überzeugung gelangen, daß das Hauptanliegen der Autoren von »One Human Minute« nicht so sehr darin lag, uns einen blitzartigen Querschnitt der menschlichen Welt, wie nach einem gigantischen Messerschnitt, zu zeigen, sondern uns mit einer unaufhaltsamen Lawine von Zahlen zu erdrücken, die alle beweisen, wie nahe der Verwirklichung bereits die Anekdote von den Fliegen ist. Jene Anekdote, nach der ein einziges Fliegenpaar, nach einer Saison der ungehemmten Entwicklung, alle Ozeane und Kontinente mit einer kilometerdicken Schicht von Insektenleichen bedeckt.

Und so kehrt das Dilemma wieder, an dem sich schon die ersten Kritiker dieses Buches die Zähne ausgebissen haben. Stellt das fürchterliche Übergewicht des Bösen über das Gute, der Schadenfreude an fremdem Mißerfolg über das hilfreiche Wohlwollen, niedriger und dummer Taten über würdige und verständige, tatsächlich die echte Bilanz der menschlichen Welt dar, oder entsteht dieses riesige Übergewicht wenigstens zum Teil nur *in den Computern und in den Augen des Statistikers*?

Es ist in der Tat leichter, die pro Minute produzierte Tonnage der Sexindustrien, dieses Berges von Genitalinstrumenten, Fotos, spezieller Arten von Kleidern, Fesseln, Peitschen, Geräten, die es erleichtern oder ermöglichen, die uns gegebene Physiologie der Fortpflanzung für perverse Praktiken zu mißbrauchen, anzugeben, als die menschliche Liebe in ihren nicht instrumentalen Erscheinungsformen zu messen, zu wiegen oder auch nur *wahrzunehmen*. Es ist doch so, daß, wenn Menschen sich lieben – und es ist kaum zu bezweifeln, daß Hunderte Millionen Menschen es tun –, wenn sie ihren erotischen oder elterlichen Gefühlen treu bleiben, es kein Maß, kein Instrument gibt, welches dies registrieren und zu statistischen Daten zermahlen könnte. Beim Sadomasochismus dagegen, bei Vergewaltigung, Mord, bei jeder Perversität stellen sich solche Schwierigkeiten nicht: hier steht uns die Vermessungstheorie zur Verfügung.

Die industrielle Verarbeitung höherer Gefühle in allen ihren Erscheinungsformen, sagen die ob der »Einen Minute« empörten Kritiker und Pamphletisten, ist doch eine glatte Unmöglichkeit. Es gibt keine Apparate, Pferdegeschirre, Salben, Aphrodisiaka oder irgendwelche »Zähler« – und es wird sie nicht geben –, zur Messung der Sohnes- oder Mutterliebe, es gibt keine Thermometer, um die Temperatur der Gefühle von Verliebten zu messen, und darüber, daß es zuweilen eine tödlich hohe Temperatur ist, informiert uns indirekt die Statistik der Selbstmorde, die aus unglücklicher Liebe begangen werden. Eine solche Liebe ist in der modernen Welt aus der Mode gekommen, und ein Schriftsteller, der ihr – und nur ihr – seine Werke widmete, würde nicht auf den Parnaß der Literatur gelangen. Die Statistik sagt jedoch – zumindest *hier* – das ihrige. Man kann solchen Argumenten nicht ihre Berechtigung abstreiten, aber der Haken liegt darin, daß sie Gemeinplätze bleiben, weil sie nicht durch Zahlen gedeckt sind. Den Herausgebern der »One Human Minute« ist es nicht nur nicht gelungen, den Intelligenzquotienten (IQ) der Politiker zu ermitteln, sie waren auch nicht imstande, ein Register der pro Minute in den Akten der katholischen Beichte bekannten Sünden zu erstellen oder ein Verzeichnis der guten Taten, deren Urheber anonym bleiben wollen. So läßt sich denn auch der Streit über den diesem Buch eigenen Grad an Objektivismus oder Subjektivismus nicht definitiv entscheiden.

Dank dem alphabetischen und thematischen Index kann der Leser, der nach der Antwort auf eine bestimmte Frage sucht, leicht die betreffenden Daten finden. Allerdings sind die Schlußfolgerungen, die aus den so zusammengestellten Daten gezogen werden können, alles andere als eindeutig. Fünf Milliarden menschlicher Gehirne verarbeiten *schon heute* pro Minute weniger Informationen als die in derselben Zeit arbeitenden Computer, was die Lösung von Aufgaben und die Durchführung von Unternehmen erlaubt, die ohne diese Stütze unmöglich gelöst und durchgeführt werden könnten.

Die weltweite Telephonverbindung ist eine ausgezeichnete Sache – darüber ist kein Wort zu verlieren. Sie hat aber als – quantitativ durchaus nicht geringes – Nebenprodukt den sogenannten telephonischen Dienstleistungssex hervorgebracht. Firmen, die solche – und nur solche – Dienstleistungen anbieten, sind in der letzten Zeit aus dem Boden geschossen wie Pilze nach dem Regen: Es genügt, den Hörer zu heben, die entsprechende Nummer zu wählen, das Losungswort der Kreditkarte anzugeben, um die gewünschte Art von Obszönität verbal zu genießen – in Worten, *per procura*, sogar mit einer Australierin zu kopulieren, während man selbst in Ontario sitzt. Übrigens zweifelt derzeit bereits niemand daran, daß die Trennung des technischen Fortschritts vom Fortschritt des Guten unwiderruflich eingetreten ist – obwohl das Datum dieser Trennung, also des Zusammenbruchs des dem 19. Jahrhundert eigenen Glaubens an unseren kollektiven Marsch in die Zukunft in das Reich eines immer herrlicheren Lebens, nicht genau bestimmt werden kann. Die von der Technik geschaffenen Möglichkeiten beliebiger Realisierungen können ebenso dem Guten wie dem Bösen dienen. Hier zeigt sich wieder die Unmeßbarkeit des Guten – und es kommt auch vor, daß die Begriffe Gut und Böse selbst in der Abstraktion nicht eindeutig bestimmt werden können. Aus »One Human Minute« kann man zum Beispiel erfahren, wieviele wissenschaftliche Arbeiten in der Welt in dieser Zeiteinheit erscheinen, aber auch, wie winzig jener Teil seines Fachgebiets ist, den sich ein Wissenschaftler, sei es auch nur oberflächlich, aneignen kann. Die unablässig wachsende Zahl der Informationen, die er kennenlernen *sollte*, übersteigt einfach schon seine physische Aufnahmefähigkeit. Mehr oder weniger »alles« aus jedem Fachgebiet wissen heute nur die Supercomputer.

Darüber, was im Laufe einer Minute die Computer zustande bringen, die allmählich von Tragarmen unserer Zivilisation zu deren Steuerern zu werden scheinen, kann man einiges erfahren, wenn man unter dem entsprechenden Stichwort nachschlägt. Die Modelle der neuesten Generation können in dieser Zeit etwa eine Milliarde logischer Operationen durchführen. Um aber die Wahrheit zu sagen – darüber, was wirklich in der Wissenschaft vorgeht, kann uns ein solcher fragmentarischer, gelegentlicher Einblick nichts sagen. Vielleicht aus diesem Grunde, vielleicht aber auch, um dem Buch, ohne seiner Popularität in Leserkreisen Abbruch zu tun, mehr intellektuelles Gewicht zu verleihen, wurde, neben den Einleitungen und Kommentaren zu den einzelnen Kapiteln, am Ende ein umfangreiches Nachwort hinzugefügt, eigentlich eine Art Traktat, das ausführlich die Berechnungsmethoden von »One Human Minute« erklärt – Methoden, die in manchen Fällen an wahrhaft detektivistische Arbeit beinahe im Geist von Sherlock Holmes denken lassen. Wie jeder kritische Leser von Conan Doyle leicht erkennt, so ist die Unfehlbarkeit der berühmten Deduktionen Sherlock Holmes', der aus einem alten Hut, einer vergessenen Pfeife, einem Stock oder einer Uhr fehlerlos das Aussehen des unbekannten Eigentümers, sein Schicksal und seinen Charakter herauslesen und rekonstruieren konnte, auch solche Tatsachen, daß er zum Beispiel im Elend lebte, ein Resultat der Hilfe, die ihm insgeheim der Autor angedeihen ließ. Im übrigen wurden diese »klassischen« Deduktionen später in zahllosen Parodien verspottet, die zeigten, daß man, auf dieselbe Summe von Indizien gestützt, logisch kohärente, aber einander ausschließende – und zwar viele – Hypothesen aufbauen kann. Kein noch so genialer Detektiv-Statistiker wäre imstande gewesen, das von uns besprochene Buch im Alleingang zu schreiben, auch ein großes Team von Mathematikern hätte es nicht vollbracht, wären da nicht die Computer. Ein beträchtlicher Teil der Arbeit kam eher mechanisch zustande, das heißt, durch Umrechnung bekannter, leicht auffindbarer Daten auf die vom Buchtitel vorgegebene Zeiteinheit. Waren jedoch solche Daten nirgends zu finden, mußten sie auf Umwegen ermittelt werden, indem man nach verschiedenen Korrelationen suchte (zum Beispiel wie hoch die positive Korrelation zwischen einer Havarie in einem E-Werk, infolge der in einer großen Stadt oder einem ganzen Landesteil für eine Zeitlang der Strom ausfiel, und der Zahl der Kinder ist, die etwa neun Monate später geboren wurden). Dort, wo wir es mit Einzelerscheinungen zu tun haben, und mit solchen befaßte sich Sherlock Holmes, kann das zerkaute Mundstück einer Pfeife ebensogut von der Stärke der Kiefer des Rauchers zeugen wie von seiner besonderen Vorliebe für gerade diese Pfeife, obwohl er eine ganze Kollektion von Pfeifen besitzt, oder auch einfach von einem Nerventick und schließlich davon, daß irgendein Mann diese Pfeife, die gar nicht ihm gehörte, gefunden und sich ohne viel Federlesens in die Tasche gesteckt hatte, wonach er ermordet wurde, und in diesem Fall würde die Untersuchung der Pfeife schnurstracks auf einen Holzweg führen.

Aber fünf Milliarden Menschen stellen eine hinreichende Ballung an Kraft dar, um vom Gesetz der großen Zahlen regiert zu werden. Nichts einfacher, als eine Prognose über die Anzahl der Autounfälle unter konkreten klimatischen Bedingungen und bei einer bekannten Dichte des Straßenverkehrs zu erstellen. Wie jedoch die Zahl der Unfälle, zu denen es nicht gekommen ist, sagen wir, pro Minute, zu ermitteln, von denen jeder ein sogenannter »near miss« war, oder, wie es jemand prägnanter ausgedrückt hat, wie die Gefahren der Motorisierung berechnen, indem man von der Voraussetzung ausgeht, daß der dichte Straßenverkehr die Summe von Unfällen darstellt, denen man wie durch ein Wunder entronnen ist? Nun, es zeigt sich, daß auch dies machbar ist, obgleich nur Unfälle, die wirklich passiert sind, greifbare Spuren in Form von zertrümmerten Autos und manchmal auch Leichen hinterlassen. Zwischen den Arten der stattgefundenen Unfälle, der Zahl der Verletzten und Toten, der Häufigkeit, umgerechnet auf die Oberfläche der

Straßen und auf die Zahl der Fahrzeuge einerseits und der Zahl der um ein Haar vermiedenen Unfälle andererseits gibt es erfaßbare mathematische Proportionen, deren man sich bedienen kann. Das ist übrigens relativ leicht. Einige Berechnungen waren bloß mühselig und kompliziert, aber sie verlangten von den Programmierern keinen besonderen Einfallsreichtum. Recht amüsant war die Idee, das ganze auf dem Erdball im Umlauf befindliche Geld als eine Art winziger roter Blutkörperchen darzustellen, die ununterbrochen zirkulieren, nur daß sie nicht von einem Blutgefäß zum anderen, sondern von Hand zu Hand kreisen, oder überhaupt nicht in die realen Transaktionen einströmen, weil sie von elektrischen Impulsen ersetzt werden, die den Stand der Bankkonten verändern. Natürlich konnte das Bankgeheimnis nicht angetastet werden, aber ein qualifiziertes Team von Mitarbeitern der »One Human Minute« konnte den globalen Umlauf pro Minute errechnen, und um das so gewonnene Bild attraktiver zu gestalten, wurde über der Statistik eine Karte der Erde angebracht, auf der die »Ströme des Valutenumlaufs« so eingezeichnet waren, wie man sonst auf einer Landkarte atmosphärische oder Luftströme einzeichnet. Überhaupt merkt man dieser Auflage beträchtliche Bemühungen zur Veranschaulichung von Daten an, die sich häufig gegen jede Anschaulichkeit sperren. Übrigens konnte, wenn man so sagen darf, die »One Human Minute« eigentlich nur dank der Zusammenarbeit der Computer des Verlags mit den Computern fast der ganzen Welt zustande kommen, und der Rohstoff, den sie einander zur Verarbeitung überwiesen, war die Menschheit. Früher nämlich, als es noch keine elektronischen Karteien von Autofahrern gab, die für Verstöße gegen die Verkehrsregeln bestraft wurden, hätte man die entsprechenden Daten – noch dazu mit so vollkommener Exaktheit – nicht erhalten können. Die Zahl der Leute, die in einer Minute per Flugzeug reisen, kann am leichtesten nach der Statistik der Prozentzahl der ausgenutzten Bordplätze aller Fluglinien ermittelt werden – und das sind leicht zugängliche Daten. Die Anzahl der falschen ärztlichen Diagnosen pro Minute war schon eine härtere Nuß. Berufssolidarität, das ärztliche Geheimnis (oder das der Rechtsanwälte) stellten Hindernisse dar, die es zu überwinden galt. Darüber hinaus spielte hier der – auch an vielen anderen Stellen vorhandene – Faktor der »mutmaßlichen«, das heißt der »Dunkelziffer«, eine Rolle, der Fälle also, die stattgefunden haben, aber der Öffentlichkeit nicht zur Kenntnis gebracht wurden (wie schon im Zusammenhang mit den Vergewaltigungen von Frauen erwähnt). Diese Zahlen, die nur schätzungsweise angegeben wurden, sind jedoch nicht aus der Luft gegriffen und sind in jedem Bereich – der vor der Umwelt geheimgehaltene Alkoholismus, die Perversitäten, ärztliche Kunstfehler, Irrtümer im Ingenieurwesen – von verschiedener Größenordnung, je nach den Methoden der Berechnung ihres Durchschnitts. Wer aber erfahren will, wie man scheinbar vollkommen unzugängliche Fälle löste, der muß sich schon selber an die Lektüre des Nachworts machen.

Die neue Ausgabe hat auch eine neue Einleitung, die einen nachdenklich machen kann, denn sie wurde zweifellos von einem Intellektuellen geschrieben, der anonym bleiben wollte, aber, statt »One Human Minute« hochzuloben, sich darüber zuweilen recht kritisch und zugleich zweideutig äußert, so daß man nicht weiß, ob er vielleicht dieses in Zahlen gefaßte Produkt der Zusammenarbeit von Computern mit Computern unter menschlicher Verwaltung nicht als etwas ansieht, das der unseren Vorvätern verbotenen Frucht vom paradiesischen Baum der Erkenntnis gleichkommt.

Er rät, das Buch nicht Seite für Seite zu lesen, weil dies im Kopfe des Lesers bloß Verwirrung hervorrufen könne – wie wenn man eine Enzyklopädie in alphabetischer Reihenfolge lesen würde. Mehr noch, er sagt, er wäre selber ein *»geplagter«* Leser der »Einen Minute« gewesen, und er meint, daß »alles immer gleichzeitig stattfand«, weil die ungreifbare *Summe* der Empfindungen der ganzen Menschheit für jeden Moment der Geschichte, für jede Minute und Sekunde eine im Grunde *konstante* Größe ist. Die Ursachen der Sorgen, der Freuden und des Unglücks sind sogar extrem verschieden, üben jedoch keinerlei Einfluß auf diese Summe der Empfindungen und Erlebnisse aus. Sie bildet eine *Konstante*, und wenn sie (vielleicht) im Laufe der Geschichte Schwankungen unterliegt, gibt es keine Möglichkeit, diese Schwankungen als *Hausse* fataler und *Baisse* erfreulicher Erlebnisse – oder auch umgekehrt – zu entdecken. Das Buch ist aber insofern lesenswert, als es den *Hintergrund* darstellt, der zu verstehen erlaubt, wovon uns eigentlich die technisch immer vollkommeneren und mit immer mehr Nichtigkeiten vollgestopften Massenmedien unterrichten. Unzweifelhaft ironisch, geradezu höhnisch ist das Bild des »vollkommenen Lesers« gemeint, der, dem Autor der Einleitung zufolge, nichts anderes tun würde, als das Buch stückchenweise zu studieren und zu versuchen, hinter den Zahlen wirkliche Menschenschicksale ausfindig zu machen. Ironisch ist selbstverständlich das Beispiel, mit dem der Verfasser uns diesen »vollkommenen Leser« vor Augen führt, indem er mit Zahlen operiert und damit sofort die ganze Methode, welcher der Band sein Entstehen verdankt, karikiert. Dieser »ideale Leser«, ausgestattet mit guten Vorsätzen, einem starken Willen, Phantasie und einer Menge freier Zeit, macht in seinem ganzen Leben – mit Ausnahme der kurzen Stunden des Schlafes – nichts anderes, als sich vom Morgen bis zum Abend vorzustellen, was in diesem Augenblick mit seinen Nächsten geschieht. Indem er jedem Lebenden 50 Jahre lang 18 Stunden täglich je 30 Sekunden widmet, könnte er sukzessive an etwa 36 Millionen Menschen denken, also an weniger als ein Zweihundertstel seiner Zeitgenossen. 199 von 200 Erdbewohnern würden seine Gedanken nicht einmal streifen, obwohl er – bis zum letzten Atemzug – nichts anderes tut, als an seine Mitmenschen zu denken, selbst dann, wenn er ißt, trinkt, sich zum Schlafen auszieht. Dieses Experiment zeigt uns überdeutlich, daß wir in Wirklichkeit über menschliche Schicksale fast nichts erfahren können, außer statistischen Daten, die sie zusammenfassen. Eine so skeptisch und agnostisch philosophierende Einleitung leisteten sich die Herausgeber wohl aus der Erkenntnis heraus, daß sie einen Bestseller aus der Taufe hoben, und Bestseller haben das an sich, daß sowohl Lob wie Tadel, Begeisterung wie Bannflüche gleicherweise ihre Auflage heben. Eine vielleicht zynische, aber wahre Behauptung.

Natürlich tauchten auch Piratenausgaben und Nachahmungen der »One Human Minute« auf. Es wäre amüsant und am Platz, wenn die nächste Auflage der »Einen Minute« derartige Fakten in den Rubriken »Geistiger Raub«, »Informationsdiebstahl und -fälschung« berücksichtigen würde, weil das einst ziemlich harmlose Phänomen jetzt, mit seinem Gefolge an Nachahmungen, wahren Rudeln von Hyänen und Schakalen gleicht, die hinter dem Löwen herziehen.

Gleichzeitig ist der Begriff *Computer Crime* aus dem Reich der Phantasie in die Wirklichkeit eingezogen. Man kann eine Bank wirklich *durch Fernsteuerung* berauben, mittels elektronischer Impulse, die aus Sicherheitsgründen verwendete Chiffren zu knacken und zu täuschen vermögen, so wie der Safeknacker einen Dietrich, eine Brechstange oder eine Carborundum-Säge verwendet. Die Banken verlieren angeblich auf diese Art beträchtliche Summen, aber »One Human Minute« schweigt sich über solche Verluste aus, weil – wiederum *angeblich* – die Großfinanz sie nicht in die Öffentlichkeit durchsickern lassen will, um nicht zu enthüllen, daß eine neue Achillesferse in Form der »elektronischen Unterminierung der automatischen Buchführung« entstanden ist. So fehlt denn im Buch das Stichwort »Computer Crime«, aber früher oder später wird es in einer der nächsten Auflagen bestimmt auftauchen.

Weil das *Copyright* den Titel des Buches schützt, nicht aber die Idee, der es sein Entstehen verdankt, findet man jetzt in den Buchhandlungen »The World Happening«, »What Happens Now«, »Phantastische Wirklichkeit – Wirkliche Phantastik«, wobei die statistischen Angaben in den Dezimalzahlen ein wenig verändert sind, so daß die Herausgeber von »One Human Minute« in den Gerichten einen schweren Stand hätten, wollten sie das Plagiat einklagen. Alle diese Nachahmungen sind natürlich über einen Leisten geschlagen, nur einmal, als ich in einem dieser Bücher blätterte, fand ich eine ziemlich originelle Einleitung. Sie forderte den Leser zu folgender Überlegung auf: Die völlig objektive Wahrheit geben die Medien *nirgends* bekannt. Es herrscht folgende Gesetzmäßigkeit: Je schlechtere Nachrichten die örtliche Presse bringt, desto größere Freiheiten genießt das betreffende Land, desto besser geht es dort den Menschen. Wenn also die Publizisten die Hände ringen, sich die Haare raufen, das Ende voraussagen, über den Ruin jammern, dann fließen durch die Straßen ganze Ströme glitzernder Autos, in den Auslagen türmen sich Berge der erlesensten Fressalien, alle laufen sonngebräunt und rotwangig herum, leichter findet man einen Brillanten auf der Straße als einen armen Teufel, der gefesselt, unter Bajonetten ins Gefängnis geführt wird. Und umgekehrt: Heitere Nachrichten, voll kraftstrotzender Süße und freudiger Entschiedenheit (solche, die in drohendem Ton alle zur Teilnahme am allgemeinen Glück aufrufen), Presseinformationen, die das Leben in Regenbogenfarben malen (obschon es oft ein Regenbogen ist, der erst *erstrahlen wird* – aber schon *bald*), das alles mit Rosensaft übergossen, findet man gewöhnlich dort, wo die Gefängnisse überfüllt sind, wo Niedergeschlagenheit und Angst herrschen, wo das heulende Elend zu Hause ist. Diese Einleitung nun sprach von der wichtigen Rolle, die »One Human Minute« (oder ihre Entsprechung) erfüllt, wenn es restlos *wahre* Information liefert.

Angeblich soll die ursprüngliche »One Human Minute« computerisiert werden, damit man sie auf dem Bildschirm des Heimcomputers abrufen kann. Die Mehrheit der Menschen zieht, nach altem Brauch, den Band im Bücherregal vor, also wird auch dieses Buch, das zum »Buch aller Bücher« werden sollte, die Masse des bedruckten Papiers vergrößern.

Wohl kann man darin die Information finden, wieviele Bäume in der ganzen Welt in jeder Minute von einer Säge oder einer Axt gefällt werden. Diese Wälder verarbeitet man dann zu Papier für die Zeitungen, die zur Rettung der Wälder aufrufen. Aber diese Information enthält »One Human Minute« nicht. Die muß man sich schon selber hinzudenken.

III

»One Human Minute« wurde tatsächlich computerisiert, aber nicht so, wie ich es mir vorgestellt habe. Sagen wir es offen heraus: Der Inhalt des Buches ist, wenn auch langsam, anachronistisch geworden. Immer mehr Menschen bevölkern die Erde, zu den längst bekannten Katastrophen und Plagen gesellen sich neue, veränderte Produktionsmethoden stellen andere Gegenstände des täglichen Gebrauchs her als früher. Deshalb mußte man das Buch, ebenso wie statistische Jahrbücher, bei jeder Neuauflage neu redigieren oder, genauer gesagt, aufs neue berechnen. Bis jemand auftauchte, der noch findiger war als die Brüder Johnson: Er beschloß, gestützt auf den »ewigen Kalender«, eine ewige – von Jahr zu Jahr gültig bleibende – »Eine Minute der Menschheit« zu schreiben und auf den Markt zu werfen. In der Epoche elektronischer Taschenrechner, ebensolcher Schachspieler und Tausender ähnlicher Produkte, die vorgeben, die Verkörperung der »künstlichen Intelligenz« zu sein (noch ist keines dieser Produkte so weit, aber wahrscheinlich wird es einmal dazu kommen), da man sich einen Taschenübersetzer kaufen und mit seiner Hilfe einfache Gespräche in einer Fremdsprache führen kann, konnte man sich auch an eine solche – keine ständigen Korrekturen und Neuausgaben erfordernde – Version dieses Buches heranwagen.

Man muß nur das Jahr angeben und dann aus dem Inhaltsverzeichnis, das zusammen mit der Garantie dem Buch beiliegt, das entsprechende Stichwort wählen. Dabei kann man sich in der Zeit sowohl vorwärts wie rückwärts bewegen. Natürlich, nachdem man sich vergewissert hat, daß die Maschine anzeigt, wie viele Kinder vor dreißig und wie viele vor dreihundert Jahren auf die Welt gekommen sind, wandelt einen die Lust an, sie auf eine schwierigere Probe zu stellen: Wie viele Fernsehzuschauer hat es zur Zeit gegeben, als Kolumbus Amerika entdeckte?

Die kleine Maschine ist jedoch keineswegs so dumm, wie es scheinen könnte, und läßt sich nicht so leicht foppen. Bei dieser Frage erscheint im Fensterchen eine Null. Bald überzeugen wir uns, daß in der neuen Mikrocomputerversion der »One Human Minute« die Vergangenheit ziemlich genau codiert ist. Interessanter ist es, mit ihrer Hilfe die Zukunft zu erforschen. Weiter als hundert Jahre kann man aber der Zukunft nicht vorgreifen: Versucht man es, erscheint im Fensterchen der Buchstabe E, mit dem für gewöhnlich elektronische Taschenrechner signalisieren, daß sie überfordert sind und die verlangte Berechnung nicht durchführen können. Die einzelnen Daten sind Extrapolierungen mit einem solchen Ballast von Berechnungen, die sie hervorgebracht haben und begründen, daß ich nicht die mindeste Lust habe, darin herumzuwühlen. Das einzig Sichere ist, daß alle diese Daten unsicher sind, wie überhaupt jede Behauptung, die sich auf die Zukunft bezieht. Übrigens fällt die »Ewige Minute der Menschheit«, da sie ja kein Buch mehr ist, nicht unter die Pflichten eines Buchrezensenten. Ihm bleibt nur folgende Bemerkung übrig, die vielleicht nicht einer gewissen Tiefe entbehrt:

Die Heilige Schrift sagt, daß am Anfang das Wort war und das Wort war bei Gott . . . usw. Dies für unseren irdischen Gebrauch paraphrasierend, können wir sagen: Am Anfang war der Computer, der dieses Buch hervorgebracht hat, und das Buch ist wieder zum

Computer geworden. Vielleicht ist dies eine ganz zufällige und oberflächliche Analogie, ich fürchte aber, daß dem nicht so ist.

Berlin, März 1983

Waffensysteme des 21. Jahrhunderts
oder
The Upside Down Evolution
(Die verkehrte Evolution)

Aus Lems Bibliothek des 21. Jahrhunderts

I

Nachdem ich – auf einem Wege, den ich nicht verraten darf – Zutritt zu Werken erhalten hatte, die die Militärgeschichte des 21. Jahrhunderts zum Thema haben, überlegte ich als erstes, wie ich die auf solche Weise erworbenen Informationen geheimhalten sollte. Das Problem ihrer Geheimhaltung war für mich das wichtigste, wußte ich doch, daß derjenige, der diese Geschichte kennt, wie der wehrlose Entdecker eines Schatzes ist und diesen, zusammen mit dem eigenen Leben, leicht verlieren kann. Ich wußte, daß nur ich allein jene Fakten aus den Büchern kenne, die mir Doktor R. G. für kurze Zeit zugänglich gemacht hatte und die ich ihm knapp vor seinem frühzeitigen Tod zurückgab. Soviel ich weiß, hat er sie verbrannt und so das Geheimnis mit ins Grab genommen.

Der einfachste Ausweg schien mir, darüber zu schweigen. Durch Schweigen konnte ich meine Haut retten. Doch mir tat es leid um die Unzahl so einzigartiger Informationen, die mit der politischen Geschichte des nachfolgenden Jahrhunderts zusammenhingen und ganz neue Horizonte auf allen Gebieten des menschlichen Lebens eröffneten. Wie – zum Beispiel – allein die erstaunliche, von niemandem vorausgesehene Wende im Bereich der künstlichen Intelligenz (AI – Artificial Intelligence), die gerade dadurch Weltmacht erlangte, daß sie *nicht* zu einer Intelligenz im Sinne des einer Maschine einverleibten Verstandes wurde. Der eigenen Sicherheit wegen zu schweigen bedeutete, mich aller Vorteile zu begeben, die aus diesem Wissen erwuchsen.

Als nächstes drängte sich der Gedanke auf, ein ausführliches Gedächtnisprotokoll vom Inhalt jener Bücher niederzuschreiben und das Manuskript in einem Banktresor zu hinterlegen. Es galt, unbedingt alles aufzuschreiben, was ich von der Lektüre im Gedächtnis behalten hatte, denn mit der Zeit hätte ich viele Daten dieses weitgespannten Themas vergessen. Wollte ich zu diesen Fakten gelangen, dann brauchte ich nur den Banktresor aufzusuchen, am Ort Notizen zu machen und das Manuskript in das gepanzerte Schließfach zurückzulegen. Das war jedoch gefährlich. Erstens konnte mich jemand dabei beobachten. Zweitens gibt es in der heutigen Welt keine Banktresore und Schließfächer, die hundertprozentig einbruchsicher wären. Selbst ein nicht besonders intelligenter Dieb würde früher oder später darauf kommen, was er für ein ungewöhnliches Dokument erbeutet hat. Selbst wenn er mein Manuskript wegwerfen und vernichten würde, hätte ich davon keine Kenntnis und würde in der ständigen Angst leben, daß die Verbindung meiner Person mit der Geschichte des 21. Jahrhunderts bekannt wird.

Mein Dilemma sah also folgendermaßen aus: das Geheimnis für alle Zeiten zu bewahren und zugleich ungehindert aus ihm Nutzen zu ziehen. Es vor der ganzen Welt zu verbergen, doch nicht vor mir selbst. Nach langen Überlegungen kam ich zu der Erkenntnis, daß dies ganz einfach zu bewerkstelligen war. Die sicherste Art, die ungewöhnliche Idee, in jedem Wort und jedem Zoll wahr, bestand darin, sie als *Science-fiction* zu publizieren. Wie der Brillant, auf einen Haufen von zerbrochenem Glas geworfen, unerkannt bleibt, so wird die authentische Enthüllung, zwischen die Ungereimtheiten der *Science-fiction* geschoben, diesen ähnlich und hört damit auf, gefährlich zu sein.

Da ich mich aber nicht aller Befürchtungen entledigen konnte, machte ich fürs erste von dem mir gehörenden Geheimnis sehr bescheidenen Gebrauch im Jahre 1967, als ich den phantastischen Roman »Die Stimme des Herrn« schrieb (Insel Verlag und Verlag Volk und Welt, »His Master's Voice« bei Harcourt Brace Jovanovich). Auf Seite 125 sind in der dritten Zeile von oben die Worte zu lesen ». . . the ruling doctrine was the ›indirect economic attrition‹« (. . . Die herrschende Doktrin war die indirekte ökonomische Zermürbung), und dann wird diese Doktrin in den Aphorismus »The thin starves before the fat loses weight« gefaßt. In der deutschen Ausgabe heißt es: »Bevor der Dicke mager wird, ist der Magere krepiert.«

Diese Doktrin in den USA nach 1980, also dreizehn Jahre nach Erscheinen der ersten Ausgabe von »Die Stimme des Herrn«, offen dargelegt, ergab einen etwas anderen Wortlaut (in der Presse der Bundesrepublik Deutschland z. B. hieß die Kurzformel »den Gegner totrüsten«). Als ich feststellte – und seit dem Erscheinen des Buches war immerhin ausreichend Zeit dafür –, daß tatsächlich niemand die Übereinstimmung meiner Phantasterei mit dem späteren politischen Sachverhalt bemerkt hatte, wurde ich übermütig. Ich sah ein, daß das Einschmuggeln der Wahrheit in ein Märchen eine außerordentlich wirkungsvolle Anwendung von Tarnfarben in der Literatur ist, und sogar *das* kann man dann ruhig eingestehen. Man kann sagen, daß man die Wahrheit bewußt tarnt, denn ohnehin wird sie doch niemand ernst nehmen. Es gibt also keine bessere Methode, höchst geheime Information zu verbergen, als sie in einer Massenauflage zu publizieren.

Indem ich mit der oben geschilderten Enthüllung das Geheimnis abgesichert habe, kann ich jetzt ruhig darangehen, es nun ausführlicher darzulegen. Ich beschränke mich damit auf die zu Beginn des 22. Jahrhunderts erschienene dreibändige Ausgabe von »Weapon Systems of the Twentyfirst Century or The Upside Down Evolution«. Ich könnte sogar ihre Autoren nennen (von denen noch keiner auf die Welt gekommen ist), doch das ist wohl kaum der Mühe wert. Das Werk »Die Waffensysteme des 21. Jahrhunderts oder Die verkehrte Evolution« besteht aus drei Bänden. Der erste Band zeigt die Entwicklung der Waffen seit 1944, der zweite schildert, wie die Eskalation der Atomwaffen den Trend zur *Ausschaltung des Menschen* im Krieg durch Übertragung der Waffen*produktion* aus der Rüstungsindustrie auf die Schauplätze der militärischen Operationen herbeiführte, und der dritte Band wiederum erklärt, welchen Einfluß diese größte militärische Umwälzung auf die weitere Weltgeschichte ausübte.

II

Bald nach der atomaren Zerstörung von Hiroshima und Nagasaki gründeten amerikanische Gelehrte die Monatsschrift *»Bulletin of the Atomic Scientist«*, und auf dem Umschlag reproduzierten sie die Fotografie einer Uhr, auf der die Zeiger auf zehn Minuten vor zwölf standen. Sechs Jahre später, nach den ersten gelungenen Tests mit der Wasserstoffbombe, war der Minutenzeiger um fünf Minuten vorgerückt, und als auch die UdSSR die thermonukleare Waffe in Besitz hatte, war der große Zeiger um drei Minuten der Stunde Zwölf näher gekommen. Sein nächstes Vorrücken sollte das Ende der Zivilisation bedeuten, der vom Bulletin angekündigten Doktrin entsprechend: »ONE WORLD OR NONE«. Die Welt sollte ihr zufolge durch Vereinigung gerettet werden oder unweigerlich zugrunde gehen.

Keiner der als Väter der Bombe bezeichneten Wissenschaftler war der Meinung, daß trotz des Anwachsens des Kernwaffenarsenals auf beiden Seiten des Ozeans und trotz der Unterbringung größerer Ladungen von Plutonium und Tritium in zunehmend zielgenaueren ballistischen Raketen der Friede – von lokalen konventionellen Kriegen unterbrochen – bis Ende des Jahrhunderts anhalten würde. Die Atomwaffe hat die bekannte Clausewitzsche Definition (der Krieg ist nichts anderes als die Fortsetzung der Politik mit anderen Mitteln) insofern korrigiert, als der Angriff durch die Angriffsdrohung ersetzt wurde. So kam die Doktrin von der symmetrischen Abschreckung auf, später in Kurzform Gleichgewicht des Schreckens genannt. Diese Doktrin propagierten die verschiedenen amerikanischen Regierungen unter diversen Initialwörtern. Zum Beispiel unter MAD (*Mutual Assurance Destruction* – Garantierte gegenseitige Vernichtung), deren Prämisse die sogenannte *Second Strike Capability* war (die Fähigkeit der zuerst angegriffenen Macht, der anderen Seite einen Vergeltungsschlag zu versetzen). Das Vernichtungsvokabular wurde im Verlauf der Jahrzehnte an neuen Schlagworten reicher. Es nahm Begriffe auf wie »All Out Strategic Exchange«, was heißen soll: unbegrenzter Austausch von Atomschlägen, wie ICM (Improved Capability Missile, das heißt verbesserte Raketenleistung), wie MIRV (Multiple Independently Targeted Reentry Vehicle – ein Geschoß, das zur gleichen Zeit eine größere Anzahl von Sprengköpfen auswirft, von denen jeder auf ein anderes Ziel gerichtet ist), wie PENAID (Penetration Aids) – d. h. »Köder« in Form von Geschoßattrappen oder Sprengköpfen, die die gegnerischen Radar-Fallen blind machen, wie WALOPT (*Weapons Allocation and Desired Ground-Zero Optimizer*) und MARV (*Manœuvrable Reentry Vehicle*, das sind Geschosse, die in der Lage sind, die Abwehrraketen der Verteidigung aktiv zu umgehen und das Zielobjekt mit einer Genauigkeit bis zu 20 Meter vom vorprogrammierten Nullpunkt entfernt zu treffen) und ähnliches mehr.

Zu den Schlüsselbegriffen gehörte die *Zeit*, die zur Erkennung eines Raketenangriffs notwendig ist, verbunden mit der *Erkennungs*fähigkeit eines derartig begonnenen Angriffs; doch ich vermag hier nicht einmal ein Hundertstel der ganzen Serie sukzessiv entstehender Fachausdrücke und ihre Bedeutung anzuführen.

Obwohl die Gefahr eines Atomkrieges *wuchs*, als das Gleichgewicht der Kräfte sich verschlechterte, und die vernunftgemäß sozusagen im Interesse der Antagonisten liegende Sache eben die präzise *Aufrechterhaltung* dieses gesicherten Gleichgewichts unter multinationaler Kontrolle zu sein schien, kam es trotz wiederholt geführter Verhandlungen nicht dazu.

Gründe dafür gab es eine Menge. Die Autoren der »Waffensysteme . . .« teilen diese Gründe in zwei Gruppen ein. In der einen sehen sie den Druck des traditionellen Denkens in der internationalen Politik. Diese Tradition besagte, daß man den Frieden propagieren und sich auf den Krieg vorbereiten, also das bestehende Gleichgewicht bis zur Erringung der Überlegenheit verletzen soll. Die zweite Gruppe bildeten vom politischen wie vom unpolitischen menschlichen *Denken* unabhängige Faktoren in Gestalt der Entwicklungstrends in den wichtigsten militärisch anwendbaren Technologien.

Jede auftauchende Möglichkeit der technischen Vervollkommnung von Waffen wurde mit dem Argument realisiert, »wenn wir es nicht machen, werden es die anderen tun«. Zugleich machte die Doktrin des Nuklearkrieges manchen Wechsel durch. Das eine Mal nahm sie die Form des begrenzten atomaren Schlagabtauschs an (wiewohl niemand wußte, worin eigentlich die *sichere* Garantie ihrer Begrenzung bestehen sollte), ein anderes Mal setzte sie sich die *totale* Vernichtung ihres Gegners zum Ziel (und dabei machte sie dessen ganze Bevölkerung gleichsam zu »Geiseln«), und wieder ein anderes Mal sah sie in erster Linie die Vernichtung des gegnerischen industriell-militärischen Potentials vor.

Die uralte Regel der Entwicklung von Militärwaffen, die sich auf das Prinzip von »Schwert und Schild« gründet, wurde immer noch befolgt. Den »Schild« stellte die zunehmende Steigerung der *Härtung* der

Silos für ballistische Raketen dar, und das »Schwert«, das auch diesen Schild durchbohren sollte, war die zunehmende Genauigkeit der Geschosse, später dann – zusätzlich – die eigene Manövrierfähigkeit, selbständig die Ziele anpeilen zu können. Der »Schild« war für die Atom-U-Boote das Meer, und das »Schwert« war die Verbesserung der Methoden zur Auffindung dieser U-Boote in der Meerestiefe.

Der technische Fortschritt in der Abwehr führte den elektronischen »Spion« auf die Erdumlaufbahn und schuf einen hohen Plafond von globaler, weitreichender Aufklärung, imstande, Raketen bereits bei ihrem Start auszumachen, und das war wiederum ein »Schild«, der von einem neuen Typus von »Schwert« in Gestalt von Satelliten (sogenannten »Killern«) durchschlagen werden sollte, sei es durch Blendung der Abwehr-»Spione« mit Hilfe von Laser, sei es sogar durch die direkte Vernichtung der Atomraketen mit blitzschneller Entladung der Laserstrahlen von ungeheurer Kraft im außeratmosphärischen Weltraum während des Flugs.

Doch Hunderte Milliarden, in immer höher reichende Stufen des Konflikts investiert, vermochten nicht die endgültig sichere und daher kostbare strategische Überlegenheit zu bringen – und dies aus zwei weitgehend unterschiedlichen, voneinander fast unabhängigen Gründen.

Erstens verringerten alle diese Verbesserungen und Innovationen die strategische Sicherheit sowohl in bezug auf den Angriff wie auf die Verteidigung, anstatt sie zu vergrößern. Sie verminderten diese Sicherheit deshalb, weil das Gesamtsystem jeder Supermacht immer komplizierter wurde, da es sich aus einer immer größer werdenden Zahl verschiedener Subsysteme auf dem Festland, im Meer, in der Luft und im Weltraum zusammensetzte. Ihre militärische Wirksamkeit hing von der Zuverlässigkeit ihrer Nachrichtenverbindung ab, die die optimale Synchronisierung der Vernichtungsaktivitäten garantierte. Nun ist für alle Systeme, die sich durch hohe Komplexität auszeichnen, ob es sich um industrielle oder militärische, um biologische oder technische, um Information oder Materie verarbeitende Systeme handelt, die *Unzuverlässigkeit* charakteristisch, mathematisch proportional zur Quantität der Elemente, aus denen sich das System zusammensetzt. Der technisch-militärische Fortschritt brachte ein spezifisches Paradoxon mit sich: Je vollkommenere Waffenarten er hervorbrachte, eine um so größere Rolle spielte in ihrer effektiven Anwendung der *Zufall*, der sich nicht exakt berechnen läßt.

Dieses Hauptproblem muß ausführlich erklärt werden, denn lange Zeit brachten es die Wissenschaftler nicht zustande, die Abhängigkeit komplizierter Systeme vom *Los* – zur *Basis* jeglicher technischen Praxis zu machen. Um den Pannen solcher Systeme entgegenzuwirken, führten die Ingenieure Überschüsse an Funktionalität und Widerstandsfähigkeit in diese ein: als Energiereserve zum Beispiel, oder – beim Bau der ersten amerikanischen Raumfähren (wie der Spaceshuttle Columbia) – durch Doublieren oder sogar *vervierfachte* Anwendung paralleler Vorrichtungen, und eben deshalb hatten die ersten Raumfähren der Amerikaner mindestens vier Hauptcomputer, damit der Ausfall eines einzigen nicht ein katastrophales Scheitern verursachte. Die totale Vermeidung von Pannen ist unerreichbar. Wenn ein System aus Millionen von Elementen zusammengesetzt ist und jedes Element bloß einmal in einer Million aussetzt, wobei die Leistung des Ganzen von der Leistung aller Elemente abhängt, dann tritt *mit Sicherheit* eine Panne im System auf. Die Physis von Tieren und Pflanzen jedweder Art setzt sich aus Billionen Funktionsteilen zusammen, und doch wird das Leben mit dem Phänomen unvermeidlicher Fehlbarkeit fertig. Auf welche Weise? Die Fachleute bezeichnen dies als den Bau von zuverlässigen Systemen aus unzuverlässigen Teilen. Die natürliche Evolution widersetzt sich der Anfälligkeit der Organismen für Pannen mittels zahlreicher Taktiken: mit der Fähigkeit, sich selbst wiederherzustellen oder zu *regenerieren*, mit dem Überschuß an allen Organen (deshalb haben wir zwei Nieren statt einer, deshalb bleibt selbst eine zur Hälfte kaputte Leber weiterhin die leistungsfähige zentrale chemische Verarbeitungsstelle des Organismus, deshalb gibt es im Blutkreislauf so viele Reservebahnen für das Blut in Form von Nebenadern und -arterien) sowie mit der *Dispersion* jener Zentren, die die somatischen und psychischen Prozesse *steuern*. Gerade dieses letztere Phänomen hat den Gehirnforschern soviel Kopfzerbrechen bereitet, die nicht begreifen konnten, wieso selbst das schwer geschädigte Gehirn zu funktionieren vermag, während gering beschädigte Computer den Programmen den Dienst versagen. Die bloße Doublierung von Zentren und Teilen, im Ingenieurswesen des 20. Jahrhunderts angewandt, führte zu Absurditäten in den Konstruktionen: Würde ein automatisches Raumschiff, das zu einem entfernten Planeten gelenkt wird, nach dieser gleichen Direktive der *Vervielfältigung* der das Schiff steuernden Computer gebaut werden, die bei den Raumfähren angewendet wird, dann dürfte es – wegen der langen Flugzeit – nicht vier oder fünf, sondern müßte vielleicht fünfzig solche Computer enthalten, die nicht mehr nach dem Prinzip der »linearen Logik«, sondern der »demokratischen Abstimmung« arbeiten. Wenn nämlich einzelne Computer aufhörten, identisch zu arbeiten, und damit von den berechneten Resultaten abweichen würden, dann müßte man als richtige Resultate der Berechnungen jene ansehen, zu denen die *Mehrheit* gelangt ist. Doch eine solche Art von »ingenieurmäßigem Parlamentarismus« würde zur Produktion von Giganten führen, die mit den gerade für die parlamentarische Demokratie typischen Unzulänglichkeiten belastet sind: zu einander widersprechenden Standpunkten, Projekten, Plänen und Aktivitäten. Der Ingenieur würde den in sein System eingebauten demokratischen Pluralismus *Elastizität* nennen, die jedoch ihre Grenzen haben muß.

Man hätte – so sagten die Fachleute des 21. Jahrhunderts – schon viel früher an den Produkten der biologischen Evolution lernen sollen, denn ihre Milliarden Jahre währende Vitalität ist der Beweis für die Wirksamkeit einer optimalen Ingenieurstrategie. Der lebendige Organismus wird weder vom »totalitären Zentralismus« bestimmt noch vom »demokratischen Pluralismus«, sondern von einer viel komplexeren Strategie, die man nur mit großer Vereinfachung als *Kompromiß* zwischen *Konzentration* und *Dispersion* der Regulierzentren bezeichnen kann.

Indessen wuchs im Wettrüsten der Spätphase des 20. Jahrhunderts die Rolle des unberechenbaren Zufalls im gleichen Maße, als dieser Wettlauf dauerte. Dort, wo die Niederlage vom Sieg durch *Stunden* (oder Tage) und durch *Kilometer* (oder Hunderte Kilometer) getrennt ist, wo also jeder Fehler des Kommandos durch den Einsatz von Reserven, durch ein Umgehungsmanöver oder durch einen Gegenangriff wettgemacht werden kann, läßt sich die Rolle des Zufalls wirksam reduzieren.

Dort aber, wo Mikromillimeter und Nanosekunden die Wirksamkeit der militärischen Operationen bestimmen, taucht, wie ein neuer Kriegsgott, der über Sieg oder Vernichtung entscheidet, der Zufall in Reinkultur auf, gewissermaßen aus den mikroskopischen Ausmaßen der Atomphysik ins Riesige vergrößert und herausgehoben, weil es so ist, daß die schnellsten und vollkommensten Systeme schließlich zur Heisenbergschen Unschärferelation vorstoßen, die durch *nichts jemals* mehr geschlagen werden kann, ist sie doch die Grundeigenschaft der Materie im ganzen Weltall. Es muß sich dabei nicht einmal um irgendwelche Pannen bei Computern von Aufklärungssatelliten handeln oder der mit Laserstrahlen auf die Atomsprengköpfe der Angriffsraketen zielenden Abwehr. Es geht einfach darum, daß, wenn Serien elektronischer Impulse der Abwehr die Serien ähnlicher Impulse im Angriffssystem auch nur um eine Milliardstelsekunde verfehlen, der Ausgang der *letzten Schlacht* durch einen Glücksfaktor (wie in einem *Lotteriespiel*) entschieden wird. Ohne sich über diesen Sachverhalt Rechenschaft abzulegen, haben die großen Gegenspieler des Planeten zwei gegenläufige Strategien entwickelt: Bildlich lassen sie sich als Strategien der *Präzision* und des *Hammers* beschreiben. Der *Hammer* war die ständige Erhöhung der Kernkraftladungen, und die chirurgische *Präzision* war das Streben nach unfehlbarer Auffindung und augenblicklicher Vernichtung solcher Ladungen im Flug. Dem Zufall sollte am Ende die sogenannte »Rache der toten Hand« entgegenstehen: Der Gegner sollte wissen, daß er auch dann zugrunde geht, wenn er siegt, denn selbst der vollständig vernichtete Staat wird mit einem – automatischen und posthumen – Schlag antworten, der eine ausnahmslos allgemeine Katastrophe bewirkt. Das war zumindest die Haupt*richtung* des Rüstungswettlaufs, als ihre von keinem einzelnen gewollte, jedoch unausweichliche *Resultante*.

Was tut der Ingenieur, um die Folgen eines Zufallsfehlers in einem sehr großen und sehr komplizierten System auf ein Minimum zu beschränken? Er überprüft es viele Male im Experiment und sucht nach schwachen Stellen, die besondere Unzuverlässigkeit aufweisen. Doch das »System«, zu welchem die vom Atomkrieg erfaßte Erde unter Anwendung von Boden-, Untersee- und Luftraketen, Satelliten, Antiraketen, vielfachen Kommando- und Verbindungszentren würde, ein »System«, das durch aufeinanderfolgende Wellen gegenseitig ausgeteilter Atomschläge von der Erde, vom Meer und aus dem Weltraum entstand, dieses gigantische System aller miteinander ringenden destruktiven Kräfte kann man unmöglich »ausprobieren«. Keinerlei Art von Manövern und keinerlei Simulation mit Computern vermögen die tatsächlichen Bedingungen eines solchen globalen Kampfes darzustellen.

Die aufeinanderfolgenden neuen Waffensysteme zeichneten sich durch wachsende operative Schnelligkeit aus, beginnend mit operativen *Entscheidungen* (den Schlag führen oder ihn *nicht* führen, *wo, wie*, mit welcher in *Reserve* gehaltener Stärke, mit welchem *Risiko* usw.), und gerade diese wachsende Schnelligkeit brachte den prinzipiell unberechenbaren Zufallsfaktor ebenfalls ins Spiel. Das ließe sich wie folgt formulieren: »Unerhört schnelle Systeme begehen unerhört schnell Fehler«. Dort, wo Bruchteile von Sekunden über die

Rettung oder Vernichtung eines großen Gebiets, einer großen städtischen Metropole, eines Industriekomplexes oder einer großen Flotte entscheiden, ist es unmöglich, militärisch-strategische *Gewißheit* zu erzielen, oder anders: Man wird nicht mehr zwischen Sieg und Niederlage unterscheiden können. Mit einem Wort, der Rüstungswettlauf steuerte auf die Situation eines Pyrrhussieges zu.

Auf den alten Schlachtfeldern, wo einst Ritter auf Pferden und in Rüstungen kämpften und das Fußvolk im Nahkampf stand, entschied der Zufall über Leben und Tod des einzelnen oder einer Abteilung. Dahingegen erhob die Kraft der Elektronik, in die Logik der Computer eingebaut, den Zufall in einen Rang, auf dem er über das Schicksal ganzer Völker und Armeen entschied.

Zweitens – und das war etwas ganz Spezifisches – entstanden neue, verbesserte Waffenarten im Entwurf so schnell, daß die Industrie mit ihrer militärischen Einführung nicht Schritt halten konnte. Die Systeme der Befehlserteilung, des Zielanflugs, der Camouflage, der Lenkung, der Aufrechterhaltung und Unterbrechung von Kommunikationslinien, zusammen mit der Vernichtbarkeit der konventionellen Waffen (aber gerade dies war eine falsche und veraltete Bezeichnung) wurden anachronistisch, ehe sie noch zur serienmäßigen Ausrüstung der militärischen Formationen gelangten.

Deshalb kam es in den achtziger Jahren immer häufiger dazu, daß die bereits begonnene Massenproduktion neuer Jagdflugzeuge und Bomber, »Cruise missiles« (Marschflugkörper), Anti-Antiraketen, Aufklärungs- und Angriffssatelliten, Unterseeboote, Laserbomben, Sonar- und Radargeräte eingestellt werden mußte. Deshalb mußte man auf bereits entstandene Prototypen verzichten, deshalb wurden so viele politische Auseinandersetzungen rund um die Rüstungspläne aufs hitzigste geführt, die riesige Budgetmittel und menschliche Arbeit verschlangen, denn nicht nur erwies sich jede nachfolgende Neuerung als weit teurer als die vorausgegangene, sondern darüber hinaus mußten viele Neuerungen schon in der Anfangsphase als Verlust abgeschrieben werden, und dieser Prozeß setzte sich mit unermüdlicher Beharrlichkeit fort. Es sah danach aus, als sollten nicht die technisch-militärischen *Erfindungen* den Ausschlag geben, sondern das *Tempo*, mit dem sie in die Industrie eingeführt wurden. Diese Erscheinung zeichnete sich gegen Ende des 20. Jahrhunderts als neues, nächstes Paradoxon des Rüstungswettlaufs ab, und das einzig wirkungsvolle Mittel, seinen verhängnisvollen Einfluß auf die verfügbare militärische Kraft auszuschalten, schien eine Rüstungsplanung, nun nicht mehr für acht bis zwölf Jahre im voraus, sondern für ein Vierteljahrhundert – was die reinste Unmöglichkeit war, weil sie die Voraussicht solcher neuer Entdeckungen und Erfindungen erforderte, von denen in der gegebenen Situation keiner der hervorragendsten Experten auch nur eine Vorstellung hatte.

Am Ende des Jahrhunderts tauchte der Plan für eine neue Waffe auf, die weder Atombombe noch Laserwerfer war, sondern eine Art Kreuzung von beiden. Bis dahin kannte man Atombomben mit Kernspaltung (Uran, Plutonium) und nukleare Verschmelzungssysteme (thermonukleare und Wasserstoff-Plutonium-Reaktion). Eine solche »Urbombe« schleuderte die ganze Macht des Massendefizits der nuklearen Verbindungen in Gestalt aller möglichen Arten von Strahlungen in die Umwelt: von Gamma- und Röntgenstrahlen bis über die thermischen, zusammen mit Lawinen korpuskularer Reste der Ladung, die sich durch bedeutende Lebensfähigkeit und daher durch eine für sie spezifische Periode todbringender Wirkung auszeichneten. Eine solche Bombe emittierte aus der glühenden Hülle mit einer Temperatur von Millionen Graden energetische Wellen jeder Länge und aller Arten von Elementarteilchen. Wie jemand sagte, »die Materie erbrach bei der Explosion alles, was sie nur konnte«. Vom militärischen Standpunkt aus war das Verschwendung, denn am Nullpunkt verwandelten sich alle Objekte in flammendes Plasma, in Gas, in die ihrer elektronischen Hülle beraubten Atome. An der Explosionsstelle flogen Steine, Bäume, Häuser, Metalle, Brücken, menschliche Körper in die Luft, ebenso wie der aufschießende Flammenpilz Beton und Sand in die Stratosphäre schleuderte. Diese Leistung wurde durch »Umformerbomben« noch vervollkommnet. Diese Bombe emittierte das, woran den Strategen in einer bestimmten Situation gelegen war: entweder eine harte Strahlung – und dann tötete sie als sogenannte »saubere Bombe« vor allem alles Lebendige – oder eine thermische Strahlung, so daß der Wärmestoß auf einer Breite von Hunderten Quadratkilometern einen Feuersturm entfachte.

Doch die Laserbombe war eigentlich keine Bombe, sondern ein Laser»werfer« für einmaligen Gebrauch, da ein ganz großer Teil ihrer Kraft im brennenden Strahl konzentriert war, der (zum Beispiel aus einer hohen Erdumlaufbahn) eine Stadt, einen Raketenstützpunkt oder andere wichtige strategische Ziele verbrennen (oder schließlich den Satellitenschutz des Gegners vernichten) konnte. Eine solche Pseudobombe warf einen Todesstrahl aus, der gleichzeitig sie selbst in Flammensplitter verwandelte. Wir werden jedoch nicht weiter auf ähnliche Einzelheiten des Rüstungsfortschritts eingehen, weil er, entgegen den damals herrschenden Auffassungen, nicht den Beginn einer weiteren Eskalation, sondern im Gegenteil den Anfang ihres Endes bildete.

Hingegen lohnt es sich, auf die Atomarsenale der Erde im 20. Jahrhundert einen Blick aus der historischen Perspektive zu werfen. Schon in den siebziger Jahren reichte das, was diese Arsenale bargen, dazu aus, alle Bewohner des Planeten *mehrmals* zu töten, wenn man diese Vernichtungskraft pro Kopf berechnete. Dieser Tatbestand, der sogenannte *»overkill«*, war ziemlich allgemein bekannt, vor allem den Fachleuten. Da die Vernichtungskraft im Überfluß vorhanden war, waren die ganzen Bemühungen der Experten auf die Sensibilisierung für einen Präventivschlag oder einen Gegenschlag auf die Bestände des Gegners bei gleichzeitigem Schutz der eigenen Bestände gerichtet. Der Schutz der eigenen Bevölkerung war wichtig, aber zweitrangig. In den frühen fünfziger Jahren eröffnete das *»Bulletin of the Atomic Scientist«* eine Diskussion, an der auch Physiker – »Väter der Bombe« – wie Bethe und Szilard teilnahmen und die den Chancen für den Zivilschutz im Falle eines atomaren Konflikts gewidmet war. Die Lösung, sollte sie realistisch sein, kam der Zersplitterung der Städte und der Errichtung gigantischer unterirdischer Schutzbunker gleich. Bethe schätzte die Kosten der ersten Phase eines solchen Vorgehens auf etwa 20 Milliarden Dollar, doch die gesellschaftlichen, psychologischen, zivilisatorischen Kosten einer solchen Operation konnte man nicht einschätzen. Übrigens wurde bald klar, daß, selbst wenn man eine neue »Troglodyten-Epoche« ins Leben rief, dies der Bevölkerung keine Überlebensgarantie geben würde, weil der Wettlauf um den Bau von Raketen mit immer stärkerer Ladung und größerer Zielgenauigkeit weiter anhalten würde. Jene Konzeption befruchtete nur die damalige *Science-fiction* mit finsteren und entsetzlichen Visionen, in denen die Reste einer entarteten Menschheit in betonierten, mehrstöckigen, tief unter der Erdoberfläche befindlichen Maulwurfslöchern unter den Ruinen der verbrannten Städte vegetierten. Selbsternannte Futurologen (andere hat es eigentlich nie gegeben) wetteiferten miteinander in der Extrapolation aus den bestehenden Atom-Arsenalen auf die künftigen, noch schrecklicheren: Einer der wegen solcher Spekulationen am meisten Gepriesenen war Herman Kahn (»Thinking about the Unthinkable«, ein Buch über den H-Bombenkrieg). Er hat auch die »Weltuntergangsmaschine« ausgetüftelt, die, als riesige Atomladung, umhüllt von einem gepanzerten Kobaltmantel, irgendein Staat in der Tiefe des eigenen Territoriums vergraben kann, um die übrige Welt mit der Drohung des »Selbstmords des ganzen Planeten« zu erpressen. Hingegen stellte sich niemand vor, wie bei einem Andauern der politischen Antagonismen das Atomzeitalter zu einem Ende kommen kann, das weder dem Weltfrieden noch der weltweiten Vernichtung gleichkäme.

In den ziemlich frühen Jahren des 21. Jahrhunderts stellte die theoretische Physik Überlegungen zu der Frage an, die, wie es schien, für das weitere »Sein oder Nichtsein« der Welt entscheidend war, nämlich, ob die kritische Masse der Uraniden, wie Uran 235 oder Plutonium (das heißt eine Masse, in der die in Angriff genommene Kettenreaktion eine Kernexplosion bewirkt), eine *absolut* konstante Größe ist. Hätte man nämlich auf die Größe der kritischen Masse einwirken können, und gar auf beträchtliche Entfernung, dann wäre die Chance zur Paralysierung der bestehenden Atomladungen entstanden. Wie sich zeigte – nebenbei gesagt, war die Sache im wesentlichen bereits den Physikern des vorangegangenen Jahrhunderts bekannt –, *kann* die kritische Masse Veränderungen ihrer Größe erfahren, d. h., es existieren derartige physikalische Bedingungen, unter denen die bisher kritische Ladung aufhört, kritisch zu sein, und daher nicht explodiert – aber die Quantität an Energie, die investiert werden muß, um eben solche Bedingungen zu schaffen, ist weit größer als die Kraft, die in allen Atomwaffen zusammen enthalten ist. Die Versuche einer solchen Unschädlichmachung der Atomwaffe endeten mit einem Fiasko.

III

In den achtziger Jahren des 20. Jahrhunderts tauchten neue Typen von Raketengeschossen auf, allgemein FIF (Fire and Forget) genannt. Dieses Geschoß wurde von einem entsprechend programmierten Mikrocomputer gesteuert und suchte nach dem Abschuß selber das Ziel. Hatte man es einmal in Bewegung gesetzt, so konnte man es, im wahrsten Sinne des Wortes, vergessen. In jener Zeit entstanden auch die unbemannten Spionagegeräte, zunächst in der Meerestiefe. Die pfiffige Seemine, mit Fühlern und Erinnerungsvermögen ausgestattet, konnte sich die Bewegungen der über ihr fahrenden Schiffe ins Gedächtnis einprägen, Handelsschiffe von Kriegsschiffen unterscheiden, deren Tonnage feststellen und dann diese Informationen in chiffriertem Code an die entsprechende Stelle übermitteln. Diese Geräte bezeichnete man mit einer anderen prägnanten Kurzformel als LOD (Let Others Do it). Der Geist der Kampfbereitschaft verflüchtigte sich wie Kampfer, besonders in Staaten mit hohem Wohlstand. Die wehrpflichtige Jugend sah ehrwürdige, uralte Sprichwörter wie z. B. »Dulce et decorum est pro patria mori« als komplette Idiotie an. Gleichzeitig stiegen die Preise der neuen Generationen technischer Waffen in exponentieller Progression. Ein Flugzeug aus dem Ersten Weltkrieg, bestehend hauptsächlich aus Leinwand, Holz, Klaviersaiten und ein paar Maschinengewehren, kostete zusammen mit den Rädern des Fahrgestells soviel wie ein besseres Auto. Ein ähnliches Flugzeug aus dem Zweiten Weltkrieg kostete bereits soviel wie dreißig Autos, und gegen Ende des Jahrhunderts stieg der Preis für einen Abfangjäger mit Düsenantrieb oder einen für Radarstrahlung wenig empfindlichen Bomber vom Typ »Stealth« auf mehrere hundert Millionen Dollar. Die für das Jahr 2000 geplanten Düsenflugzeuge mit Raketenantrieb sollten eine Milliarde Dollar pro Stück kosten. Man errechnete also, daß nach weiteren achtzig Jahren bei dieser Progression der Teuerung sich jede Supermacht 20 bis 25 Flugzeuge werde leisten können. Panzer waren nicht billiger. Ein Atomflugzeugträger hingegen, der durch den Treffer einer Superrakete vom Typus FIF versenkt werden konnte, eine Rakete, die sich über dem Ziel in ein riesiges Bündel von Vielfachsprengköpfen auflöste, wobei jeder ein anderes Nervenzentrum dieser riesigen Meereseinheit zu treffen hatte, war eigentlich so etwas wie ein vorsintflutlicher Brontosaurier unter Artilleriefeuer und kostete viele Milliarden. Doch in dieser Zeit hörte man auf, die Rechenelemente der Computer, die auf hauchdünne Silikonplättchen geätzten sogenannten *Chips* zu produzieren, da sie durch Produkte modernster genetischer Ingenieurarbeit ersetzt wurden. Solche *Silicobacter* Wieneri (man gab ihnen diesen Namen zu Ehren des Schöpfers der Kybernetik Norbert Wiener) erzeugten in speziellen Lösungen silikonhaltiger Salze, Silber und geheimgehaltener Zusätze hochintegrierte Schaltkreise, die kleiner als Fliegeneier waren.

Man nannte sie *corn* – Getreide –, und man muß zugeben, daß eine Handvoll solcher Elemente bereits nach vier Jahren ihrer industriellen Herstellung in Massenproduktion dasselbe kostete wie eine Handvoll Hirse. Auf diese Weise – aus der Überschneidung zweier Kurven: der Kurve der Kostensteigerung der schweren Waffen und der Kurve des Kostenverfalls der künstlichen Intelligenz – ergab sich der Trend zum *Verzicht auf den Menschen* in den Streitkräften.

Aus lebendigen Kräften begannen die Armeen, sich in tote Kräfte zu verwandeln. Zu Beginn waren die Wirkungen dieser Wandlung bescheiden. Denn so wie die Erfinder des Autos dieses nicht auf einen Schlag in der vollkommen neuen Gestalt erdachten, sondern die Verbrennungsmotoren in Wagen verschiedenster Gattung unterbrachten, in Droschken mit abgesägter Deichsel und in Karossen, und die ersten kühnen Vorläufer der Luftfahrt versuchten, den Flügeln ihrer Flugapparate die Gestalt von Vogelflügeln zu geben, so hat man unter dem Einfluß der analogen Gedankenträgheit, die in der militärischen Sphäre gewöhnlich groß ist, auch nicht gleich radikal neue Luftraketen, auch keine unbemannten Panzerwagen noch Geschütze auf Selbstfahrlafetten voll und ganz den entstehenden Mikrosilikon-»Soldaten« angepaßt, sondern nur einfach auf den Raum verkleinert, den die zuvor aus Menschen zusammengesetzte Mannschaft dieser oder jener Kampfeinheit einnahm, und diese auf Computer-Programmsteuerung umgestellt. Das war jedoch ein Anachronismus. Der neue, leblose Mikrosoldat erforderte ein völlig neues, revolutionär radikales Herangehen an alle Fragen der Taktik und Strategie und auch, versteht sich, neue Antworten auf die Frage, *welchen* Waffengattungen er am optimalsten werde dienen können.

Das war in der Zeit, als die Welt nach zwei schweren Wirtschaftskrisen sich langsam erholte. Die erste Krise entstand durch das OPEC-Kartell und durch die großen Preissteigerungen beim Erdöl, die zweite Krise wiederum wurde durch das Auseinanderfallen dieses Kartells und den plötzlichen Preisverfall bei Erdöl herbeigeführt. Es entstanden zwar die ersten Kernkraftwerke, doch sie eigneten sich nicht für den Antrieb von Fahrzeugen auf der Erde oder in der Luft. Darum wurden die Waffen großen Formats, wie die Schützenpanzer, die Artillerie- und Raketeneinheiten, Zugmaschinen, Boden- und Unterseepanzer sowie andere modernste, d. h. Ende des 20. Jahrhunderts entstandene Elemente der schweren Bewaffnung immer teurer, obwohl die Schützenpanzer keine Schützen mehr zu transportieren hatten, und sehr bald zeigte sich auch, daß die Kanonen niemanden hatten, auf den sie hätten schießen können. Diese letzte Phase der militärischen Panzer-Gigantomanie brach Mitte des Jahrhunderts zusammen und ging in die Phase der beschleunigten Mikrominiaturisierung unter dem Zeichen der künstlichen *»Nicht-Intelligenz«* über. Das ist seltsam, aber erst um das Jahr 2040 herum herrschte in den Kreisen der Informatiker, Chiffrierer und anderer Experten Erstaunen darüber, wie ihre Vorgänger lange Zeit so verblendet sein konnten, daß sie *per fas et nefas* oder mit *brute force* versuchten, künstliche Intelligenz zu schaffen. Schließlich war für die überwiegende Mehrzahl der Aufgaben, die Menschen auf 97,8% der Arbeitsplätze sowohl physischer wie geistiger Arbeit durchführen, Intelligenz überhaupt nicht notwendig.

Und was ist notwendig? Orientierungssinn, Routine, Geschicklichkeit, Gewandtheit und Erfindungsgabe. Alle diese Eigenschaften weisen die *Insekten* auf. Die Wespe von der Gattung der *Sphex* sucht sich ein Heupferdchen, spritzt ihm in den Nervenknoten ein Gift ein, das lähmt, aber nicht tötet, dann gräbt sie ein entsprechendes Loch in den Sand, legt ihr Opfer daneben, läßt sich in das Loch hinunter, um zu untersuchen, ob es entspricht, und insbesondere, ob es darin nicht Feuchtigkeit oder Ameisen gibt, zieht die Grille hinunter, legt ihr Ei hinein und fliegt davon, um diese Prozedur fortzusetzen, dank deren die aus dem Ei geschlüpfte Puppe der Wespe bis zur Verwandlung in eine Larve sich vom frischen Fleisch der Grille ernähren kann. Die Wespe beweist damit einen ausgezeichneten Orientierungssinn in der Wahl des Opfers und in bezug auf den narkotisierenden chirurgischen Eingriff, den sie am Opfer vollziehen muß, sie zeigt Routine bei der Organisierung der Unterkunft für die Grille, Gewandtheit bei der Überprüfung, ob diese Unterkunft den Entwicklungsbedingungen ihres Nachwuchses entspricht, und Erfindungsgabe, ohne die diese ganze Reihe von Tätigkeiten nicht durchführbar gewesen wäre. Die Wespe besitzt wahrscheinlich eine hinreichend große Anzahl von Nervenzellen, daß sie ebensogut zum Beispiel einen Lastwagen über eine lange Trasse vom Hafen zum Bestimmungsort lenken oder eine transkontinentale Rakete steuern könnte, nur wurden die Nervenknoten der Wespe von der natürlichen Evolution auf ganz andere Ziele programmiert. Bei der völlig unnötigen Beschäftigung, in vergeblichen Versuchen die Funktionen des menschlichen Gehirns in Computern zu simulieren, sind nacheinander Generationen von Informatikern sowie Professoren der Computerwissenschaft (professors of computer science) mit einer Hartnäckigkeit, die einer besseren Sache würdig gewesen wäre, an einem Mechanismus vorbeigegangen, der *millionenmal einfacher* als das Gehirn und gleichzeitig ungewöhnlich klein ist und mit außerordentlich hoher Zuverlässigkeit funktioniert. Nicht die KÜNSTLICHE INTELLIGENZ, sondern den KÜNSTLICHEN INSTINKT hätte man in erster Linie simulieren und programmieren sollen, denn die

Instinkte sind so gut wie eine *Milliarde* Jahre früher entstanden als die Intelligenz, was ein klarer Beweis dafür ist, daß sie *leichter* machbar sind. Die Spezialisten des 21. Jahrhunderts begannen sich mit der Neurologie sowie der Neuroanatomie der völlig gehirnlosen Insekten zu befassen und erzielten nach nicht allzu langer Zeit glänzende Resultate. Ihre Vorgänger waren wahrhaftig verblendet, wenn sie nicht einmal beachteten, daß Insekten von der Gattung der Bienen, angeblich überaus primitive Geschöpfe, doch im Besitz einer eigenen und zwar erblichen Sprache sind, mittels deren die Arbeiterinnen im Bienenstock einander die Stellen mit neuentdeckter Nahrung signalisieren, wobei sie mit dieser signalisierend-gestikulierend-pantomimischen Sprache gleichzeitig anzeigen: die Richtung des Weges, die Entfernung und sogar die Rentabilität und Blütenart der gefundenen Nahrung. Natürlich handelte es sich nicht darum, an leblosen Elementen vom Typus der *CHIPS* oder *CROP* Wespen, Fliegen, Spinnen oder Bienen zu simulieren, sondern lediglich um ihre Neuroanatomie mit eingebauten Serien der erforderten Verhaltensweisen, die auf das gewählte und programmierte Ziel gerichtet sind. So kam es zu der wissenschaftlich-technischen Revolution, die die Kriegsschauplätze der Erde völlig und unwiderruflich veränderte. Bis dahin waren alle Rüstungselemente auf den Menschen abgestimmt. Sie waren auf seine Anatomie zugeschnitten, so daß er mit ihnen andere Menschen erfolgreich zu töten vermochte, sowie auf seine Physiologie, so daß er von anderen Menschen erfolgreich getötet werden konnte.

Wie das gewöhnlich in der Geschichte der Fall ist, gab es die Anfänge dieses neuen komplexen Trends bereits im zwanzigsten Jahrhundert, doch niemand war imstande, sie zu dem Bild eines anbrechenden neuen Gesamtsystems zusammenzufügen. Die Erfindungen, die den DEHUMANIZATION TREND IN NEW WEAPON SYSTEMS formten, entstanden nämlich in voneinander sehr weit entfernten wissenschaftlichen Disziplinen. Militärwissenschaftler interessierten sich nicht für Insekten (mit Ausnahme von Läusen, Flöhen sowie anderem Ungeziefer, das den Soldaten bei ihren militärischen Strapazen zusetzte). Die Intellektroniker, die in Zusammenarbeit mit den Entomologen und den Neurologen die Elemente der Nervenknoten der Insekten erforschten, verstanden nichts von den militärischen Problemen. Die Politiker schließlich verstanden, wie eben Politiker sind, weder von dem einen noch von dem anderen, noch von sonst etwas.

Als daher die Intellektronik bereits Mikrokalkulatoren produzierte, die so klein waren, daß sie erfolgreich mit der Größe der Darmschlingen von Mücken und Hornissen konkurrieren konnten, entwarf die Mehrzahl der Enthusiasten im Zeichen der *Artificial Intelligence* noch immer Programme, die den Computern ermöglichten, dümmliche Gespräche mit nicht allzu klugen Leuten zu führen, und die stärksten Rechenriesen und Gigantosaurier der Computergattungen schlugen bereits Schachmeister, nicht weil sie intelligenter waren als diese, sondern weil sie die Daten milliardenmal schneller pro Sekunde verarbeiteten als Einstein. Niemand – und zwar für lange Zeit hindurch – konnte sich vorstellen, daß für den gemeinen Soldaten an der Kampffront die Aufgewecktheit und die Routine einer Biene oder Hornisse völlig ausreicht. Auf niedriger Stufe der militärischen Operation sind Verstand und Gefechtswirksamkeit zwei völlig verschiedene Dinge, selbst wenn man davon absieht, daß den Soldaten im Kampf der Selbsterhaltungstrieb behindert, der bei ihm unvergleichlich größer ist als bei der Biene (denn diese sticht in Verteidigung des Bienenkorbs, obwohl der Stich ihren sicheren Tod bedeutet).

Wer weiß, wie lange noch die veraltete Denkweise in der Rüstungsindustrie vorgeherrscht hätte, die die Spirale des Rüstungswettlaufs, die Planung neuer konventioneller und nichtkonventioneller Kampfmittel leitete, hätte es nicht einige Bücher gegeben, die die Aufmerksamkeit der öffentlichen Meinung auf ein bestimmtes, ebenso uraltes wie ungewöhnliches Geheimnis der Geschichte unseres Planeten aus der Periode lenkten, in der die Kriechtiere des Erdmittelalters und der Juraschicht herrschten.

IV

Vor 65 Millionen Jahren, an der sogenannten geologischen Grenze K-T, beziehungsweise im Zeitraum des Übergangs von der Kreidezeit in die Tertiärzeit, fiel auf unsere Erde ein Meteorit mit einem Durchmesser von ungefähr zehn Kilometern; es war einer von der schweren Art, er enthielt beträchtliche Mengen an Metallen, vom Eisen bis zum Iridium. Seine Masse wird auf über dreieinhalb *Trillionen* (3 600 000 000 000) Tonnen geschätzt. Man weiß nicht ganz sicher, ob das eine kompakte Masse war, also einer der Asteroiden, die im Raum zwischen Erde und Mars kreisen, oder auch, vielleicht, eine Anhäufung von Körpern, die den Kern des Kometen bildeten. In den geologischen Sedimenten, die aus jener Zeit stammen, entdeckte man sogenannte Iridium-Anomalien sowie Beimischungen von seltenen Metallen, die in solchen Quantitäten und in dieser Anhäufung normalerweise nirgends auf der Erde auftreten. Die Feststellung des Charakters jener Elementarkatastrophe in planetarischem Maßstab wurde durch den Mangel an nachweisbaren Spuren eines durch den Aufprall entstandenen Kraters erschwert, obwohl die faktisch später, jedoch ebenfalls durch den Absturz von (tausendfach kleineren) Meteoriten entstandenen bis heute auf der Erdrinde deutlich sichtbare Spuren hinterlassen haben. Dieser kleine Wandelstern oder Komet schlug vermutlich auf das offene Meer auf oder gelangte bei seinem Zusammenstoß mit der Erde in die Nähe einer Uferlinie eines der damaligen Kontinente, und die später erfolgenden Veränderungen ihrer Struktur ließen den durch den Fall in der Erde entstandenen Trichter verschwinden.

Ein Meteor dieser Größe und Masse kann ohne weiteres die ganze Schutzschicht der Atmosphäre durchstoßen. Die Kollisionsenergie, in der Größenordnung vergleichbar mit der Energie des gesamten Nuklearbestands der Erde, wahrscheinlich aber sogar noch größer als diese, verwandelte jenen Körper oder auch jene Gruppe von Körpern in Tausende Milliarden Tonnen Staub, den die atmosphärischen Störungen über die ganze Erdoberfläche verstreuten und dadurch eine so starke und langanhaltende Trübung der Atmosphäre bewirkten, daß mindestens vier Monate lang auf allen Kontinenten die normalen Prozesse der Photosynthese der Pflanzen praktisch aufhörten. Es herrschte Finsternis, bei der die von den Sonnenstrahlen nicht erwärmte Oberfläche des Festlands in dieser Zeit beträchtlich erkaltete, im Gegensatz zum Ozean, der aufgrund seiner ungeheuren Wärmekapazität viel langsamer abkühlte. Nichtsdestoweniger verloren damals die Meeresalgen, eine der Hauptquellen des Sauerstoffs in der Atmosphäre, ebenfalls ihre Kapazität zur Photosynthese. Das führte zum Aussterben einer riesigen Zahl von Tier- und Pflanzengattungen. Das spektakuläre Ergebnis jener Katastrophe war das Aussterben der Riesenechsen, allgemein Dinosaurier genannt, wenngleich damals auch mindestens hundert andere Gattungen ausstarben. Die Katastrophe trat in einer Zeit ein, als das Klima der Erde langsam abkühlte und große, nackthäutige mesozoische Kriechtiere sich in ungewöhnlicher Existenznot befanden. Daß bereits *vor* jener Katastrophe ihre Lebensfähigkeit im Verlauf von ungefähr einer Million Jahren geschwächt worden war, davon zeugen die Untersuchungen der Fossilien, insbesondere der Eier großer Kriechtiere, deren kalkhaltige Schale im Laufe von

Jahrtausenden immer dünner wurde; das wiederum zeugte von den wachsenden Ernährungsschwierigkeiten und den sich verschlechternden Klimaverhältnissen der großen Festlandmassen.

Die Durchführung von Computer-Simulationen eines solchen Ereignisses noch in den achtziger Jahren des 20. Jahrhunderts wies seine tödliche Wirkung auf die Biosphäre nach. Dennoch wurde interessanterweise das Phänomen, dem wir unsere Entstehung als Vernunftwesen aus der Klasse der Primaten verdanken, in kein einziges Schulprogramm aufgenommen, wiewohl der ursächliche Zusammenhang zwischen den Sauriopsiden der Kreide-Tertiärzeit mit der Anthropogenese keinem Zweifel unterliegt.

Wie die Forschungen der Paläontologen zu Ende des 20. Jahrhunderts erwiesen, waren die großen Echsen, Dinosaurier genannt, Warmblüter, und ihre geflügelten Abarten zeichneten sich durch eine Behaarung aus, die den Vogelfedern sehr ähnlich war. Die mit diesen Echsen zusammenlebenden Säugetiere hatten keine großen Entwicklungschancen, und keine ihrer Gattungen überstieg die Größe einer Ratte oder eines Eichhörnchens: Die Konkurrenz leistungsfähigerer, lebensfähigerer mächtiger Echsen auf dem Festland, im Wasser und in der Luft war zu groß, daher bildeten die Säugetiere bloß eine evolutionäre Randerscheinung inmitten der damaligen Wirbeltiere, sowohl der Fleisch- wie der Pflanzenfresser. Die Folgen der planetarischen Katastrophe wendeten sich gegen die großen Tiere nicht so sehr unmittelbar als vielmehr durch die Vernichtung oder durch das Zerreißen der sogenannten Ernährungsketten in der Biosphäre. Große pflanzenfressende Boden-, Wasser- und Flugechsen fanden nicht genügende Mengen an Nahrung, da die Vegetation, in der Photosynthese paralysiert, massenweise verwelkte. Von den Pflanzenfressern lebende Raubtiere gingen aus dem gleichen Anlaß zugrunde. Auch die ungeheuer große Zahl der Meerestiere starb aus, weil der sogenannte Zyklus des biologischen Kohlenstoffaustauschs in den Meeren bedeutend schneller vor sich geht als auf dem Festland und die oberen Schichten des Ozeans schneller abkühlten als die sogenannten tiefen Schichten. Hingegen überlebten wenige Arten von relativ kleinen Kriechtieren und ziemlich viele Arten kleiner Säugetiere, und auf diese Weise kam es, nachdem die Splitter des zertrümmerten Meteors heruntergefallen waren und die Atmosphäre gereinigt war, in der wiederhergestellten Vegetation zu zahlreichen radialen Zentren artbildender Säugetiere, aus denen sich nach ungefähr vierzig Millionen Jahren jene Gruppe von Primaten entwickelte, von der sich der Homo sapiens ableitet. Obgleich die ebenso unzweifelhafte wie indirekte Ursache der Entstehung des vernunftbegabten Menschen in der Elementarkatastrophe an der Grenze der K-T-Zeit zu erkennen ist, so sind für unser Thema, das sich auf die Problematik der militärischen Entwicklung der Zivilisation konzentriert, jene Wirkungen dieses Ereignisses am wichtigsten, auf die früher überhaupt kein Gewicht gelegt wurde. Die Sache ist die, daß an der Grenze von Kreide- und Tertiärzeit am wenigsten die Insekten zu leiden hatten! Bis zur Katastrophe gab es ungefähr eine dreiviertel Million Arten, und kurze Zeit nach ihr blieben mindestens siebenhunderttausend Arten; und gruppenbildende Insekten wie Ameisen, Termiten oder Bienen überlebten das Elementarereignis in fast unverletztem Zustand. Naturkatastrophen können also – wie aus den geschilderten Tatsachen hervorgeht – noch am leichtesten und mit der größten Wahrscheinlichkeit von kleinen oder sehr kleinen Tieren überlebt werden, die sich durch die Anatomie und Physiologie der Insekten auszeichnen.

Es ist auch nicht als Zufall anzusehen, daß im allgemeinen Insekten weit weniger empfindlich für die tödliche Wirkung der Radioaktivität sind als Exemplare der sogenannten höheren Gattung der Wirbeltiere. Die Aussage der Paläontologie ist eindeutig. Die Katastrophe, die in der Reichweite der entfesselten Vernichtungskräfte dem weltumfassenden Atomkrieg gleichkommt, erschlug alle großen Tiere, fügte den Insekten wenig Schaden zu und berührte die Bakterien überhaupt nicht. Das heißt, je größer der Vernichtungsbereich einer bestimmten Elementarkraft oder technischen Waffe ist, desto sicherer können kleinere Gruppen unversehrt der Reichweite der Vernichtung entkommen. So erheischte denn die Atombombe die *Streuung* sowohl *ganzer Armeen* wie auch *einzelner Soldaten.* Stabsoffiziere beabsichtigten, die Armeen zu zerstreuen, doch die Idee, die Soldaten auf das Maß einer Ameise oder einer Wespe zu verkleinern, konnte im 20. Jahrhundert außerhalb der puren Phantasie keinerlei Ausdruck finden. Man kann doch den Menschen weder in seinen Ausmaßen reduzieren noch ihn zersplittern! Man dachte damals an Soldaten-Automaten und hatte dabei anthropoide Roboter im Sinn, obwohl die Idee schon damals durch einen naiven Anthropomorphismus beeinträchtigt war. Wohl kam schon in dieser Zeit die Großindustrie mit immer weniger Menschen aus, doch die Roboter, die diese Menschen am Fließband ersetzten, waren kein bißchen menschenähnlich. Sie stellten die Vergrößerung ausgesuchter funktionierender *Fragmente* des Menschen dar: als Computer-»Gehirn« mit *einer* riesigen Stahlhand am Fahrgestell von Autos montiert, als Komposition aus Faust und Hammer, oder mit einem »Laserfinger«, der zum Schweißen von Karosserieblechen diente. Das waren Geräte, die wie Hände und Sinne funktionierten, jedoch keine Ähnlichkeit mit dem menschlichen Auge oder Ohr oder mit menschlichen Händen hatten. Doch solche großen und schweren Roboter konnte man nicht auf Schlachtfelder übertragen, denn sie wären sofort von den unfehlbaren, automatisch auf das Ziel zusteuernden intelligenten Geschossen getroffen worden.

Deshalb bildeten nicht menschenähnliche Automaten die Armeen neuen Typs, sondern synthetische Insekten (Synsekten), keramische Mikrokrustentiere, Regenwürmer aus Titan und fliegende Pseudoinsekten mit Nervenknoten aus Arsenverbindungen und Stacheln, die aus schweren, spaltbaren Elementen bestanden. Die Mehrzahl dieser »leblosen Mikrosoldateska« vermochte sich bei der ersten Warnung vor dem drohenden Atomangriff tief in die Erde zu vergraben und nach der Explosion wieder herauszukriechen, wobei sie ihre Kampffähigkeit selbst in einer von schrecklicher Radioaktivität glühenden Umgebung bewahrten, denn das war nicht nur ein mikroskopischer, sondern auch ein abiologischer, also toter Soldat. Die fliegenden Synsekten wurden zu einer Art Verschmelzung von Flugzeug, Pilot und Geschoß zu einer Miniatureinheit. Die *Mikroarmee* wurde zu einer operativen Einheit, die nur als Ganzes die von ihr geforderte Kampfkraft und den geforderten Kampfwert besaß (wie – analog – nur der ganze Bienenschwarm eine selbständige Überlebenseinheit, die einzelne Biene hingegen gar nichts ist).

Da die Kriegsschauplätze ständig von Atomstößen

bedroht waren, die nicht allein die militärische Stärke vernichten, sondern auch jede Verbindung zwischen den einzelnen Waffengattungen sowie zwischen diesen und dem Oberkommando zerstören, entstanden leblose Mikroarmeen vieler Typen auf zwei entgegengesetzten Prinzipien beruhend. Entsprechend dem *ersten*, dem Prinzip der Selbständigkeit, agierte eine solche Armee wie ein Feldzug von Ameisen, wie ein Anflug von Bazillen oder ein Heuschreckenschwarm. Besonders letztere Analogie gestattet es, die Tätigkeit einer solchen Armee zu veranschaulichen. Wie man weiß, sind Heuschrecken einfach eine biologische (nicht gattungsmäßige) Abart gewöhnlicher Grillen, eine bestimmte Gruppe von Heupferdchen, und im Grunde sind selbst Heuschreckenwolken, die aus Hunderten Milliarden Einzelexemplaren bestehen (von Flugzeugen aus waren noch mehr zu beobachten) für den Menschen unmittelbar völlig unschädlich.* Dennoch können sie allein aufgrund ihrer gigantischen Masse zu Zugentgleisungen führen, Tag in Nacht verwandeln, jeden Verkehr lahmlegen (selbst ein Panzerkampfwagen beginnt auf der Stelle zu schlittern, wenn er in einen riesigen Heuschreckenschwarm hineinfährt, denn er zermahlt ihn zu einem blutig-fettigen Brei, in welchem er nach und nach wie in einem Sumpf versinkt). Die tote, synthetische Heuschrecke war unvergleichlich tödlicher, da sie zu diesem Zweck von ihren Konstrukteuren ausgestattet wurde. Sie agierte, wie wir sagen, selbständig, d. h. entsprechend dem eingespeicherten Programm, und sie bedurfte nicht der ständigen Verbindung mit irgendeinem Führungszentrum.

* Sieht man vom hauptsächlichen Vernichtungseffekt solcher Katastrophen, d. h. von der Vernichtung jeglicher Pflanzen- und Feldkulturen ab.

Mit Atomschlägen konnte man natürlich diese Pseudoheuschrecke vernichten, doch die Wirkung war mehr oder weniger dieselbe wie bei der Beschießung von Wolken durch Atomwaffen. Es wären in diesen Wolken große Löcher entstanden, die sehr schnell von anderen Wölkchen gefüllt worden wären.

Nach dem *zweiten* neomilitärischen *Prinzip*, dem sogenannten Prinzip des *Teletropismus*, war die Mikroarmee eine einzige riesige (im Meer oder auf Flüssen oder auch fliegende) *Anhäufung* von *sich selbst montierenden Elementen*. Sie strebte dem Ziel je nach den taktischen oder strategischen Erfordernissen in einer starken Diffusion, von vielen verschiedenen Seiten her zu, um sich erst *unmittelbar am Ziel zusammenzuschließen* – zu einem vorprogrammierten Ganzen. Es war daher so, daß die Kampfmittel die Fabrik nicht in ihrer endgültigen Gestalt, daß heißt einsatzbereit verließen, wie auf Loren geladene Panzerfahrzeuge und Geschütze, sondern als Mikrobausteine, imstande, sich erst am Bestimmungsort zu einer Kriegsmaschine zusammenzufügen. Deshalb nannte man solche Armeen *sich selbst verschmelzende*. Das einfachste Beispiel dafür war die Autodispersions-Atomwaffe. Eine Rakete (ICBM, IRM), von der Erde, einem Schiff oder von einem U-Boot aus abgeschossen, kann man aus dem Kosmos mit einem Lasersatelliten vernichten. Man kann jedoch auf diese Weise nicht gigantische Wolken von Mikroteilchen zerstören, die Uran oder Plutonium führen, welche sich erst am Ziel zur kritischen Masse verschmelzen, hingegen unterwegs einer sehr beträchtlichen Dispersion unterliegen und von Nebel oder Staubwolken nicht zu unterscheiden sind.

Eine Zeitlang existierten alte und neue Waffentypen nebeneinander, doch das schwere, massive Panzergerät unterlag ebenso schnell wie endgültig den Angriffen der Mikroarmee.

Wie Infektionserreger heimlich in den Tierkörper eindringen, um ihn von *innen* zu töten, so drangen tote künstliche Mikroben gemäß den ihnen verliehenen Tropismen in die Kanonenrohre, Patronenlager, Triebwerke von Panzern, Flugzeugen ein, zerfraßen katalytisch Metall oder drangen bis zu den Brennstoffen und Schießpulverladungen vor und sprengten sie in die Luft. Was vermochte selbst der tüchtigste, mit Granaten behängte, mit Maschinenpistolen, Raketenwerfern oder anderen Schußwaffen ausgerüstete Soldat gegen den toten und mikroskopischen Feind auszurichten? Ebensoviel wie ein Arzt, der versuchen wollte, Pest- oder Cholerabazillen mit einem Hammer oder einem Revolver zu bekämpfen.

Inmitten von solchen Mikrobenwaffen-Schwärmen, die programmierte Ziele selber anpeilen, war der Mensch in der Uniform ebenso hilflos wie der römische Legionär mit Schild und Schwert inmitten des Kugelhagels. Der Mensch mußte um so unvermeidlicher das Schlachtfeld verlassen, als spezifische Arten der biotropischen Mikrowaffe, die alles, was lebte, vernichtete, ihn innerhalb von Sekunden töteten.

Schon im 20. Jahrhundert wurde die Kampftaktik der geschlossenen Reihe durch verstreute Verbände ersetzt, die im Bewegungskrieg einer weiteren Dispersion unterlagen. Doch auch da gab es noch Frontlinien, die den Freund vom Feind trennten. Nun verschwanden solche Begrenzungslinien endgültig.

Die Mikroarmee konnte sich mit Leichtigkeit durch alle Verteidigungssysteme durcharbeiten und tief in das Hinterland des Feindes eindringen. An Problemen hatte sie bei solchen Invasionen gerade nur soviel wie der Schnee oder der Regen. Gleichzeitig erwies sich auf den Schlachtfeldern die großkalibrige Atomwaffe als immer hilfloser, da ihr Einsatz einfach aufhörte sich zu lohnen. Man möge sich den Versuch vorstellen, eine Virusinfektion mittels thermonuklearer Waffen zu bekämpfen. Die Wirksamkeit wird sicherlich minimal sein. Man kann freilich sogar ein großes Gebiet in einer Tiefe von Hunderten Metern ausbrennen und in eine gläserne, leblose Wüste verwandeln, doch was hat man davon, wenn eine Stunde später militärischer Regen darauf zu fallen beginnt, aus dem sich »Angriffs- und Besatzungsabteilungen« herauskristallisieren? Die Kosten der Wasserstoffbomben sind enorm. Man macht nicht mit Kreuzern Jagd auf Blutegel oder Sardinen.

Als wichtigste Aufgabe in der menschenlosen Etappe der Militärgeschichte erwies sich die Unterscheidung zwischen *Feind* und *Landsmann*. Diese Aufgabe, früher mit der Kurzformel FOF (Friend or Foe) bezeichnet, lösten im 20. Jahrhundert die Systeme der Elektronik, die nach der Regel »Parole und Erkennungswort« vorgingen. Das mit Radiowellen angerufene Flugzeug oder auch das unbemannte Geschoß antwortete mit seinem Sender erwartungsgemäß, oder es wurde als Feind angegriffen. Diese Methode aus den vorangegangenen Jahrhunderten, ohne den Menschen ausgeführt, erwies sich jedoch als unbrauchbar. Die neuen Waffenmeister gingen im Reich des Lebens, bei den Pflanzen, Bakterien und Insekten in die Schule.

Die Aufklärungstätigkeit wiederholte Identifizierungsmethoden von lebendigen Arten: ihre Immunologie, Kämpfe des Antigens mit dem Antikörper, Tropismen und überdies Schutzfarben, Camouflage, Tarnung und Mimikry. Die leblosen Waffen verstellten sich manchmal (und das hervorragend) als fliegende Stäubchen oder Samenkapseln, authentische Insekten, Wassertropfen, doch versteckte sich unter dieser Maske ein erosiver oder todbringender Gehalt. Übrigens muß ich erklären, daß ich, obwohl ich ständig Vergleiche aus der Entomologie heranziehe, sobald ich von Angriffen künstlicher Heuschrecken oder auch anderer Insekten spreche, das mache, was der Mensch des 20. Jahrhunderts hätte machen müssen, wollte er den Zeitgenossen von Vasco da Gama oder von Christoph Kolumbus schildern, wie eine moderne Stadt mit ihrem Autoverkehr aussieht. Er würde ganz gewiß von Karossen und Kutschen ohne Pferde sprechen, Flugzeuge würde er mit aus Metall hergestellten Vögeln vergleichen, und auf diese Art würde er sicher in der Vorstellung des Zuhörers Bilder hervorzaubern, die eine gewisse Verwandtschaft mit der Realität aufweisen, sich aber dennoch nicht mit ihr decken. Die Karosse, die auf großen, dünnen Rädern rollt, mit hohen Wagenschlägen und heruntergelassenem Trittbrett, mit einem Kutschbock und Plätzen hinter dem Dach für die Bedienten, das ist dennoch kein Fiat noch ein Golf oder ein Mercedes. So war auch die synthetische Waffe des 21. Jahrhunderts nicht einfach ein Schwarm von in Metall verwandelten Insekten, die wir aus den entomologischen Bildtafeln kennen. Manche dieser Pseudoinsekten konnten wie Geschosse den menschlichen Körper durchbohren; andere dienten der Schaffung optischer Systeme, welche die Sonnenstrahlen auf einen großen Raum konzentrierten, wodurch Temperaturgradienten entstanden, die die Luftmassen bewegten, sofern der »Operationsplan« zum Beispiel starke Regenfälle oder, im Gegenteil, herrliches Wetter erforderte. Es gab »Insekten« solcher »meteorologischer Dienste«, denen heute überhaupt nichts entspricht, sagen wir, endothermische Synsekten, die große Mengen von Energie nur dazu absorbierten, damit in einem bestimmten Gebiet ein *gewaltiger Temperatursturz* erfolgte, der dichten Nebel oder das Phänomen einer sogenannten Inversion bewirkt. Es gab auch Synsekten, die imstande waren, sich zu einem Laserstrahl mit einmaliger Wirkung zusammenzuschließen, und diese ersetzten die Artillerie des vorangegangenen Jahrhunderts, obwohl man hier schwer von Ersetzen sprechen kann, weil die Artillerie in der heutigen Bedeutung auf den Schlachtfeldern ebensoviel zu suchen hat wie eine Schleuder oder eine Balliste. Die neue Waffe diktierte neue Kampfbedingungen und daher neue Taktiken und Strategien mit dem gemeinsamen Nenner der totalen Menschenlosigkeit.

Diese neue Ära des Krieges war für die Liebhaber von Uniformen, Fahnen, Wachablösungen, Ehrenkompanien, Habtachtstellung, Kehrtwendung, Drill, Bajonettangriff oder Tapferkeitsmedaillen eine einzige Beleidigung ihrer hehren Ideale, eine einzige Beschimpfung und Schmähung! Diese neue Epoche des Militärwesens nannten die zeitgenössischen Fachleute eine »verkehrte Evolution« (*Upside Down Evolution*), denn in der Natur entstanden in den ersten Anfängen einfache und mikroskopisch kleine Organismen, aus denen sich im Laufe von Millionen Jahren immer größere Gattungen entwickelten. In der Evolution der militärischen post-Atom-Ära herrschte hingegen der umgekehrte, nämlich der mikrominiaturisierende Trend.

Die Mikroarmeen entstanden in zwei Etappen. In der ersten Etappe waren die Planer und Erbauer der menschenlosen Mikrowaffen noch Menschen. In der zweiten Etappe waren es Divisionen von toten Mikro-Konstrukteuren, die die Mikrosoldaten entwarfen, auf ihre Kampffähigkeit testeten und in die Massenproduktion einführten.

Zuerst wurde der Mensch aus den Reihen des Militärs und später auch aus der Rüstungsindustrie durch das Phänomen der sogenannten *»soziointegrativen Degeneration«* ausgeschaltet. Der *Degeneration* unterlag der einzelne Soldat, sobald er aufhörte, ein Vernunftwesen zu sein, mit großem Gehirn, sobald er immer kleiner und damit immer unkomplizierter wurde, als »Soldat für einmaligen Gebrauch«. Übrigens waren manche Antimilitaristen auch früher der Meinung, daß mit Rücksicht auf die hohe Sterblichkeit im modernen Krieg alle seine Teilnehmer mit Ausnahme der hohen Dienstränge »Soldaten für einmaligen Gebrauch« waren. Am Ende hatte der Mikrosoldat soviel Verstand wie die Ameise oder die Termite. Eine um so größere Rolle nahm damals der pseudosoziale *Verband* der Minikrieger an. Jede tote Armee war unvergleichlich komplexer als der Bienenstock oder der Ameisenhaufen. Vom Gesichtswinkel der inneren Struktur und der gegenseitigen Abhängigkeit entsprach sie eher den sogenannten großen *Biotopen* der belebten Natur als ganzen Pyramiden von Pflanzen- und Tiergattungen, die in einem bestimmten Bereich als ihrem Lebensraum miteinander in ausgewogenem evolutionärem Gleichgewicht der Konkurrenz, der Antagonismen, der Symbiose und daher im komplizierten Netz wechselseitiger Beziehungen koexistierten.

Nicht schwer zu verstehen, daß es in einer solchen Armee für Unteroffiziere keine Beschäftigung gab. Übrigens vermochten weder der Korporal noch der Feldwebel, nicht einmal der hochrangige Offizier eine

Abteilung dieser Armee zu führen. Um die ganze Armee zu erfassen, die so komplex war wie die belebte Natur, wiewohl eine tote Gesamtheit, hätte nicht einmal der Verstand eines Hochschulsenats auch nur für die Inspektion, und schon gar nicht für einen Feldzug ausgereicht. So schnitten neben den armen Ländern der Dritten Welt bei der großen militärischen Umwälzung des 21. Jahrhunderts die Offizierskorps am schlechtesten ab. Ihren Vernichtungsprozeß leitete übrigens schon das 20. Jahrhundert ein, als es die prächtigen Federbüsche, Dreispitze, goldenen Tressen, riesigen Fahnen, bunten Uniformen abschaffte, doch den letzten Stoß versetzte dieser Pracht erst die Pseudo-Insekten-Evolution – oder eigentlich *Involution* – des Heereswesens des 21. Jahrhunderts. Der unbarmherzige Druck des Trends zur Säuberung der Armeen von Menschen zerstörte die schönen Traditionen der Manöver, des Schauspiels der Paraden (eine Parade von Heuschrecken kann nicht schön sein, im Gegensatz zu Panzern oder Raketen), Bajonettgefechten, Fahnenhochziehen und -senken, Rapporten und der ganzen Vielfalt, die zum Kasernenleben gehörte. Eine Zeitlang gelang es noch, den Menschen hohe Führungsränge mit dem Generalstab an der Spitze zu sichern, doch leider nicht sehr lange.

Die zahlenmäßig-strategische Überlegenheit der aus dem Computer kommenden Staffelungen der Befehlsgewalt machte am Ende die mächtigsten Kommandeure, einschließlich der Marschälle, zu Arbeitslosen. Der Vorhang aus Ordensbändern auf der Brust schützte auch die hervorragendsten Stabsoffiziere nicht vor der Frührente. Damals entstand in verschiedenen Staaten eine Oppositionsbewegung des Kaders der Berufsoffiziere, die in der Verzweiflung der Arbeitslosigkeit – denn es waren Berufsoffiziere, die ihre Stellung verloren – sogar in den terroristischen Untergrund hinabstiegen. Mit wahrhaft ekelhafter, von niemandem mit Absicht geplanter Bosheit, von der Geschichte selbst, wurde mit Mikrospionen und Minipolizei, nach dem Muster einer bestimmten Schabe konstruiert, der Aufstand niedergeschlagen. Diese Schabe, zum ersten Mal von einem bekannten amerikanischen Neuro-Entomologen im Jahre 1981 beschrieben, hat am Ende des Hinterleibs ganz feine Härchen, überaus empfindlich selbst für Luftvibrationen, und da diese Härchen mit einem speziellen Nervenknoten hinten verbunden sind, spürt die Schabe beim leisesten Lufthauch die Annäherung des Feindes und ergreift selbst in tiefster Dunkelheit blitzartig die Flucht. Die Entsprechung dieser Härchen waren elektrische Picosensoren der Minipolizisten, die, in den Ritzen alter Tapeten versteckt, Abhörgeräte im Hauptquartier der Rebellen anbrachten.

Doch auch die reichen Länder hatten in den neuen Zeiten kein angenehmes Leben. Das politische Spiel konnte unmöglich auf alte Weise betrieben werden. Die seit jeher schon undeutliche Grenze zwischen Krieg und Frieden war nun restlos verwischt. Das 20. Jahrhundert machte Schluß mit dem zeremoniellen Ritual der offenen Kriegserklärung und nahm das Angriffsunternehmen ohne Ankündigung, ohne fünfte Kolonne, Massensabotage, kalten Krieg, Stellvertreter-(per procura)Kriege auf, und das war nur der Beginn des weiteren Verschwindens der Unterschiede.

Die Welt, in der es zwei einander ausschließende Zustände gab, Krieg oder Frieden, verwandelte sich in eine Welt des Krieges, der ein Frieden war, und des Friedens, der zum Krieg wurde. Einst, als nur Menschen Diversanten sein konnten, versteckte sich die Diversion unter verschiedenen Masken der Ehrenhaftigkeit und Tugend. Sie durchdrang die religiösen und sozialen Bewegungen, selbst so ehrbare wie die Organisation der Sammler von Zündholzschachteln oder den Verein der singenden Greise. Später aber konnte sich alles mit Diversion befassen, vom Nagel an der Wand bis zu Mitteln, die zum Weichmachen von hartem Wasser verwendet wurden. Denn die kryptomilitärische Diversion wucherte. Da die Menschen nicht mehr eine reale politische Kraft noch eine militärische Kraft sein konnten, lohnte es nicht, sie mittels Propaganda umzustimmen, auch nicht, sie für die Zusammenarbeit mit dem Feind anzuwerben. Über die politischen Wandlungen kann ich hier nicht so ausführlich schreiben, wie es angebracht wäre, ich fasse also das Wesen der vor sich gegangenen Veränderungen in Kürze zusammen. Die Politiker der parlamentarisch regierten Länder bewältigten schon im vergangenen Jahrhundert nicht einmal alle Probleme des eigenen Staates, geschweige denn die Weltprobleme, und darum hatten sie Berater. Jede politische Partei hatte Experten als Berater. Wie man weiß, machten die Berater der verschiedenen Parteien über dieselben Fragen ganz unterschiedliche Aussagen. Mit der Zeit nahmen sie Computersysteme zu Hilfe, und zu spät erkannte man, daß die Menschen zu Sprachrohren ihrer Computer wurden. Sie meinten, sie selbst seien es, die die Dinge überdenken und Schlüsse ziehen, wenn sie sich auf die in den Computern gespeicherten und ihnen gelieferten Daten stützten. Doch tatsächlich operierten sie mit einem vom Rechenzentrum vorfabrizierten Material, und dieses Material bestimmte die menschlichen Entscheidungen. Nach einer Periode gewisser Verwirrung sahen die großen Parteien die Berater als entbehrliches Zwischenglied an, und seither hatte jede Partei in ihrer Zentrale einen Hauptcomputer, der in der zweiten Hälfte des 21. Jahrhunderts hin und wieder, nachdem eine Partei zur Macht gelangt war, den Posten eines Ministers ohne Portefeuille erhielt (für einen Computer ist ein Portefeuille ohnehin nicht brauchbar), und die entscheidende Rolle in den Demokratien dieses Typs begannen die Programmierer zu spielen. Der Programmierer mußte zwar den Treueschwur leisten, doch das erwies sich als nicht allzu wirksam. Die Demokratie, so äußerten viele Stimmen, wird sich in ein Äquivalent zum einstigen Direktorat verwandeln, nämlich zum Computerium. Deshalb befaßten sich Spionage und Gegenspionage – die Politiker und die Naturschutzverbände (deren es nur wenige gab, denn es gab ohnehin nicht mehr viel zu schützen) übergingen sie dabei – mit der Durchdringung der rechnerischen Entscheidungszentren. Ob das aber tatsächlich so war, konnte niemand zweifelsfrei feststellen. Übrigens mangelte es nicht an neuen Politologen, die behaupteten, daß in dem Falle, wo der Staat A das Computerium von Staat B völlig beherrscht und der Staat B das Computerium des Staates A, es wieder zu einem totalen internationalen Gleichgewicht kommen wird. Das, was zur normalen Wirklichkeit geworden war, konnte nicht mehr mit den Kategorien der uralten traditionellen Politik, nicht einmal mit jenem gesunden Menschenverstand erfaßt werden, der zwischen Naturereignissen, wie einem Hagelschlag, oder künstlichen, wie einem Bombenangriff, zu unterscheiden weiß.

Formell gaben die Wähler weiterhin ihre Stimme für politische Parteien ab, doch rühmte sich jede Partei nicht etwa, ein besseres wirtschaftspolitisches Programm zu haben, sondern einen besseren Computer, der mit allen sozialen Schwierigkeiten und Problemen fertig werde. Kam es jedoch zum Beispiel zu Widersprüchen zwischen den Computern, so wurden diese formal von der Regierung gelöst, in Wirklichkeit war aber die Entscheidungsinstanz ebenfalls ein Computer. Ich werde das am besten an einem konkreten Beispiel erklären. Die Animosität zwischen den drei Hauptgruppen der Streitkräfte der Vereinigten Staaten, Armee, Kriegsflotte und Luftwaffe, hatte schon vor vielen Jahrzehnten dazu geführt, daß jede von ihnen die Überlegenheit über die anderen zwei anstrebte. Jede versuchte den größten Anteil am Militärbudget für sich zu gewinnen, selbst zum Schaden der anderen. Jede hielt ihre neuesten Waffen vor den anderen geheim. Eine der Hauptaufgaben der Präsidentenberater bestand darin, in die Geheimnisse einzudringen, die von der Armee, von der Luftwaffe oder der Kriegsflotte vor der Welt verborgen wurden. Jede von ihnen hatte ihren eigenen Stab, eigene Geheimhaltungssysteme, eigene Codes und – selbstverständlich! – eigene Computer. Jede trachtete danach, die loyale Zusammenarbeit mit den anderen auf das absolute Minimum zu reduzieren, so daß der Staat nicht auseinanderfiel. Daher bestand die Hauptaufgabe jeder neuen Administration darin, eine leidliche Integrität in der Regierung und Verwaltung des Staates und der Außenpolitik aufrechtzuerhalten. Bereits im vorangegangenen Jahrhundert wußte faktisch niemand, wie groß die tatsächliche militärische Macht der Vereinigten Staaten war, denn diese Macht wurde der Bevölkerung unterschiedlich präsentiert, je nachdem ob der Vertreter der Regierung oder der Oppositionskandidat für die Präsidentschaft darüber sprach. Gegenwärtig konnte sich kein Teufel mehr in der faktischen Lage der Dinge zurechtfinden. Mittlerweile traten neben der Computer-Verwaltung, d. h. der künstlichen Verwaltung, die nach und nach die natürliche, von Menschen geführte Verwaltung ersetzte, Erscheinungen auf, die man früher einmal als Naturphänomene bezeichnete, von denen man aber jetzt eigentlich nicht wußte, wer *oder ob überhaupt irgend jemand* sie verursacht hatte. Sauren Regen, der aus den Wolken herunterfiel, die mit der von der Industrie ausgestoßenen Schwefelsäure gesättigt waren, kannte schon das 20. Jahrhundert. Hier und dort gab es so ätzende Regenfälle, daß sie die Straßen, Hochspannungsleitungen und Fabrikdächer zerstörten, und es war unmöglich festzustellen, ob dies das Werk der vergifteten Natur oder der feindlichen Diversion war. So war es mit allem. Der Viehbestand wurde dezimiert, doch waren diese Tierseuchen natürliche oder künstliche? War der Zyklon, der die Ufer ruinierte – wie einst –, ein Schicksalsschlag, oder wurde er dadurch verursacht, daß insgeheim Wolken unsichtbarer mikrometeorologischer Diversanten, jeder einzelne von ihnen so klein wie ein Virus, die Luftmassen über dem Ozean verschoben? War die Dürre normal, wenn auch unheilvoll, oder wurde sie ebenfalls durch geschickte Verschiebung der wasserführenden Wolken in eine andere Richtung verursacht?

Diese Katastrophen suchten nicht bloß die Vereinigten Staaten, sondern die ganze Welt heim. Und wiederum – die einen sahen darin einen Beweis für deren natürliche Ursachen, andere wiederum waren überzeugt, daß sie deshalb überall vorkommen, weil bereits alle Staaten über nicht von Menschen gelenkte, auf weite Entfernung wirkende Mittel verfügen und einander Schaden zufügen, während sie offiziell verkünden, daß sie nichts dergleichen tun. Einen auf frischer Tat ertappten Diversanten konnte man keinem Kreuzverhör unterziehen, ja, ihn nicht einmal irgend etwas fragen, denn da er ein Synsekt oder eine künstliche Mikrobe war, war er stumm. Klimatisch-meteorologische Konter-Geheimdienste, seismische Spionage, Aufklärungsdienste der Epidemiologen, Genetiker und sogar Hydrographen hatten alle Hände voll zu tun (genauer: sie hatten alle Computer voll zu tun). Ein zunehmend großer Teil der Weltwissenschaft wurde vom Militär für mannigfaltige Aufklärungsdienste in Anspruch genommen. Konnten doch Orkane, Seuchen der Pflanzenkulturen, die Zunahme der Sterblichkeit von Hausvieh und schließlich sogar Abstürze von Meteoren der Diversion verdächtig werden (fügen wir in Parenthese hinzu, daß die Idee, Asteroide auf feindliches Territorium zu lenken, damit sie beim Sturz fürchterliche Verwüstungen anrichteten, schon im 20. Jahrhundert entstand und als *interessant* anerkannt wurde).

Auf den Akademien der Generalstäbe wurden neue Disziplinen vorgetragen, wie kryptooffensive und kryptodefensive Strategien, Anti-Gegenspionage-Kryptologie, das heißt die Täuschung und Irreführung der Geheimdienste zur zweiten Potenz, wie das Änigma auf dem Schlachtfeld, und schließlich die *Kryptokryptik*, die auf *geheime* Weise die *geheime* Anwendung *solcher geheimer* Waffen präsentierte, die *niemand*, *in keiner Weise*, von unschuldigen Naturphänomenen unterscheiden kann.

Es verwischten sich sowohl die Fronten wie die Abgrenzung zwischen kleinen und großen Antagonismen. Um in der öffentlichen Meinung des eigenen Landes das andere Land anzuschwärzen, erzeugten Sonderdienste einer Geheimindustrie *Falsifikate* von Elementarkatastrophen auf dem *eigenen* Territorium, damit ihr unnatürlicher Charakter augenfällig sei und jeder Staatsbürger dadurch gezwungen werde, der Verdächtigung von Nachbarländern, daß sie eine so verderbliche Tätigkeit betreiben, Glauben zu schenken. Furchtbarer Zorn und Aufruhr brachen in der Dritten Welt aus, als bekannt wurde, daß ein bestimmtes sehr großes und reiches Land, das den armen, übervölkerten Ländern Hilfe leistete, den (ziemlich billig) verkauften Lieferungen an Sago, Getreide, Mais und Kartoffelmehl – als Beimischung – bestimmte chemische Mittel zusetzte, die die sexuelle Potenz schwächen. Das war schon der *geheime Antigeburtenkrieg*. So wurde denn der Frieden zum Krieg und der Krieg – zum Frieden. Obwohl die katastrophalen Folgen dieses Trends in der weiteren Zukunft offenkundig waren – als Sieg beider Seiten, der von der allgemeinen Vernichtung nicht zu unterscheiden war –, bewegte sich die Welt in dieser zum Verderben führenden Richtung weiter.

Nicht wegen totalitärer Ränke war der Frieden ein Krieg, wie sich das einst Orwell vorgestellt hatte, sondern wegen der technologischen Errungenschaften, welche die Grenzen zwischen dem *natürlichen* und dem *künstlichen* Phänomen auf jedem Gebiet, in jedem Teil der menschlichen Welt verwischten. Nicht anders ging es nämlich auch in dem die Erde umgebenden kosmischen Raum vor sich.

Dort, so meinten die Erkenntnistheoretiker, die Philosophen, dort, wo es weder einen Unterschied zwischen dem künstlichen und natürlichen Eiweißstoff mehr gibt noch zwischen natürlicher und künstlicher Intelligenz, kann man auch keinen Unterschied machen zwischen dem Unheil, das einen vorsätzlichen

Anstifter hat, und jenem Unheil, das keiner verschuldete.

Wie das Licht, von der unwiderstehlichen Schwerkraft angezogen, einmal in die Tiefe des Schwarzen Lochs des stellaren Raums gefallen, nicht mehr aus der Gravitationsfalle entweichen kann, so ist die Menschheit, von der Kraft der gegenseitigen Antagonismen in die Tiefe der Geheimnisse der Materie gezogen, in die Technologiefalle gestürzt. Und was sagt es schon aus, daß sie sie selbst gegraben hat? Daß alle Kräfte in neue Umrüstungen investiert wurden, darüber entschieden nicht mehr Regierungen, Staatsmänner, der Wille der Generalstäbe, die Interessen der Monopole oder auch anderer Interessengruppen, sondern – und das immer machtvoller – die Angst, daß auf die Erfindungen und Techniken, die die *endgültige Überlegenheit* verleihen, als erster *jemand anderer* stoßen wird. Das lähmte die traditionelle Politik restlos. Die Verhandlungspartner auf den internationalen Konferenzen konnten nichts mehr aushandeln, weil ihr guter Wille, die Neue Waffe aufzugeben, in den Augen der anderen anzeigte, der Verzicht auf diese Waffen bedeute, daß sie wahrscheinlich schon eine andere Waffe in petto haben – eine noch neuere ... Nebenbei bemerkt, wurde die Unmöglichkeit, zu Abrüstungsabkommen zu gelangen, damals mathematisch nachgewiesen. Ich sah eine mathematische Formel der sogenannten allgemeinen Konflikttheorie, die zeigte, warum die Verhandlungen keine guten Resultate erbringen konnten. Auf Abrüstungskonferenzen fallen bestimmte Entscheidungen. Wenn die Zeit für eine dem Frieden dienende Entscheidung *länger* ist als die Entscheidungszeit für solche militärischen Innovationen, die den diesen Entscheidungen unterliegenden Stand radikal verändern, wird jede

Entscheidung im Augenblick, da sie getroffen wird – zum Anachronismus.

Das ist so, als hätten die Menschen des Altertums so lange über das Verbot der Herstellung des berühmten griechischen Feuers diskutiert, bis sie in einer Zeit das Verbot beschlossen, als Berthold Schwarz schon mit seinem Schießpulver in Erscheinung getreten war. Wenn in jedem »heute« über das zu entscheiden ist, was »gestern« war, rückt die Entscheidung aus der Gegenwart in die Vergangenheit und wird damit zu einer reinen Spiegelfechterei. Das eben zwang letztlich Ende des 21. Jahrhunderts den Mächten eine Verständigung neuen Typs auf, eine Verständigung, die eine neue Ära in der Geschichte der Menschheit eröffnete. Doch diese Angelegenheit, die zur Geschichte des 22. Jahrhunderts gehört, liegt nicht mehr im Bereich unserer Betrachtungen. Wenn mir die Zeit dazu reicht, werde ich diesen Fragen eine eigene Erörterung widmen – um das nächste Kapitel der Weltgeschichte zu beschreiben, ungewöhnlich wegen der Tatsache, daß die Erde, die Epoche der Antagonismen hinter sich lassend, sich zwar aus der einen Technologiefalle befreite, doch in eine andere hineingeriet, als wäre es ihre Bestimmung, immer wieder vom Regen in die Traufe zu kommen.

1983

Das Katastrophenprinzip
Die kreative Zerstörung im Weltall

Aus Lems Bibliothek des 21. Jahrhunderts

Die Menschheit als Rarität
Die kreative Zerstörung im Weltall
The World as Holocaust

Einleitung

Bücher mit solchen oder ähnlichen Titeln erscheinen erstmals gegen Ende des 20. Jahrhunderts, doch das Weltbild, das sie vermitteln, verbreitet sich erst im folgenden Jahrhundert, als die Entdeckungen, die in weit voneinander entfernten Wissenschaftszweigen aufkeimen, sich zu einem Ganzen zusammenfügen. Aus diesem Ganzen ergibt sich, um es vorweg zu sagen, eine antikopernikanische Wende in der Astronomie, durch die unsere Vorstellungen über den Platz, den wir im Universum einnehmen, umgestoßen werden.

Während die vorkopernikanische Astronomie die Erde in den Mittelpunkt der Welt gerückt hatte, stieß Kopernikus sie aus dieser bevorzugten Position, denn er entdeckte, daß die Erde einer von vielen Planeten ist, welche die Sonne umkreisen. Säkulare Fortschritte der Astronomie bekräftigten die kopernikanische Regel, nach der nicht nur die Erde kein zentraler Körper des Sonnensystems ist, sondern vielmehr dieses ganze System sich am Rande unserer Galaxie, der Milchstraße, befindet; es stellte sich heraus, daß wir innerhalb des Kosmos »irgendwo«, im Vorort eines x-beliebigen Sterns, wohnen.

Während die Astronomie die Evolution der Sterne erforschte, erkundete die Biologie die Evolution des Lebens auf der Erde, bis die Entwicklungswege dieser Forschungen sich schließlich trafen oder vielmehr gleich den Zuflüssen eines Stroms vereinigten, denn die Astronomie machte sich die Frage nach der Verbreitung des Lebens im Kosmos zu eigen, während die theoretische Biologie sie darin unterstützte, und so entstand in der Mitte des 20. Jahrhunderts das erste Programm der Suche nach außerirdischen Zivilisationen unter der Bezeichnung CETI (Communication with Extraterrestrial Intelligence). Jahrzehntelang betrieb man diese Suche mit immer besseren und immer mächtigeren Apparaturen, doch wurden weder fremde Zivilisationen entdeckt, noch fand man auch nur die geringste Spur von Radiosignalen von ihnen. Damit war das Rätsel des Silentium Universi aufgeworfen. In den siebziger Jahren gelangte das »Schweigen des Kosmos« in die breitere Öffentlichkeit und erregte einiges Aufsehen. Die Unentdeckbarkeit »anderer vernunftbegabter Wesen« wurde für die Wissenschaft zu einem unfaßbaren Problem. Die Biologen hatten bereits die physikalisch-chemischen Bedingungen festgelegt, unter denen aus unbelebter Materie Leben entstehen kann – und das waren durchaus keine ungewöhnlichen Bedingungen. Die Astronomen zeigten, daß es in der Umgebung der Sterne zahlreiche Planeten gibt. Beobachtungen bewiesen, daß ein erheblicher Teil der Sterne unserer Galaxie Planeten besaß. Damit drängte sich der Schluß auf, daß im Verlaufe typischer kosmischer Wandlungen relativ häufig Leben entsteht, daß seine Evolution eine natürliche Erscheinung im Kosmos sein muß und daß die Krönung des Entwicklungsbaumes der Gattungen durch die Entstehung vernunftbegabter Wesen ebenfalls im Rahmen des Üblichen liegt. Diesem Bild eines bewohnten Kosmos widersprachen indessen die immer wieder vergeblichen Versuche, außerirdische Signale zu empfangen, obwohl eine wachsende Zahl von Observatorien jahrzehntelang nach ihnen suchte.

Nach den Erkenntnissen der Astronomen, Biochemiker und Biologen war der Kosmos voll von Sternen, die der Sonne ähneln, und voll von Planeten, die der Erde gleichen, so daß sich dem Gesetz einer so großen Zahl gemäß das Leben auf unzähligen Globen hätte entwickeln müssen, aber das Abhorchen nach Radiosignalen zeigte überall eine leblose Öde.

Die Wissenschaftler, die im Programm CETI und anschließend im Programm SETI (Search for Extraterrestrial Intelligence) zusammenarbeiteten, entwarfen verschiedene Ad-hoc-Hypothesen, um das kosmische Vorkommen von Leben mit dessen kosmischem Schweigen in Einklang zu bringen. Zunächst behaupteten sie, der durchschnittliche Abstand zwischen den Zivilisationen belaufe sich auf fünfzig bis hundert Lichtjahre. Nach weiteren Überlegungen mußten sie diesen Abstand auf sechshundert und schließlich auf tausend Lichtjahre hinaufsetzen. Gleichzeitig entstanden Hypothesen über die Selbstzerstörung der Vernunft; so stellte von Hörner zwischen der »psychozoischen Dichte« und der Leblosigkeit des Kosmos einen Zusammenhang her durch die Behauptung, daß jede Zivilisation vom Selbstmord bedroht sei, wie er ähnlich der Menschheit in einem Atomkrieg drohe, so daß die organische Evolution sich zwar über Milliarden Jahre hinziehen könne, die letzte, technologische Phase aber kaum einige Jahrtausende dauere. Andere Hypothesen wiesen auf die Gefahren hin, die das 20. Jahrhundert sogar in der friedlichen Expansion der Technologie entdeckte, die mit ihren Nebenwirkungen die Biosphäre als Brutstätte des Lebens vernichtet. Die bekannten Worte Wittgensteins paraphrasierend, hat einmal jemand gesagt: »Wovon man nicht sprechen kann, darüber muß man *dichten*.« Wohl als erster hat Olaf Stapledon in dem fantastischen Roman »Last and First Men« unser Schicksal in den Satz gefaßt: »Die Sterne schaffen den Menschen und die Sterne töten ihn.« In den dreißiger Jahren des 20. Jahrhunderts, als er diese Worte schrieb, waren sie allerdings eher »Dichtung« als »Wahrheit«, waren sie eine Metapher und nicht eine Hypothese, die imstande wäre, sich um Aufnahme in das Reich der Wissenschaft zu bewerben.

Jeder Text kann indessen mehr an Bedeutung enthalten, als sein Autor in ihn hineingelegt hat. Vor vierhundert Jahren behauptete Francis Bacon, daß fliegende Maschinen ebenso möglich seien wie Maschinen, die über die Erde dahinsausen und auf dem Meeresboden laufen. Er hat sich solche Geräte zweifellos nicht konkret vorgestellt, aber wir, die wir heute diese Worte lesen, legen nicht nur unser allgemeines Wissen in sie hinein, daß es tatsächlich so gekommen ist, sondern wir erweitern ihre Bedeutung noch durch eine Vielzahl von uns bekannten konkreten Einzelheiten, wodurch das Gewicht jener Aussage sich noch erhöht.

Etwas Ähnliches ist mit der Vermutung passiert, die ich bei der amerikanisch-sowjetischen CETI-Konferenz in Bjurakan 1971 zu Protokoll gegeben habe (man kann meinen Text nachlesen in dem Buch *Problema CETI*, erschienen 1975 im Verlag MIR in Moskau). Ich schrieb damals: »Wenn die Verteilung von Zivilisationen im Weltall *nicht* zufällig ist, sondern festgelegt durch astrophysikalische Gegebenheiten, die wir nicht kennen, obgleich sie mit den beobachtbaren Phänomenen zusammenhängen, dann sind die Chancen eines Kontakts um so *geringer*, je *stärker* der Zusammenhang zwischen der Lokalisierung einer Zivilisation und der Beschaffenheit der stellaren Umgebung ist, je mehr sich also die räumliche Verteilung der Zivilisationen von einer *Zufalls*verteilung *unterscheidet*. Man darf schließlich nicht von vornherein ausschließen, daß es astronomisch feststellbare Indizien für die Existenz einer Zivilisation gibt. (. . .) Daraus folgt, daß es zu den Regeln des Programms CETI gehören sollte, den *vorläufigen* Charakter unserer astrophysikalischen Kenntnisse zu berücksichtigen, denn *neue* Entdeckungen werden selbst die *fundamentalen* Annahmen von CETI verändern.«

Genau das ist eingetreten, oder vielmehr: es tritt nach und nach ein. Aus neuen Entdeckungen der galaktischen Astronomie, aus neuen Modellen der Planeten- und Sternentstehung und aus dem Vorkommen radioaktiver Isotope in den Meteoren unseres Sonnensystems schält sich wie aus den verstreuten Teilen eines Geduldspiels allmählich ein neues Bild heraus, das die Geschichte des Sonnensystems und die Entstehung von Leben auf der Erde rekonstruiert, ein Bild, dessen Aussage ebenso sensationell ist, wie sie zu dem bisher anerkannten Bild im Widerspruch steht.

Aus den Hypothesen, in denen die zehn Milliarden Jahre der Existenz der Milchstraße rekonstruiert werden, geht – um es vorweg kurz und bündig zu sagen – hervor, daß der Mensch entstanden ist, weil der Kosmos ein Schauplatz von Katastrophen ist, und daß die Erde mitsamt dem Leben ihre Entstehung einer eigentümlichen Serie solcher Katastrophen verdankt; daß die Sonne ihre Planetenfamilie infolge gewaltiger Kataklysmen, die sich in der Nähe abspielten, gebar, daß das Sonnensystem dann aus dem Gebiet der katastrophalen Störungen herauskam; deshalb konnte das Leben entstehen und sich entwickeln, um schließlich die ganze Erde zu erobern. Während der folgenden Jahrmilliarde bestand im Grunde keine Chance für die Entstehung des Menschen, weil der Entwicklungsbaum der Arten nicht die Gelegenheit dazu bot, doch dann schuf eine weitere Katastrophe der Anthropogenese dadurch freie Bahn, daß sie Hunderte Millionen von irdischen Kreaturen umbrachte.

Den zentralen Platz in diesem neuen Weltbild nimmt also eine Schöpfung ein, die auf der Zerstörung und der sich daran anschließenden Systementspannung beruht. Noch knapper kann man es auch so sagen: Die Erde ist entstanden, weil die Ursonne in einen Bereich der Vernichtung geriet; das Leben ist entstanden, weil die Erde den Bereich verließ; der Mensch ist entstanden, weil während der folgenden Jahrmilliarde die Vernichtung erneut gegen die Erde wütete.

Einstein, der sich dem Indeterminismus der Quantenmechanik beharrlich widersetzte, hat einmal geäußert, daß »Gott nicht mit der Welt würfelt«. Er wollte damit sagen, daß nicht der Zufall die atomaren Phänomene lenken könne. Es stellte sich jedoch heraus, daß Gott tatsächlich mit der Welt Würfel spielt, und zwar nicht nur auf der Ebene der Atome, sondern auch auf der Ebene der Galaxien, Sterne und Planeten, bezüglich der Anfänge des Lebens und der im Rahmen des Lebens entstehenden vernunftbegabten Wesen. Es zeigte sich, daß wir unsere Existenz sowohl solchen Katastrophen verdanken, die »am richtigen Ort und zur rechten Zeit« eintraten, als auch solchen, zu denen es in anderen Epochen und an anderen Orten *nicht* gekommen ist. Wir wurden geboren, nachdem wir mit der Geschichte unseres Sterns, unseres Planeten, der Biogenese und der Evolution zahlreiche Nadelöhre passiert hatten, und man kann daher die zehn Milliarden Jahre, welche zwischen der Entstehung der protosolaren Gaswolke und der Entstehung des Homo sapiens liegen, mit einem gigantischen Slalomlauf vergleichen, bei dem nicht ein einziges Tor ausgelassen wurde. Wir wissen inzwischen, daß es viele solcher »Tore« gegeben hat und daß jedes Herausfallen aus der Bahn die Entstehung des Menschen unmöglich gemacht hätte, aber wir wissen nicht, wie »breit« diese Bahn mit ihren Kurven und Toren war – mit anderen Worten: Wie groß die Wahrscheinlichkeit eines »korrekten Laufs« war, dessen Ziel die Anthropogenese bildete.

Die Welt wird sich somit nach den wissenschaftlichen Erkenntnissen des kommenden Jahrhunderts als eine Häufung von *zufälligen*, zugleich schöpferischen und zerstörerischen Katastrophen herausstellen, wobei allerdings nur diese *Häufung zufällig* war, die einzelnen Katastrophen aber den strengen Gesetzen der Physik unterlagen.

I

Das Roulettespiel beruht auf der Regel, daß die überwältigende Mehrheit der Spieler verliert. Wäre es anders, dann müßte jedes Spielcasino wie das in Monte Carlo binnen kurzem bankrott machen. Ein Spieler, der den Spieltisch mit einem Gewinn verläßt, ist die Ausnahme von der Regel. Einer, der ziemlich häufig gewinnt, ist eine seltene Ausnahme, und ein Spieler, der ein Vermögen macht, weil die Roulettekugel fast jedesmal die von ihm gesetzte Nummer trifft, ist schon eine außergewöhnliche Ausnahme, ein unheimlicher Glückspilz, über den die Zeitungen berichten.

Eine Gewinnsträhne ist auf keinen Fall ein Verdienst des Spielers, denn eine Taktik, auf bestimmte Nummern zu setzen, so daß man garantiert gewinnt, gibt es nicht. Das Roulette ist eine Zufallsapparatur, und das heißt, daß seine Endzustände sich nicht mit Gewißheit vorhersehen lassen. Weil die Kugel immer bei einer der 36 Nummern stehenbleibt, hat der Spieler bei jedem Spiel eine Gewinnchance von 1 : 36. Wer nacheinander auf zwei Nummern gesetzt hat und beide Male gewinnt, hat am Anfang für den doppelten Gewinn eine Chance von 1 : 1296 gehabt, denn bei Zufallsereignissen, die voneinander unabhängig sind (wie eben beim Roulette), muß man die Wahrscheinlichkeiten miteinander multiplizieren. Die Chance, daß jemand dreimal hintereinander gewinnt, beträgt 1 : 46 656. Das ist eine sehr kleine, aber berechenbare Chance, denn die Anzahl der Endzustände ist bei jedem Spiel die gleiche: 36. Wollten wir hingegen die Chancen eines Spielers unter Berücksichtigung von Nebenerscheinungen (ein Erdbeben, ein Bombenanschlag, der Tod des Spielers durch einen Herzanfall usw.) berechnen, so erweist sich das als unmöglich. Ähnlich verhält es sich, wenn jemand unter Artilleriebeschuß auf einer Wiese Blumen pflückt und mit einem Strauß in der Hand unversehrt nach Hause zurückkehrt; seine Errettung läßt sich ebenfalls nicht mit Hilfe der Statistik erfassen, obwohl die Unberechenbarkeit – und damit die Unvorhersehbarkeit dieses Ereignisses – nichts mit der Unvorhersehbarkeit zu tun hat, die für Quanten- und atomare Phänomene charakteristisch ist. Das Schicksal von Blumenpflückern unter Beschuß ließe sich nur dann statistisch erfassen, wenn es sich um sehr viele Pflücker handeln würde und darüber hinaus die statistische Verteilung der Blumen auf der Wiese, die für das Pflücken benötigte Zeit und ferner die durchschnittliche Anzahl der Granaten je Quadratmeter der beschossenen Fläche bekannt wären.

Das Erstellen einer solchen Statistik wird jedoch dadurch kompliziert, daß Granaten, die den Pflücker nicht treffen, Blumen vernichten und somit deren Verteilung auf der Wiese verändern. Ein getöteter Pflücker fällt aus dem Spiel heraus, das darin besteht, unter Beschuß Blumen zu pflücken, und aus dem Roulettespiel fällt derjenige heraus, der zunächst Glück gehabt und dann alles bis auf den letzten Heller verspielt hat.

Ein Beobachter, der die Schar der Galaxien über Milliarden Jahre hinweg überwachte, könnte diese als ein Roulette oder als eine Wiese mit Blumenpflückern auffassen und jene statistischen Gesetzmäßigkeiten entdecken, denen die Sterne und Planeten unterliegen, und er würde dadurch am Ende feststellen, wie häufig Leben im Kosmos auftritt und wie häufig es sich anschließend durch Evolution bis hin zur Entstehung vernunftbegabter Wesen entwickeln kann.

Ein solcher Beobachter könnte eine langlebige Zivilisation sein, genauer gesagt, die aufeinanderfolgenden Generationen ihrer Astronomen.

Wenn jedoch die Wiese mit den Blumen in chaotischer Weise beschossen wird (das bedeutet, daß die Dichte der Schüsse nicht um einen bestimmten Mittelwert schwankt und folglich nicht berechenbar ist) oder wenn das Roulette nicht »ehrlich« ist, wird selbst jener Beobachter keine »Statistik der Häufigkeit der Entstehung von Vernunft im Kosmos« erstellen können.

Die Unmöglichkeit der Erstellung einer solchen Statistik ist eher eine »praktische« als eine grundsätzliche. Sie liegt nämlich nicht – wie etwa die Heisenbergsche Unbestimmtheitsrelation – in der Natur der Materie, sondern »nur« in der unberechenbaren Überlagerung von verschiedenen, voneinander unabhängigen Zufallsserien, die innerhalb unterschiedlicher Größenordnungen auftreten: der galaktischen, der stellaren, der planetaren und der molekularen.

Die Galaxie, als ein Roulette aufgefaßt, bei dem »man das Leben gewinnen kann«, ist kein »ehrliches« Roulette. Ein ehrliches Roulette unterliegt exakt einer *einzigen* Wahrscheinlichkeitsverteilung (1 : 36 bei jedem Spiel). Für Roulettespiele, an denen gerüttelt wird, die während des Spiels ihre Form verändern oder bei denen immer wieder andere Kugeln verwendet werden, existiert eine solche statistische Einzigartigkeit nicht. Zwar sind alle Roulettespiele und alle spiralförmigen Galaxien einander ähnlich, aber sie sind einander nicht genau gleich. Es kann sein, daß eine Galaxie sich wie ein Roulette neben einem Ofen verhält: Ist der Ofen heiß, so wird die erwärmte Roulettescheibe sich verkrümmen, und dadurch verändert sich die Verteilung der gewinnenden Nummern. Ein hervorragender

Physiker wird den Einfluß der Temperatur auf das Roulette messen, aber wenn außerdem noch die durch vorbeifahrende Lastwagen erzeugten Schwingungen des Bodens auf das Spiel einwirken, erweist sich seine Messung als ungenügend.

In diesem Sinne ist das galaktische Spiel »um Leben und Tod« ein Spiel an unehrlichen Roulettetischen.

Zuvor erwähnte ich, daß Einstein behauptete, daß »Gott nicht mit der Welt würfelt«. Das dort Gesagte können wir nun ergänzen. Gott würfelt nicht nur mit der Welt, sondern er spielt auch ehrlich – mit vollkommen identischen Würfeln –, allerdings nur in der kleinsten Größenordnung, der atomaren. Die Galaxien dagegen sind göttliche Riesenroulettes, die nicht ehrlich sind. Ich weise darauf hin, daß es hier um eine mathematisch (statistisch) und nicht um eine irgendwie »moralisch« verstandene »Ehrlichkeit« geht.

Durch die Beobachtung eines radioaktiven Elements können wir dessen Halbwertzeit bestimmen. Wir können also feststellen, wie lange man warten muß, bis die Hälfte seiner Atome zerfallen ist. Dieser Zerfall wird vom Zufall bestimmt, der in statistischer Hinsicht ehrlich ist, da er für dieses Element im gesamten Kosmos ein und derselbe ist, gleichgültig, ob das Element sich im Laboratorium, im Erdinneren, in einem Meteor oder in einem kosmischen Nebel befindet. Seine Atome verhalten sich überall identisch.

Eine Galaxie, aufgefaßt als eine »Apparatur, welche Sterne, Planeten und gelegentlich Leben produziert«, verfährt hingegen – als Zufallsapparatur – in unehrlicher, weil unberechenbarer Weise.

Ihre Schöpfungen sind weder vom Determinismus bestimmt noch von jenem Indeterminismus, den wir in der Welt der Quanten kennengelernt haben. Daher kann man den Verlauf des galaktischen »Spiels ums Leben« erst *ex post* erkennen, wenn man dabei gewonnen hat. Man kann das Geschehene rekonstruieren, obwohl es am Anfang nicht vorhersehbar war. Man kann es allerdings nicht völlig genau rekonstruieren, sondern nur in der Weise, wie man die Geschichte menschlicher Stämme aus einer Zeit rekonstruiert, in der die Menschen noch nicht des Schreibens kundig waren und daher weder Chroniken noch Dokumente hinterlassen haben, sondern lediglich die Erzeugnisse ihrer Hände, zu denen der Archäologe sich vorgräbt. Die galaktische Kosmologie verwandelt sich dann in eine »stellar-planetare Archäologie«. Diese Archäologie erkundet jenes eigentümliche Spiel, dessen großer Treffer *wir selbst* sind.

II

Gut zwei Drittel der bekannten Galaxien hat die Form einer spiralförmigen Scheibe mit einem Kern, von dem zwei Arme abgehen, wie bei unserer Milchstraße. Das galaktische Gebilde, das aus Gas- und Staubwolken sowie aus Sternen besteht (die nach und nach in ihm entstehen und vergehen), dreht sich, wobei der Kern mit größerer Winkelgeschwindigkeit rotiert als die Arme, die, weil sie nicht mitkommen, abknicken und dadurch eben dem Ganzen die Form einer Spirale verleihen.

Die Arme bewegen sich jedoch nicht mit der gleichen Geschwindigkeit wie die Sterne.

Ihre konstante Spiralform verdankt eine Galaxie den *Verdichtungswellen*, bei denen die Sterne die Rolle von Molekülen in einem gewöhnlichen Gas spielen.

Wegen ihrer unterschiedlichen Umlaufgeschwindigkeiten bleiben Sterne, die weit vom Kern entfernt sind, hinter dem Arm zurück, während solche, die sich in der Nähe des Kerns befinden, den Spiralarm einholen und durch ihn hindurchlaufen. Die gleiche Geschwindigkeit wie der Arm haben nur Sterne in mittlerer Entfernung vom Kern, auf dem sogenannten Korotationskreis. Die Gaswolke, aus der die Sonne mit ihren Planeten entstehen sollte, befand sich vor rund fünf Milliarden Jahren auf der Innenseite der Krümmung eines Spiralarms. Sie holte diesen Arm mit der geringfügigen Geschwindigkeitsdifferenz von etwa einem Kilometer pro Sekunde ein. In die Verdichtungswelle eingedrungen, wurde diese Wolke mit den radioaktiven Produkten einer Supernova verseucht, die in ihrer Nähe explodierte (es handelte sich um Jod- und Plutoniumisotope).

Diese Isotopen zerfielen, bis aus ihnen ein anderes Element entstand: Xenon. Unterdessen wurde diese Wolke durch die Verdichtungswelle, in der sie schwamm, komprimiert, und das begünstigte ihre Kondensation, bis aus ihr schließlich ein junger Stern hervorging – die Sonne. Gegen Ende dieser Periode, vor etwa viereinhalb Milliarden Jahren, explodierte in der Nähe eine andere Supernova, welche den zirkumsolaren Nebel (denn nicht das gesamte protosolare Gas hatte sich schon in der Sonne konzentriert) mit radioaktivem Aluminium verseuchte. Dadurch wurde die Entstehung der Planeten beschleunigt, vielleicht auch bewirkt. Damit die Scheibe der um den jungen Stern rotierenden Gase sich in Segmente auflösen und zu Planeten verdichten konnte, bedurfte es, wie Simulationsrechnungen gezeigt haben, einer »Intervention von außen«, eines gewaltigen »Stoßes«; er kam von der Supernova, die damals nicht weit von der Sonne explodierte.

Woher wir das alles wissen? Aus der Verteilung der Radioisotopen in den Meteoren des Sonnensystems; wenn man die Halbwertzeit der genannten Isotope (von Jod, Plutonium und Aluminium) kennt, kann man errechnen, wann die protosolare Wolke mit ihnen verseucht wurde. Das ist mindestens zweimal geschehen; anhand der unterschiedlichen Zerfallszeit dieser Isotopen läßt sich bestimmen, daß die erste Verseuchung durch die Explosion einer Supernova kurz nach dem Eindringen der protosolaren Wolke in den galaktischen Arm erfolgte, während die zweite Verseuchung (durch radioaktives Aluminium) rund 300 Millionen Jahre später eintrat.

Die Sonne hat also ihren ersten Entwicklungsabschnitt in einem Gebiet starker Strahlung und gewaltiger Stöße zugebracht, durch welche die Planetenentstehung ausgelöst wurde, dann aber – mit den bereits erkaltenden und erstarrenden Planeten – diese Zone verlassen. Sie entwich in einen weitgehend leeren, von den stellaren Katastrophen abgeschirmten Raum, und dank dessen hat das Leben auf der Erde entstehen und sich ohne mörderische Störungen entwickeln können.

Wenn man nach diesem Bild geht, muß man hinter die Regel des Kopernikus, nach der die Erde (mitsamt der Sonne) sich *nicht* an einem besonders ausgezeichneten Ort, sondern »irgendwo« befindet, ein großes Fragezeichen machen.

Hätte sich die Sonne an der fernen Peripherie der Galaxie befunden und, langsam ihre Bahn ziehend, nicht deren Arme durchquert, so hätte sie gewiß keine Planeten gebildet. Die Planetenentstehung erfordert nämlich »Geburtshilfemaßnahmen« in Gestalt gewaltiger Ereignisse, namentlich der mächtigen Stoßwellen explodierender Supernovae (oder zumindest eines solchen *»nahen«* Zusammentreffens).

Wäre die Sonne, nachdem sie durch solche Stöße die Planeten hervorgebracht hatte, in der Nähe des galaktischen Kerns und damit erheblich schneller als die Spiralarme gekreist, dann hätte sie diese häufig durchqueren müssen. In diesem Falle hätten zahlreiche Strahlungs- und radioaktive Stöße die Entstehung des Lebens auf der Erde unmöglich gemacht oder es in einer frühen Entwicklungsphase vernichtet.

Auch dann, wenn die Sonne sich auf dem Korotationskreis der Galaxie bewegt und daher nicht deren Arme verlassen hätte, hätte sich das Leben nicht auf unserem Planeten behaupten können, sondern wäre früher oder später durch die Explosion einer nahen Supernova umgekommen, denn am häufigsten explodieren Supernovae innerhalb der galaktischen Arme. Auch die mittleren Entfernungen zwischen den Sternen sind innerhalb der Arme erheblich geringer als zwischen den Armen.

Während also die für die Planetenentstehung günstigen Bedingungen innerhalb der Spiralarme bestehen, herrschen die für die Entstehung und Entwicklung des Lebens erforderlichen Bedingungen in der Leere zwischen den Armen.

Diese Bedingungen werden weder von Sternen erfüllt, die den Kern der Galaxie nah umkreisen, noch von solchen, die am Rande der Galaxie stehen, und schließlich auch nicht von Sternen, deren Bahnen sich mit dem Korotationskreis decken, sondern nur von solchen, die sich in dessen Nähe befinden.

Man muß sich zudem bewußt machen, daß eine allzu nahe Eruption einer Supernova nicht die protosolare Wolke »zusammendrücken« und dadurch deren Kondensation zu Planeten beschleunigen würde; vielmehr würde sie sie auseinanderfegen, so wie eine Sturmbö den Samen des Löwenzahns zerstreut.

Würde die Explosion in allzu großer Entfernung erfolgen, so könnte es sein, daß der Impuls für die Planetogenese nicht ausreicht.

Die einzelnen Eruptionen von Supernovae, die der Sonne benachbart waren, »müssen« also mit den einzelnen Entwicklungsetappen der Sonne – als Stern, als Sonnensystem und schließlich als ein System, in dem Leben entstanden war – »angemessen« synchronisiert gewesen sein.

Die protosolare Wolke ist demnach ein »Spieler« gewesen, der sich mit dem nötigen Anfangskapital zum Roulette begeben hat, beim Spiel dann dieses Kapital durch Gewinne erhöhte und das Spielcasino zur rechten Zeit verlassen hat, um nicht Gefahr zu laufen, alles, was ihm eine »Strähne« günstiger Zufälle eingebracht hatte, wieder zu verlieren.

Offenbar muß man Planeten, die zur Biogenese und damit zur Hervorbringung von Zivilisationen fähig sind, vor allem in der Nähe des Korotationskreises der Galaxien suchen.

Wird die beschriebene Rekonstruktion der Geschichte unseres Systems akzeptiert, so müssen die bisherigen Schätzungen der psychozoischen Dichte des Kosmos drastisch korrigiert werden.

Wir wissen mit annähernder Gewißheit, daß von den Sternen in der Umgebung der Sonne – im Umkreis von etwa fünfzig Lichtjahren – keiner eine Zivilisation beherbergt, die über eine Nachrichtentechnik verfügen würde, welche zumindest der unseren gleichkommt.

Der Radius des Korotationskreises mißt etwa 10^4 Parsek und damit rund 34 000 Lichtjahre. Die gesamte Galaxie zählt über 150 Milliarden Sterne. Unter der Annahme, daß ein Drittel aller Sterne sich im Kern und in den dicken Ansätzen der Spiralarme befindet, erhalten wir für die Arme als solche hundert Milliarden Sterne. Es ist unbekannt, wie dick der Torus ist (ein Körper von der Form eines Autoreifens), den man um den Korotationskreis beschreiben muß, um die ganze Zone zu erfassen, die für die Entstehung von Leben zeugenden Planeten günstig ist. Nehmen wir also an, daß sich in dieser Zone, die den »biogenen Torus« darstellt, ein Hunderttausendstel aller Sterne eines galaktischen Spiralarmes befindet, also eine Million. Der Gesamtumfang des Korotationskreises mißt rund 215 000 Lichtjahre. Würde *jeder* der sich dort befindenden Sterne auch nur eine Zivilisation beleuchten, dann betrüge die mittlere Entfernung zwischen zwei bewohnten Planeten fünf Lichtjahre. Das kann jedoch nicht sein, weil die Sterne in der Nähe des Korotationskreises nicht gleichmäßig im Raum verteilt sind; dabei muß man Sterne mit *entstehenden* Planeten eher innerhalb der Spiralarme erwarten, während man Sterne, in deren Planetenfamilie zumindest ein Planet ist, auf dem die Evolution von Leben ohne verheerende Störungen abläuft, eher im leeren Raum *zwischen* den Armen zu suchen hätte, weil sie dort langfristig gegen stellare Katastrophen abgeschirmt sind. Die meisten Sterne finden sich indessen in den Armen, wo sie am dichtesten konzentriert sind.

Bei der Ausschau nach Signalen einer »außerirdischen Vernunft« müßte man sich also auf den Bogen des Korotationskreises *vor* und *hinter* der Sonne, innerhalb der galaktischen Ebene, konzentrieren, also zwischen den Sternbildern Perseus und Schütze, denn dort könnten sich Sterne befinden, die ähnlich wie unsere Sonne die Passage durch einen Spiralarm bereits *hinter sich* haben und sich nun – zusammen mit unserem System – in dem leeren Raum zwischen den Armen bewegen.

Eine weitere Überlegung zeigt indessen, daß diese einfachen statistischen Erwägungen, die wir ausprobiert haben, nicht viel taugen.

Kehren wir noch einmal zurück zur Rekonstruktion der Geschichte der Sonne und ihrer Planeten. An der Schnittstelle mit dem Korotationskreis haben die Spiralarme eine Dicke von rund 300 Parsek. Die protosolare Gaswolke, deren Umlaufbahn sieben bis acht Grad gegen die galaktische Ebene geneigt ist, drang zum ersten Mal vor rund 4,9 Milliarden Jahren in einen Spiralarm ein. Während dreihundert Millionen Jahren, in denen sie die ganze Dicke des Arms durchwanderte, war sie stürmischen Bedingungen ausgesetzt, doch seit sie den Arm verlassen hat, durchwandert sie eine stille Leere. Diese Wanderung dauert deshalb länger als der Durchgang durch den Arm, weil der Korotationskreis, in dessen Nähe die Sonne umläuft, die Spiralarme unter einem spitzen Winkel schneidet, so daß der Bogen der Umlaufbahn der Sonne *zwischen den Armen* länger ist als der Bogen *innerhalb* eines Arms.

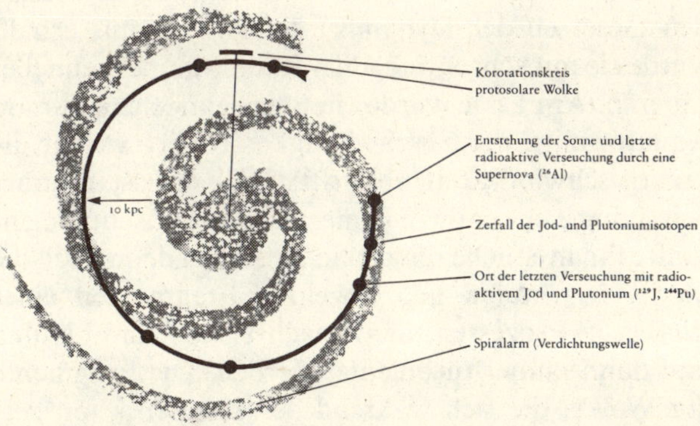

Die Zeichnung (nach L. S. Maročkin, *Priroda* Nr. 6, Moskau 1982) zeigt das Schema unserer Galaxie, den Radius des Korotationskreises sowie die Bahn, auf der das Sonnensystem den Kern der Galaxie umkreist. Die Geschwindigkeit, mit der die Sonne einschließlich ihrer Planeten sich relativ zu den Spiralarmen bewegt, ist Gegenstand einer Kontroverse. In dem abgebildeten Schema hat unser System bereits *beide* Arme durchwandert. Wenn es so gewesen ist, dann hat es sich bei der ersten Passage um eine Gas- und Staubwolke gehandelt, die erst beim Durchwandern des zweiten Spiralarms endgültig zu kondensieren begann. Die Streitfrage – ob wir es mit einem oder mit zwei Durchgängen zu tun haben – ist für das uns interessierende Problem unerheblich, denn dabei geht es um das Alter der Wolke, also darum, wann sie sich zu bilden begann, und nicht darum, wann ihre Fragmentierung einsetzte und sie also in das Stadium der Astrogenese eintrat. In ähnlicher Weise bilden sich auch heute noch Sterne. Eine isolierte Wolke kann sich nicht durch Gravitation zu einem Stern zusammenziehen, denn da sich (nach den Gesetzen der Dynamik) der Drehimpuls erhält, würde sie mit schrumpfendem Radius immer schneller rotieren. Am Ende würde ein Stern entstehen, der am Äquator mit einer Geschwindigkeit rotiert, welche die Lichtgeschwindigkeit übertrifft, und das ist unmöglich. Längst ehe es dazu käme, würden die Zentrifugalkräfte ihn in Stücke reißen. So entstehen denn auch die Sterne in Haufen aus einzelnen Fragmenten einer Wolke, in Prozessen, die zunächst langsam ablaufen und dann immer turbulenter werden. Die Fragmente der Wolke, die sich während der Kondensation zerstreuen, übernehmen einen Teil des Drehimpulses der jungen Sterne. Wollte man von der »Ergiebigkeit der Astrogenese« im Sinne des Verhältnisses zwischen der Masse der ursprünglichen Wolke und der Gesamtmasse der aus ihr entstandenen Sterne sprechen, so wäre diese Ergiebigkeit gering. Eine Galaxie ist somit ein »Produzent«, der mit dem Anfangskapital an Materie sehr verschwenderisch umgeht. Allerdings beginnen nach einer gewissen Zeit die zerstreuten Teile der Wolken, aus denen Sterne entstanden sind, sich erneut durch Schwerkraftwirkung zusammenzuziehen, und der Prozeß wiederholt sich.

Die Fragmente der Wolke, die zur Kondensation übergeht, verhalten sich nicht alle gleich. Wenn der Kollaps, aus dem ein Stern hervorgehen wird, beginnt, ist das Zentrum der Wolke stärker verdichtet als ihre Peripherie. Die sternbildenden Fragmente sind daher von unterschiedlicher Masse. Sie enthalten im Zentrum zwei bis vier und am Rande zehn bis zwanzig Sonnenmassen. Aus den Kondensaten im Inneren können kleine, langlebige Sterne entstehen, die Milliarden Jahre lang mehr oder weniger im gleichen Glanz erstrahlen. Ein solcher Stern ist die Sonne. Aus den großen peripheren Sternen dagegen können Supernovae entstehen, die nach einer für astronomische Verhältnisse kurzen Lebenszeit durch gewaltige Explosionen auseinandergerissen werden.

Darüber, wie die Wolke, aus der wir entstanden sind, zu kondensieren begonnen hat, weiß man nichts; man kann lediglich das Schicksal jenes begrenzten Fragments rekonstruieren, in dem es zur Entstehung der Sonne und der Planeten kam. Als dieser Prozeß einsetzte, verseuchten Supernovae, die in der Nähe explodierten, die protosolare Wolke mit ihren radioaktiven Trümmern. Mindestens zweimal ist es zu einer solchen Verseuchung gekommen. Beim ersten Mal wurde die Wolke mit Jod- und Plutoniumisotopen verseucht – ganz sicher in der Nähe der Innenkante des Spiralarms, beim zweiten Mal wurde sie, nun innerhalb der Spirale, von einer anderen Supernova mit radioaktiven Isotopen des Aluminiums bombardiert (300 Millionen Jahre später). Anhand der Zeit, innerhalb deren diese Isotopen sich durch Zufall in andere Elemente verwandeln, kann man abschätzen, wann es zu den beiden Verseuchungen gekommen ist. Die kurzlebigen Isotope des Jods und des Plutoniums bildeten am Ende das stabile Isotop des Xenons, und das radioaktive Isotop des Aluminiums verwandelte sich in Magnesium. In Meteoren unseres Sonnensystems hat man dieses Xenon und Magnesium gefunden. Durch einen Vergleich dieser Daten mit dem Alter der Erdrinde (das anhand der Zerfallszeiten der in ihr enthaltenen langlebigen Isotope des Urans und des Thoriums geschätzt wird) kann man einander angenäherte, wenn auch nicht identische »Szenarien« der solaren Kosmogonie rekonstruieren. Die Zeichnung entspricht einem Szenario, bei dem die Gaswolke zum ersten Mal die Spirale von zehneinhalb Milliarden Jahren durchwanderte. Sie hatte damals noch keine kritische Dichte, und so ist es nicht zur Fragmentierung und zur Entstehung von Kondensaten gekommen. Dazu kam es erst, nachdem die Wolke vor 4,6 Milliarden Jahren in den anderen Arm der Galaxie eingedrungen war. Die in der Umgebung der Kondensate herrschenden Bedingungen förderten die Entstehung von Supernovae, die innerhalb bestehenden Bedingungen die Entstehung von kleineren Sternen vom Typ der Sonne. Der Kompression und den Eruptionen von Supernovae ausgesetzt, verwandelte sich das protosolare Kondensat in die junge Sonne mitsamt ihren Planeten, Kometen und Meteoren. Dieses kosmogonische Szenario ist nicht frei von Vereinfachungen. Die Fragmentierung der Gaswolken erfolgt zufällig; durch die riesigen Räume der Spiralarme verlaufen Stoß*fronten*, hervorgerufen durch unterschiedliche Kataklysmen; Eruptionen von Supernovae können bei der Entstehung solcher Fronten zusammenwirken.

Die Galaxien gebären noch immer Sterne, denn der Kosmos, in dem wir wohnen, ist zwar nicht jung, aber auch noch nicht alt. Die am weitesten in die Zukunft reichenden Simulationsberechnungen deuten darauf hin, daß am Ende das ganze Material der Sternbildung erschöpft sein wird, daß die Sterne erlöschen und ganze Galaxien radiativ und korpuskular »verdampfen« werden.

Von diesem »thermodynamischen Tod« trennen uns etwa 10^{100} Jahre. Sehr viel früher (in etwa 10^{15} Jahren) werden sämtliche Sterne ihre Planeten dadurch verlieren, daß andere Sterne in der Nähe vorbeiwandern; durch starke Perturbationen aus ihren Bahnen geworfen, werden sämtliche Planeten, ob belebt oder unbelebt, in unendlichem Dunkel und in Temperaturen nahe dem absoluten Nullpunkt versinken. Es klingt zwar paradox, doch ist es leichter, vorherzusagen, was in 10^{15} oder 10^{100} Jahren mit dem Weltall geschehen wird – oder was in den ersten *Minuten* seiner Existenz geschehen ist –, als genau sämtliche Etappen der Geschichte von Sonne und Erde zu rekonstruieren. Noch schwerer läßt sich vorhersehen, was mit unserem System geschehen wird, wenn es die stille Leere verläßt, die sich zwischen den Sternhaufen der beiden galaktischen Arme, zwischen Perseus und Schütze erstreckt. Unter der Annahme, daß die Geschwindigkeitsdifferenz zwischen Sonne und Spirale sich auf einen Kilometer je Sekunde beläuft, werden wir das nächste Mal in etwa 500 Millionen Jahren in eine Spirale hineingeraten. Soweit die Astrophysik sich mit der Kosmogonie befaßt, geht sie ebenso vor wie das Untersuchungsverfahren in einem Indizienprozeß. Alles, was man zusammentragen kann, ist eine gewisse Zahl von »Spuren und sachlichen Beweisen«, die ähnlich den verstreuten Teilen eines Puzzles (von denen noch viele verlorengegangen sind) zu einem widerspruchsfreien Ganzen zusammenzusetzen sind. Was noch schlimmer ist: Es stellt sich heraus, daß aus den erhalten gebliebenen Fragmenten eine ganze Reihe unterschiedlicher Muster gelegt werden kann. Besonders in dem uns interessierenden Fall ließen sich nicht alle Daten genau quantitativ bestimmen (beispielsweise die Differenz in der Umlaufgeschwindigkeit zwischen Sonne und galaktischer Spirale). Was im übrigen die Spiralarme betrifft, so sind sie keineswegs so geschlossen und so eindeutig und regelmäßig von dem zwischen ihnen liegenden leeren Raum abgegrenzt, wie es unser Schema andeutet. Und schließlich sind sämtliche Spiralnebel einander nur in dem Maße ähnlich, wie es Menschen sind, die sich in Körpergröße, Leibesfülle, Alter, Rasse, Geschlecht und so weiter unterscheiden. Gleichwohl kommen die kosmogonischen Erkenntnisse über die Milchstraße dem wirklichen Sachverhalt immer näher. Sterne entstehen hauptsächlich innerhalb der Spiralarme; Supernovae explodieren ebenfalls am häufigsten innerhalb dieser Arme; die Sonne befindet sich ganz sicher in der Nähe des Korotationskreises, also nicht »irgendwo« in der Galaxie, denn in der Korotationszone herrschen – wie schon gesagt – andere Bedingungen als in der Nähe des Kerns und an den Rändern der Spiralscheibe. Die Kosmogoniker können mit Hilfe der Computersimulation binnen kurzer Zeit eine Vielzahl von Versuchsvarianten der Astro- und Planetogenese durchführen, wozu vor noch nicht allzu ferner Zeit unendlich mühsame und viel Zeit verschlingende Berechnungen erforderlich waren. Zugleich lieferte die beobachtende Astrophysik ständig neue und immer exaktere Daten für solche Simulationen. Allerdings ist der Indizienprozeß noch im Gange; die sachlichen Beweise und die mathematischen Vermutungen, die auf die Urheber dessen, was geschehen ist, hindeuten, haben mittlerweile die Aussagekraft einer vernünftig begründeten Hypothese und sind nicht bloß haltlose Mutmaßungen. Die Anklage gegen die Spiralnebel, sie seien zugleich Erzeuger und Kindsmörder, ist dem Tribunal der Astronomie vorgetragen worden, die Verhandlung dauert noch an, aber ein endgültiges Urteil ist noch nicht gefällt worden.

III

Die aus dem Gerichtswesen entlehnte Terminologie ist nicht die schlechteste, wenn wir von der Geschichte des Sonnensystems innerhalb der Galaxie sprechen, denn die Kosmogonie befaßt sich mit der Rekonstruktion von vergangenen Ereignissen und verfährt deshalb wie ein Gericht in einem Indizienprozeß, in dem es keinen durchschlagenden Beweis gegen den Angeklagten gibt, sondern nur eine Reihe von belastenden Umständen.

Der Kosmogoniker hat – ähnlich wie der Richter – festzustellen, was in einem konkret gegebenen Fall geschehen ist, er muß sich jedoch nicht damit befassen, wie häufig derartige Fälle vorkommen, noch damit, wie groß die Wahrscheinlichkeit des betreffenden Falles vor seinem Eintreten gewesen ist. Im Gegensatz zur Justiz ist die Kosmogonie jedoch bemüht, sehr viel mehr über die Dinge zu erfahren.

Wenn man eine Sektflasche, also eine Flasche aus dickem Glas und mit einer charakteristischen Einbuchtung am Boden, aus dem Fenster wirft, so wird die Flasche zerspringen, und wenn wir dieses Experiment mehrfach wiederholen, werden wir uns davon überzeugen, daß der Hals und der Boden den Aufprall im allgemeinen heil überstehen, während das übrige Glas in viele Bruchstücke von unterschiedlicher Form zerplatzt. Es kann passieren, daß eines dieser Bruchstücke ein Glassplitter mit einer Länge von sechs und einer Breite von einem halben Zentimeter ist.

Die Frage, wie oft man beim Zerschlagen einer Flasche genau die gleichen Bruchstücke erhalten wird, läßt sich nicht exakt beantworten. Man kann lediglich feststellen, in wie viele Teilchen zerschlagene Flaschen am häufigsten zerplatzen. Eine solche Statistik läßt sich ohne sonderliche Mühe erstellen, wenn man das Experiment nur viele Male unter gleichbleibenden Bedingungen wiederholt (man hat zu beachten, aus welcher Höhe die Flasche fällt, ob sie auf Beton oder auf Holz fällt, usw.). Es kann jedoch auch passieren, daß die Flasche im Fallen mit einem Ball, den eines der auf dem Hof spielenden Kinder gerade hochgekickt hat, zusammenstößt, von ihm abprallt und durch das offene Parterrefenster in das Zimmer einer alten Dame fliegt, die sich Goldfische in einem Aquarium hält, in das die Flasche hineinfällt, so daß sie nicht zerbricht und sich beim Untergehen mit Wasser füllt. Jeder wird zugeben, daß ein solcher Fall, mag er auch wenig wahrscheinlich sein, dennoch möglich ist, und so wird denn auch niemand ein übernatürliches Phänomen darin sehen, ein Wunder, sondern lediglich ein außergewöhnliches Zusammentreffen von Umständen. Eine Statistik solcher Ausnahmen ist nun nicht mehr möglich. Außer Newtons Gesetzen der Mechanik und der Stoßfestigkeit des Glases müßte auch berücksichtigt werden, wie häufig Kinder auf diesem Hof Ball spielen, wie häufig der Ball sich während des Spiels dort befindet, wo die Flaschen hinunterfallen, wie häufig die alte Dame ihr Fenster offenläßt, wie häufig das Aquarium am Fenster steht, und ginge es uns um eine »allgemeine Theorie der Flaschen, die durch das Zusammentreffen mit einem Ball ins Aquarium fallen und sich unbeschädigt mit Wasser füllen«, eine Theorie, die sämtliche Flaschen, Kinder, Häuser, Höfe, Goldfische, Aquarien und Fenster berücksichtigen würde, so kann man getrost sagen, daß wir zu einer solchen statistischen Theorie niemals gelangen werden.

Die für die Rekonstruktion der Geschichte des Sonnensystems einschließlich des Lebens auf der Erde entscheidende Frage lautet: War das, was sich damals in der Galaxie ereignet hat, etwas Ähnliches wie beim einfachen Zerbrechen von Flaschen, das sich statistisch erwarten läßt, oder etwas Ähnliches wie bei dem Abenteuer mit dem Ball und dem Aquarium?

Phänomene, die statistisch berechenbar sind, gehen nicht plötzlich an einer eindeutigen Grenze, sondern ganz allmählich in statistisch unberechenbare Phänomene über. Die Haltung des Wissenschaftlers ist die eines kognitiven Optimismus, denn er nimmt an, daß die von ihm untersuchten Objekte berechenbar seien. Am schönsten ist es, wenn sie in deterministischer Weise berechenbar sind: Der Einfallswinkel ist gleich dem Reflexionswinkel, ein in Wasser getauchter Körper verliert genau so viel von seinem Gewicht, wie das von ihm verdrängte Wasser wiegt, und so weiter. Ein wenig schlimmer ist es, wenn an die Stelle der Gewißheit die berechenbare Wahrscheinlichkeit tritt. Ganz schlimm ist es aber, wenn sich überhaupt nichts berechnen läßt. Es wird oft gesagt, daß dort, wo man nichts berechnen, also nichts vorhersehen kann, das Chaos herrsche. In den exakten Wissenschaften bedeutet »Chaos« jedoch keineswegs, daß wir überhaupt nichts darüber wissen, daß wir es mit einer Art von »absoluter Unordnung« zu tun haben. Eine »absolute Unordnung« gibt es überhaupt nicht, und erst recht kann bei der beschriebenen Geschichte mit der Flasche und dem Ball von Chaos keine Rede sein; für sich genommen, unterliegt jedes Ereignis den Gesetzen der Physik, und zwar der deterministischen, nicht der Quantenphysik, denn meßbar ist sowohl die Kraft, mit der das Kind gegen den Ball stieß, als auch der Winkel, unter dem Ball und Flasche zusammenprallten, sowohl die Geschwindigkeit dieser beiden Körper in diesem Augenblick als auch die Bahn, auf der die Flasche sich bewegte, nachdem sie von dem Ball abgeprallt war, und schließlich auch die Geschwindigkeit, mit der die Flasche, nachdem sie ins Aquarium gefallen war, sich mit Wasser füllte. Jede einzele Etappe dieses Geschehens unterlag, für sich genommen, grundsätzlich der Physik und war damit berechenbar, doch die aus allen Etappen zusammen bestehende Serie ist nicht berechenbar (man kann also nicht feststellen, wie häufig das, was in diesem Falle eben geschehen ist, geschehen kann). Das Problem besteht darin, daß sämtliche Theorien »von großer Reichweite«, mit denen die Physik operiert, unvollständig sind, weil sie nichts über die Anfangsbedingungen aussagen. Die Anfangsbedingungen müssen gesondert von außen in die Theorie eingeführt werden. Wenn aber bestimmte Anfangsbedingungen per Zufall exakt erfüllt sein müssen, damit die ebenfalls sehr genau präzisierten Anfangsbedingungen für das nächste Ereignis entstehen usw., dann wird, wie man sieht, eine Gewißheit, die über den Bereich der Wahrscheinlichkeiten hinausgeht, zu einer Unbekannten, über die man lediglich noch sagen kann, daß »etwas überaus Sonderbares geschehen ist«.

Deshalb sagte ich zu Anfang, daß die Welt eine Anhäufung von zufälligen Katastrophen sei, die von strengen Gesetzen bestimmt sind.

Die Frage, wie oft im Kosmos das geschieht, was mit der Sonne und mit der Erde geschehen ist, kann man bislang nicht beantworten, denn man weiß nicht, in welche Kategorie von Ereignissen man diesen Fall einordnen soll. Durch Erkenntnisfortschritte in Astrophysik und Kosmogonie wird sich das Problem nach und nach klären. Vieles von dem, was die Fachleute

1971 auf der CETI-Konferenz in Bjurakan sagten, ist nicht mehr aktuell oder hat sich als eine falsche Vermutung erwiesen. Demnach kann man sicher sein, daß viele Probleme, die heute noch ein Rätsel darstellen, in zehn und um so mehr in zwanzig Jahren, zu Beginn des 21. Jahrhunderts, eine Erklärung finden werden.

Eine gewaltige, wenn nicht sogar die entscheidende Rolle bei der Entstehung des Lebens auf der Erde hat der Mond gespielt. Es hat nur in wäßrigen Lösungen bestimmter chemischer Verbindungen entstehen können, und zwar nicht in den Tiefen des Ozeans, sondern in ufernahen Untiefen; auf den Uranfang des Lebens in diesen Lösungen hat beschleunigend der Umstand eingewirkt, daß sie häufig (aber nicht übermäßig) durchmischt wurden, und das besorgten Ebbe und Flut, deren Ursache nun aber der Mond war.

Über die Entstehungsweise der Monde sämtlicher Planeten wissen wir übrigens sehr viel weniger als über die Entstehungsweise der Planeten selbst. Vorläufig können wir nicht ausschließen, daß die Entstehung von planetaren Satelliten etwas »Außergewöhnliches« ist, so daß sie der Geschichte mit der Flasche und dem Aquarium entsprechen würde. Es scheint, daß der normale Aufprall der Explosionswelle einer Supernova genügt, um eine protosolare Nebelscheibe ringförmig zu fragmentieren, aber um die Kondensation von Monden um die Planeten auszulösen, war es möglicherweise notwendig, daß sich zwei Kugelwellen überkreuzten, wie sie sich auf der Oberfläche eines Gewässers ausbreiten, wenn man gleichzeitig und nicht weit voneinander entfernt zwei Steine hineinwirft. Mit anderen Worten: vielleicht bedurfte es für die Entstehung von Monden nach einer ersten, nahen Supernova einer zweiten, ebenfalls in nicht allzu großer Entfernung vom Ursonnensystem. Wenn nicht all diese Fragen eine Antwort erhalten werden, so werden doch auf jeden Fall Antworten kommen, und damit wird die Wahrscheinlichkeit der Entstehung von Leben im Kosmos (auch als dessen biogenetische Ergiebigkeit oder Frequenz bekannt) einen angenäherten quantitativen Wert erhalten. Es könnte sich herausstellen, daß dies ein beträchtlich hoher Wert ist, so daß wir es als wahrscheinlich betrachten dürfen, daß es auf den zahlreichen Planeten jener Billionen Galaxien, die uns umgeben, Leben in unzähligen, vielfältigen Gestaltungen gibt. Doch selbst, wenn das der Fall sein sollte, werden Bücher mit den von mir vorhergesagten Titeln erscheinen. Warum das geschehen wird, will ich nun erklären. Ich möchte die bedrückende Tatsache mit zehn Worten andeuten: Ohne globale Katastrophe des Lebens gäbe es den Menschen nicht.

IV

Wodurch unterscheidet sich die neue Vorstellung über das Leben im Kosmos von der bisherigen? Es war seit langem bekannt, daß der planetaren Geburt des Lebens eine lange Serie bestimmter Ereignisse vorausgehen muß, angefangen mit der Entstehung eines langlebigen und ruhig strahlenden Sterns vom Typ der Sonne, und daß dieser Stern eine Planetenfamilie bilden muß. Dagegen war nicht bekannt, daß die Spiralarme einer Galaxie abwechselnd Geburtsstätten und Guillotinen des Lebens sind (oder sein können), je nachdem, in welchem Entwicklungsstadium die sternbildende Materie durch die Spirale hindurchwandert und an welcher Stelle des Arms diese Passage erfolgt.

Bei dem erwähnten Symposion in Bjurakan hat außer mir niemand die Auffassung vertreten, daß die Verteilung der Himmelskörper, auf denen Leben entsteht, in spezifischer Weise abhängig sei von Vorgängen, die über die Größenordnung von Planeten und Sternen hinausweisen, weil sie nämlich von galaktischen Ausmaßen sind. Natürlich habe auch ich nicht gewußt, daß die Bewegung der sternbildenden Wolke auf dem Korotationskreis zur Kette dieser Vorgänge gehört, daß es der »richtigen« Synchronisation zwischen der Sternbildung innerhalb einer solchen Wolke und den Eruptionen von Supernovae außerhalb bedarf und daß außerdem – conditio, sine qua non est longa vita – ein System, in dem die Biogenese begonnen hat, schleunigst aus dem turbulenten Bereich der Spirale heraus »muß« in die stille Leere des Raumes zwischen den Armen.

Seit Ende der siebziger Jahre ist es Mode geworden,

die kosmogonischen Hypothesen um einen Faktor zu bereichern, den man *Anthropic Principle* nennt. Dieser Faktor reduziert das Rätsel der Anfangsbedingungen des Kosmos auf ein Argument *ad hominem*: Wären jene Bedingungen radikal andere gewesen, als sie es in Wirklichkeit waren, so wäre diese Frage nicht entstanden, denn dann würde es auch uns nicht geben.

Man erkennt unschwer, daß das *Anthropic Principle* genaugenommen (der Homo sapiens ist deshalb entstanden, weil diese Möglichkeit schon im Urknall, also in den Anfangsbedingungen des Universums enthalten war) wissenschaftlich genausoviel taugt wie ein »Chartreuse Liqueur Principle« als kosmogonisches Kriterium. Gewiß wurde die Erzeugung dieses Likörs durch die Eigenschaften der Materie DIESES Kosmos ermöglicht, doch kann man sich die Geschichte DIESES Kosmos, DIESER Sonne, DIESER Erde und DIESER Menschheit sehr wohl OHNE die Entstehung von Chartreuse vorstellen. Dieser Likör ist entstanden, weil die Menschen sich lange mit der Erzeugung verschiedener Getränke befaßt haben, darunter auch solcher, die Alkohol, Zucker und Pflanzenextrakte enthalten. Dies ist eine sinnvolle, wenn auch allgemeine Antwort. Wenn dagegen auf die Frage nach der Entstehung dieses Likörs geantwortet wird, daß er entstanden sei, »weil die Anfangsbedingungen des Kosmos entsprechend waren«, so ist diese Antwort in geradezu lächerlicher Weise unzureichend. Ebensogut könnte man behaupten, daß der Volkswagen oder die Briefmarke ihre Entstehung den Anfangsbedingungen des Weltalls verdanken. Eine solche Antwort erklärt *ignotum per ignotum*. Zugleich stellt sie einen *circulus in explicando* dar: Es entstand, was entstehen *konnte*. Eine solche Antwort geht an der auffälligsten Besonderheit des Urkosmos vorbei. Nach der herrschenden Urknalltheorie ist der Kosmos mit einer Explosion entstanden, die gleichzeitig die Materie, die Zeit und den Raum schuf. Die machtvolle Ausstrahlung der weltschöpferischen Explosion hat Spuren im Kosmos hinterlassen, die auch heute noch zu beobachten sind, denn ihre Überreste sind als Hintergrundstrahlung allgegenwärtig. In den rund 20 Milliarden Jahren seit der Entstehung des Kosmos konnte die Strahlung seines ersten Augenblicks bis auf einige Grad über dem absoluten Nullpunkt abkühlen. Die Intensität dieser Reststrahlung muß jedoch nicht in allen Himmelsrichtungen homogen sein. Der Kosmos ist aus einem Punkt von unendlicher Dichte hervorgegangen und hat sich innerhalb von 10^{-35} Sekunden zur Größe eines Fußballs ausgedehnt. Bereits in diesem Augenblick war er zu groß, und er dehnte sich allzu schnell aus, als daß er vollkommen homogen hätte bleiben können. Die kausalen Zusammenhänge zwischen Ereignissen sind begrenzt durch eine höchste Geschwindigkeit der Einwirkung, und das ist die Lichtgeschwindigkeit. Nur in Gebieten mit einem Umfang von 10^{-25} Zentimetern haben solche Zusammenhänge bestehen können, und in einem Kosmos von der Größe eines Fußballs hätten 10^{78} solcher Gebiete Platz gefunden. Was in den einen Gebieten geschah, hat somit nicht auf Vorgänge in anderen einwirken können. Der Kosmos muß sich also in inhomogener Weise ausgedehnt haben, ohne die Symmetrie jener überall identischen Eigenschaften zu bewahren, die wir in ihm beobachteten. Was die Urknalltheorie dennoch rettet, ist die Hypothese, daß bei der Schöpfungsexplosion gleichzeitig eine ungeheure Anzahl von Welten entstanden ist. Unser Kosmos war nur eine davon. Die Theorie, welche die Homogenität des aktuellen Kosmos mit der unmöglichen Homogenität seiner Ausdehnung durch die Annahme in Einklang bringt, daß der Urkosmos nicht ein Universum, sondern ein POLIVERSUM darstellte, wurde 1982 veröffentlicht. Man kann die Hypothese vom POLIVERSUM in meinem Büchlein »Imaginäre Größe« finden, das ich zehn Jahre früher (im Jahre 1972) verfaßt habe. Die Ähnlichkeit meiner Hypothesen mit später aufgetauchten Theorien ermutigt mich zu weiteren Mutmaßungen.

Erinnern wir uns der Flasche, die von dem Ball abprallte und durch das offene Fenster ins Aquarium fiel. Zwar läßt sich die statistische Wahrscheinlichkeit eines solchen Falles nicht berechnen, aber wir verstehen dennoch, daß dieser Fall möglich war (daß er also, nicht zu den Naturgesetzen im Widerspruch stehend, kein Wunder war), und wir verstehen ebenso, daß, wäre die Flasche in ein Aquarium gefallen, das voller fauligem Wasser und toten Fischlein war, und hätte sie dabei dieses Wasser so verspritzt, daß einige Eierchen des Fischlaichs in einen in der Nähe stehenden Eimer mit reinem Wasser gefallen wären, wodurch aus diesem Laich lebende Fischlein hervorgegangen wären, dies ein *noch* selteneres, *noch* ungewöhnlicheres Ereignis gewesen wäre als ohne diesen Eimer, diesen Laich und die nachfolgenden Fischlein.

Nehmen wir nun an, daß weiterhin Kinder mit dem Ball spielen, daß weiterhin jemand aus dem oberen Stockwerk von Zeit zu Zeit Flaschen in den Hof wirft, daß eine weitere leere Flasche, abgeprallt von dem Ball (der wiederum die Bahn ihres Falles geschnitten hat), diesmal so in den Eimer fliegt, daß die aus dem Laich hervorgegangenen Fischlein, mit dem Wasser herausgeschleudert, in das auf dem Elektroherd siedende

Schmalz fallen und die Wohnungsinhaberin, die Pommes frites braten wollte, bei ihrer Rückkehr in die Küche gebratene Fischlein in der Pfanne findet.

Wäre das nun schon eine »absolute Unmöglichkeit«? Das kann man nicht behaupten. Man kann lediglich sagen, daß es sich um einen Zufall *sui generis* gehandelt habe, der sich in vollem Umfang (angefangen mit dem ersten Hinauswerfen der Flasche aus dem Fenster) ein zweites Mal nicht mehr *genauso* ereignen wird. Das wäre schlechterdings unwahrscheinlich. Es bedarf nur der allergeringsten Abweichung, und schon fällt die Flasche nicht mehr in die Küche, weil sie nicht von dem Ball abprallt, »wie es sich gehört«, oder sie fällt in die Küche, aber zerschellt auf dem Fußboden, oder sie versinkt im Aquarium, und weiter geschieht nichts, oder sie schleudert doch ein Bröckchen Laich heraus, aber es wird daraus nichts, weil der Laich nicht in den Eimer trifft, oder er trifft doch in den Eimer, aber der ist vielleicht leer, oder er enthält Wäsche, die eingeweicht wurde mit einem Waschpulver, das für die Fischlein tödlich ist, und dergleichen mehr. Mit der Einführung des *Anthropic Principle* in die Kosmogonie erklären wir die Entstehung des Menschen zu einem Sachverhalt, der die Evolution des Lebens auf der Erde mit der Vernunft krönte, weil die Entstehung vernunftbegabter Wesen um so wahrscheinlicher ist, je länger eine solche Evolution dauert. Nun will ich das Gebiet der Urteile, die heute als gesichert oder einigermaßen gesichert gelten, verlassen und erklären, was die Wissenschaft des kommenden Jahrhunderts zu diesem Problem feststellen wird.

V

Zunächst wird das Beweismaterial zusammengetragen, das darauf hindeutet, daß jener Ast des Evolutionsbaumes, der die Säugetiere hervorbrachte, sich nicht verzweigt und ihnen nicht die Vorherrschaft unter den Tieren eingeräumt hätte, wenn nicht vor rund 65 Millionen Jahren, am Übergang zwischen Kreidezeit und Tertiär, eine Katastrophe die Erde heimgesucht hätte in Gestalt eines riesigen Meteoriten, der dreieinhalb bis vier Trillionen Tonnen wog.

Die führenden Tiere waren bis zu jenem Zeitpunkt die Saurier gewesen. Sie hatten zweihundert Millionen Jahre lang zu Lande, im Wasser und in der Luft dominiert. Die Evolutionstheoretiker haben bei dem Versuch, die Ursache ihres plötzlichen Aussterbens am Ende des Mesozoikums zu erklären, jenen Sauriern die Merkmale heutiger Reptilien zugeschrieben, die wechselwarm sind und primitiv gebaute Organe haben sowie einen nackten Körper, der lediglich mit Schuppen oder mit einem Hornpanzer bedeckt ist; außerdem haben sie bei dem Versuch, anhand von aufgefundenen Skelettresten das Aussehen und die Lebensweise jener Tiere zu rekonstruieren, die Rekonstruktion ihren Vorurteilen angepaßt. Man könnte diese Vorurteile als einen »Chauvinismus des Säugetiers« bezeichnen, und ein solches ist ja auch der Mensch. Die Paläontologen haben beispielsweise behauptet, die großen vierbeinigen Saurier wie etwa die Brontosaurier seien überhaupt nicht imstande gewesen, sich auf dem Trockenen zu bewegen, und hätten ihr Leben in flachen Gewässern zugebracht und sich von Wasserpflanzen ernährt; andere Saurier, die auf zwei Beinen gingen, hätten sich zwar auf dem Trockenen aufgehalten, aber sich ungeschickt bewegt und lange, schwere Schwänze hinter sich hergeschleppt usw.

Erst in der zweiten Hälfte des 20. Jahrhunderts hat man zugeben müssen, daß die Saurier des Mesozoikums ebenso Warmblüter gewesen sind wie die Säugetiere, daß ihre zahlreichen Arten – insbesondere die fliegenden – ein Haarkleid besaßen, daß die zweibeinigen Saurier keineswegs langsam gegangen sind und einen Schwanz hinter sich hergeschleppt haben, sondern daß sie ebenso schnell liefen wie die Strauße, obwohl sie hundert-, ja zweihundertmal schwerer waren als sie, während der Schwanz, durch spezielle Sehnenbänder waagerecht gehalten, während des Laufs ein Gegengewicht zu dem vorgestreckten Rumpf bildete. Man hat zugeben müssen, daß selbst die allergrößten Gigantosaurier sich ungehindert zu Lande bewegen konnten und daß es töricht ist, von einer »Primitivität« der Saurier zu sprechen. Da ich mich hier nicht auf einen gründlichen Vergleich zwischen ausgestorbenen und heutigen Gattungen einlassen kann, möchte ich nur an einem Beispiel zeigen, was für eine seither nie wieder erreichte Leistungsfähigkeit bestimmte Flugsaurier besaßen. Der »biologische Flugrekord« gebührt keineswegs den Vögeln (und noch viel weniger den fliegenden Säugetieren, den Fledermäusen). Das größte Tier der irdischen Lufthülle ist *Quetzalcoatlus Northropi* gewesen, der an Körpermasse den Menschen übertraf. Er ist übrigens nur einer aus einer Gruppe von Gattungen gewesen, die den Namen *Titanopterygia* erhielt. Das waren Saurier, die über dem Meer schwebten und sich von Fischen ernährten. Man weiß nicht, wie sie landen und sich in die Lüfte aufschwingen konnten, denn bei dem Gewicht ihres Körpers erforderte das eine Kraft, wie sie die Muskeln heute lebender Tiere (so auch der Vögel) nicht zu entfalten vermögen. Als man in Texas und in Argentinien Überreste von ihnen fand, vermutete man zunächst, daß diese Riesen der Luft, die mit ihrer Flügelspannweite Kleinflugzeuge, ja sogar größeren Flugzeugen (13 bis 15 Meter) gleichkamen, auf Steilhängen gelebt und genistet haben, von denen sie sich mit ausgebreiteten Flügeln in die Luft warfen. Wenn sie nicht fähig gewesen wären, aus der Ebene zu starten, wäre jeder, der sich auch nur einmal auf flachem Grund niederließ, zum Tode verurteilt gewesen. Einige dieser großen Gleitflieger nährten sich von Aas – und das findet man nicht auf felsigen Höhen. Überdies wurden ihre riesigen Knochen in berglosen Gegenden gefunden. Wie diese Saurier geflogen sind, ist für die Fachleute der Aerodynamik ein Rätsel. Keine der Hypothesen, die zur Erklärung dieses Rätsels vorgebracht worden sind, ließ sich aufrechterhalten. Kolosse von der Art des Quetzalcoatl konnten sich nicht auf Bäumen niederlassen, denn das hätte bedeutet, daß sie sich häufig verletzt oder die Flügel gebrochen hätten. Das größte, uns bekannte Exemplar eines flugfähigen Vogels ist ein bestimmter ausgestorbener Geier, dessen Flügelspannweite beinahe sieben Meter betrug; bei einer Verdoppelung dieser Größe entsteht ein ungeheurer Energiebedarf für das Auffliegen. Es war auch nicht möglich, daß die großen Flugsaurier mit einem Anlauf starteten, denn dafür waren ihre Beine zu kurz und zu schwach.

Als der Vorwurf, die Saurier seien an ihrer »Primitivität« zugrunde gegangen, hinfällig wurde, ersetzte man ihn durch den gegenteiligen einer zu weit getriebenen Spezialisierung. Die Saurier sollen untergegangen sein, weil sie, allzu eng an die herrschenden Umweltbedingungen angepaßt, dem Verhängnis einer Klimaänderung zum Opfer fielen. Klimatische Veränderungen hat es in der Geschichte der Erde tatsächlich gegeben. Jeder weiß von den Eiszeiten. Auch der Vernichtung von Leben am Übergang von der Kreidezeit zum Tertiär ist eine Abkühlung vorausgegangen. Sie hat dann jedoch keine Eiszeit nach sich gezogen. Wesentlicher ist aber, daß bei keiner Klimaänderung jemals so viele Tier- und Pflanzenarten auf einen Schlag ausgestorben sind. In den geologischen Schichten der anschließenden Periode sind plötzlich keine fossilen Überreste mehr von ihnen zu finden. Wie Berechnungen ergeben haben, ist damals kein Tier mit einem Körpergewicht von mehr als zwanzig Kilogramm mit dem Leben davongekommen. Auch haben ähnliche Hekatomben niemals den ganzen Globus umfaßt. Damals sind viele wirbellose Tiere ausgestorben, und zwar nahezu gleichzeitig zu Lande und in den Meeren. Es geschah so etwas wie bei einer der biblischen Plagen: Der Tag wurde zur Nacht, und diese Dunkelheit hielt ungefähr zwei Jahre an. Nicht nur, daß die Sonne von der gesamten Erdoberfläche aus nicht mehr zu sehen war, sondern die Strahlung, die dennoch durchdrang, lieferte ein schwächeres Licht als der Vollmond. Alle großen Tiere, die ein Tagleben führten, kamen um, während kleine, rattenähnliche Säugetiere, die an die nächtliche Futtersuche angepaßt waren, erhalten blieben. Aus diesen Überresten des großen Tiersterbens sind im Tertiär neue Gattungen hervorgegangen, darunter auch jene, die in der Anthropogenese mündete. Die herrschende Dunkelheit schnitt die Erde von den solaren Energieströmen ab und vernichtete die Mehrheit der Grünpflanzen, da sie die Photosynthese unterband. Auch eine Vielzahl von Algen ist zugrunde gegangen. Auf weitere Einzelheiten können wir jedoch nicht eingehen.

Wir übergehen sie, weil der Mechanismus und die Folgen der Katastrophe zwar komplizierter waren als hier dargestellt, die *Dimensionen* der Katastrophe aber dieser Darstellung entsprechen.

Die Bilanz sieht folgendermaßen aus. Aus der bis zum Mesozoikum ausdifferenzierten Erbmasse konnte der Mensch nicht hervorgehen, weil diese Masse als Kapital in Gattungen angelegt war, die nicht zur Anthropogenese fähig waren. Die Investition war – wie übrigens stets in der Evolution – nicht rückgängig zu machen. Dieses Kapital verfiel, doch aus den über die Erde verstreuten, erhalten gebliebenen Resten von Leben begann sich ein neues zu bilden. Dieses Kapital vermehrte sich dann bis hin zur Entstehung der Hominiden und Anthropoiden.

Wäre die gewaltige Investition der Evolution in die Thecodontia, Saurischia, Ornithischia, diese Dinosaurier, aber auch in die Rhamphorhynoidea und die Pterodactyloidea nicht vor 65 Millionen Jahren mit einem großen Bankrott zu Ende gegangen, dann würden nicht die Säugetiere unseren Planeten beherrschen. Unsere Entstehung verdanken wir jener Katastrophe. Wir sind entstanden und haben uns zu Milliarden vermehrt, weil Milliarden anderer Wesen der Vernichtung anheimfielen. Eben dies steckt in den Worten: »The World as Holocaust«. Die Suche der Wissenschaft nach Indizien hat jedoch lediglich zu der Erkenntnis geführt, daß unsere Gattung einen zufälligen Urheber hat, und zwar einen indirekten, wenngleich notwendigen Urheber. Schließlich hat nicht der Meteor uns geschaffen – er hat lediglich den Weg frei gemacht, als er durch massenhafte Vernichtung die Erde veröden ließ und damit Platz schuf für die folgenden Versuche der Evolution. Ob ohne die Meteoritenkatastrophe die Chance bestanden hätte, daß auf der Erde eine andere, nicht menschliche, nicht anthropoidale Form der Vernunft aufgetaucht wäre, bleibt eine offene Frage.

VI

Dort, wo es niemanden gibt – und damit auch keine Gefühle, weder freundliche noch feindselige, weder Liebe noch Böswilligkeit –, dort gibt es auch keine Absichten; da er weder eine Person noch die Schöpfung einer Person ist, kann man dem Kosmos absichtliche Parteilichkeit seines Handelns nicht vorwerfen: Er ist einfach so, wie er *ist*, und handelt so, wie er handelt: Er verwirklicht seine Schöpfungen durch Zerstörung. Bestimmte Sterne »müssen« zerplatzen und explosionsartig zerfallen, damit die in ihren »nuklearen Umwandlungsketten« entstandenen schweren Elemente sich ausbreiten und – Milliarden Jahre später – Planeten, also bisweilen auch organisches Leben begründen können. Andere Supernovae »müssen« in einer Katastrophe zerstört werden, damit die schon durch solche Explosionen komprimierten Wolken galaktischen Wasserstoffs zu sonnenähnlichen, langlebigen Sternen kondensieren, welche gleichmäßig und ruhig ihre Planetenfamilie erwärmen, die ebenfalls ihre Entstehung Katastrophen verdankt.

Aber *muß* bei der Entstehung der Vernunft *gleichfalls* ein zerstörerischer Kataklysmus den Anstoß geben? Das 21. Jahrhundert wird diese Frage nicht definitiv beantworten. Es wird weitere sachliche Beweise sammeln und ein neues Bild entwerfen von einer Welt, die eine Anhäufung von zufälligen Katastrophen ist, welche von strengen Gesetzen beherrscht werden, aber in der hier angeschnittenen kritischen Frage wird es keine endgültige Erklärung geben können.

Allerdings wird es viele Illusionen zerstreuen, die bis auf den heutigen Tag in der Wissenschaft ihr Dasein fristen. So wird es zweifelsfrei feststellen, daß ein großes Gehirn durchaus nicht mit großer Intelligenz gleichzusetzen ist. Für ihre Entstehung ist ein solches Gehirn eine notwendige, aber nicht hinreichende Bedingung. Die außergewöhnliche Intelligenz, mit der angeblich die Delphine begabt sind, weil ihr Gehirn tatsächlich größer und komplexer ist als das des Menschen, diese Intelligenz der Delphine, über die in unserer Zeit so viel geschrieben wird, wird man zu den Fabeln rechnen müssen. Gewiß *brauchten* die Delphine dieses große Gehirn als Instrument der Anpassung, um in ein und demselben ozeanischen Milieu mit den sehr »dummen« Haien erfolgreich konkurrieren zu können; dank dieses großen Gehirns konnten die Delphine in eine ökologische Nische eindringen, die bereits seit Jahrmillionen von Raubfischen besetzt war, und sich in ihr behaupten, mehr aber auch nicht.

So kann man denn auch nichts darüber sagen, welche Chancen für das Aufleuchten von Intelligenz bei Sauriern bestanden hätten, wenn nicht die Katastrophe des Mesozoikums gewesen wäre.

Die Evolution *sämtlicher* Tiere (mit Ausnahme bestimmter Parasiten) ist durch eine allmähliche, aber beinahe ununterbrochene Zunahme der neuralen Masse gekennzeichnet. Doch selbst wenn diese Zunahme sich über Hunderte von Jahrmillionen, über Trias, Jura, Kreide, Tertiär usw. erstreckt haben sollte, würde auch das nicht die Entstehung von vernunftbegabten Echsen garantieren.

Die von Kratern übersäten Oberflächen sämtlicher Monde unseres Planetensystems sind gleichsam Fotografien der Vergangenheit, ein erstarrtes Bild vom Anfang dieses Systems, der ebenfalls eine Schöpfung durch Zerstörung gewesen ist. Alle Körper kreisten um die junge Sonne, und dabei überschnitten sich ihre Bahnen häufig, so daß es zwischen ihnen zu Kollisionen kam. Die Masse der großen Körper, also der Planeten, nahm durch solche Katastrophen zu, doch gleichzeitig »verschwanden« die mit den Planeten kollidierenden Körper von geringer Masse aus dem System. Vor etwa 4,9 Milliarden Jahren schob sich, wie schon gesagt, die Sonne mit ihrer Planetenfamilie aus der turbulenten Zone der galaktischen Spirale heraus und entschwebte in den friedlichen Raum. Das bedeutet jedoch durchaus nicht, daß es damals innerhalb des Sonnensystems gleichfalls friedlich zugegangen wäre. Es gab noch immer interne Kollisionen der Planeten mit Meteoriten und Kometen, als auf der Erde schon Leben zu keimen begann, und außerdem kommt man aus einem Spiralarm nicht so heraus, wie man aus dem Haus auf die Straße tritt; das Vorkommen von Strahlung und von Sternen reißt nicht an einer Stelle plötzlich ab. Auch während der ersten Jahrmilliarde der Existenz von Leben war die Erde noch Schlägen ausgesetzt, allerdings von Supernovae, die weit genug entfernt waren, um nicht alles zu vernichten und sie in einen leblosen Globus zu verwandeln. Die aus stellaren Fernen eintreffende harte Strahlung (Röntgen- und Gammastrahlen) war ein zugleich zerstörerischer und schöpferischer Faktor, denn sie beschleunigte genetische Mutationen bei den Urorganismen. Manche Insekten sind für die mörderische Wirkung der Radioaktivität hundertmal unempfindlicher als Wirbeltiere. Das ist eigentlich sehr sonderbar, wenn man bedenkt, daß die Erbsubstanz sämtlicher lebenden Organismen einen im Prinzip identischen Aufbau zeigt und Abweichungen ungefähr auf die Unterschiede hinauslaufen, die wir bei Ziegel- und Steinbauwerken aus unterschiedlichen Kulturen, Epochen und architektonischen Stilrichtungen beobachten. Das Baumaterial, seine Verbindungen und die das Ganze zusammenhaltenden Kräfte sind überall dieselben.

Die unterschiedliche Empfindlichkeit gegen die tödliche Kernstrahlung muß durch sehr weit zurückliegende Ereignisse hervorgerufen worden sein, und das sind sicherlich Katastrophen jener Epoche gewesen, in der, vor rund 430 Millionen Jahren, die Urinsekten oder vielmehr deren Vorfahren entstanden. Es ist jedoch nicht auszuschließen, daß die »Desensibilisierung« bestimmter organischer Formen gegen eine Strahlung, die für die meisten anderen tödlich ist, schon vor Milliarden Jahren erfolgt ist.

Wird es also im nächsten Jahrhundert zur Wiederbelebung jener Theorie kommen, die der französische Paläontologe und Anatom Cuvier um 1830 entwickelte und die als Katastrophentheorie bekannt ist? Prozesse von geologischem Ausmaß wie etwa Gebirgsbildungen, Klimaänderungen oder das Entstehen und Verschwinden von Meeren sind nach dieser Theorie als plötzliche, rasche Wandlungen, also als planetare Katastrophen aufgetreten. Ein Schüler Cuviers, d'Orbigny, hat diese Theorie um die Mitte des 19. Jahrhunderts weiterentwickelt; ihm zufolge soll das organische Leben auf der Erde mehrfach untergegangen und in aufeinanderfolgenden Schöpfungsakten wiederentstanden sein. Diese Verknüpfung von Katastrophen- und Schöpfungstheorie wurde durch Darwins Theorie zu Grabe getragen. Das war jedoch ein vorzeitiges Begräbnis. Katastrophen von allergrößtem, nämlich kosmischem Ausmaß sind eine unerläßliche Bedingung für die Evolution der Sterne und des Lebens. Erst der menschliche Geist hat die Alternative »entweder

Zerstörung oder Schöpfung« aufgestellt und sie seit Anbeginn unserer Geschichte der Welt übergestülpt. Daß Zerstörung und Schöpfung einander kategorisch ausschließen, war für den Menschen eine Selbstverständlichkeit, vermutlich seit er begriffen hatte, daß er sterblich ist, und seinen eigenen Tod als Gegensatz zu seinem Lebenswillen empfand. Dieser Gegensatz liegt sämtlichen Kulturen zugrunde, und man findet ihn in den ältesten Mythen, Schöpfungslegenden und religiösen Glaubensvorstellungen ebenso wie in der einige zehntausend Jahre später entstandenen Wissenschaft. Der Glaube hat ebenso wie die Wissenschaft die sichtbare Welt mit Eigenschaften ausgestattet, welche den blinden, unberechenbaren Zufall als Urheber allen Geschehens aus ihr verdrängen. Der Kampf des Guten mit dem Bösen, der in allen Religionen vorkommt, endet nicht in allen mit dem Triumph des Guten, aber er bestimmt die – und sei es als Verhängnis – erkennbare *Ordnung* des Daseins. Die *Ordnung* aller Dinge ist das Fundament sowohl des Sakralen wie des Profanen. Deshalb ist in keiner der historischen Religionen jemals der *Zufall* als höchste Instanz alles Seienden aufgetaucht, und deshalb auch hat die Wissenschaft sich so lange gesträubt, die ebenso schöpferische wie unberechenbare Rolle des Zufalls bei der Gestaltung der Wirklichkeit anzuerkennen.*

Die menschlichen Religionen lassen sich grob einteilen in eher »tröstende« und solche, die lediglich die vorgefundene Welt »ordnen«. Die ersteren verheißen Belohnung, Erlösung und Rechenschaft über Sünden und Verdienste, gekrönt durch eine letztendliche Gerechtigkeit im Jenseits, sie fügen also der ach so unvoll-

* In den heiligen Büchern sämtlicher Religionen kommt das Wort »Zufall« nicht vor.

kommenen Welt eine vollkommene Fortsetzung im Jenseits an. Vermutlich ist es gerade diese Befriedigung unserer Ansprüche gegen die Welt, der diese Religionen ihr jahrhundertelanges Fortbestehen und die Erstarrung einer in Generationen gefestigten Dogmatik verdanken.

Statt Trost und der Verheißung göttlicher Gerechtigkeit in einer vollkommen geordneten Ewigkeit (denn was man auch immer über das Paradies und über die Erlösung sagen mag, es gibt dort nicht eine Spur von Zufall: Niemand wandert aufgrund eines göttlichen Irrtums oder einer Unachtsamkeit der Vorsehung in die Hölle, und es gerät auch niemand in posthume Bedrängnis, weil er durch irgendeinen Fehler nicht ins Nirwana gelassen wird) haben die inzwischen erloschenen Mythen eine Ordnung vermittelt, die oft grausam, aber notwendig war, also gleichfalls nicht einem Lotteriespiel glich.

Der Zweck aller Kultur war und ist es, jegliche Willkür, jeglichen Zufall im Glanze des Wohlwollens oder zumindest der Notwendigkeit erscheinen zu lassen. Das ist der gemeinsame Nenner aller Kulturen, die Quelle der »Normalisierung« des Verhaltens in Ritualen, in allen Geboten und in jedem Tabu: Überall soll alles *einem einzigen* Maßstab gehorchen. Das Zufällige haben die Kulturen in kleinen vorsichtigen Dosen in sich aufgenommen – in Gestalt von Spielen und Vergnügungen, zum Zweck der Unterhaltung. Als Spiel oder Lotterie gezähmt und gebändigt, hat der Zufall aufgehört, eine berückende und gefährliche Kategorie zu sein. Wir spielen in der Lotterie, weil wir spielen möchten. Niemand zwingt uns dazu. Der gläubige Mensch sieht es ebenfalls als Zufall an, wenn ihm ein Glas zerbricht oder eine Wespe ihn sticht, aber den Tod führt er nicht auf den Zufall zurück; unbewußt scheint er zu glauben, daß Gottes Allmacht und Allwissenheit den Zufällen nur eine *untergeordnete* Rolle zuweist. Die Wissenschaft hat den Zufall als Effekt einer *einstweilen* noch unvollständigen Erkenntnis aufgefaßt, als Ergebnis *unserer* Unwissenheit, die durch weitere Entdeckungen beseitigt werden würde. Das ist kein Scherz; Einstein scherzte durchaus nicht, als er sagte: »Der Herrgott würfelt nicht«, denn: »He is sophisticated but He ist not malicious«, was besagen sollte: Es ist *schwierig*, die Ordnung der Welt zu erkennen, aber *möglich* ist es, denn sie ist der Vernunft zugänglich.

Das ausgehende 20. Jahrhundert bringt nun eine allgemeine Abkehr von diesen in Jahrtausenden hartnäckig und verzweifelt behaupteten Positionen. Die Alternative »Zerstörung *oder* Schöpfung« muß schließlich aufgegeben werden. Gewaltige, dunkle Wolken kalten Gases, die in den Armen der Galaxien kreisen, zerfallen allmählich in Fragmente, die ebenso unvorhersehbar sind wie die Splitter eines zerspringenden Glases. Die Naturgesetze machen sich nicht *trotz* der Zufälle, sondern *durch* sie geltend. Die statistische Furie der Sterne, die milliardenfach abortieren, um einmal Leben zu gebären, das in Millionen von Gattungen durch eine zufällige Katastrophe hingemordet wird, um einmal in der Vernunft zu gipfeln – das ist die Regel und nicht die Ausnahme im Weltall. Sonnen entstehen aus der Vernichtung anderer Sterne, und in der gleichen Weise gerinnen die Überreste prästellarer Wolken zu Planeten. Das Leben ist einer der seltenen Gewinne in dieser Lotterie, und die Vernunft ist ein noch ungewöhnlicherer Gewinn in weiteren Ziehungen, verdankt sie ihre Entstehung doch der natürlichen Auslese, also dem Tod, der diejenigen, die ihm entgehen, vervollkommnet, und Katastrophen, welche die Chance des Auftretens vernunftbegabter Wesen plötzlich erhöhen können. Daß der Aufbau der Welt mit dem Aufbau des Lebens zusammenhängt, steht inzwischen außer Zweifel, doch ist der Kosmos ein ungeheuer verschwenderischer Investor, der das Anfangskapital im Roulette der Galaxien verschleudert, aber er hat einen Mitarbeiter, der eine gewisse Regelmäßigkeit in dieses Spiel hineinbringt: das Zufallsgesetz der großen Zahl. Der Mensch, geformt durch jene Eigenschaften der Materie, die zusammen mit der Welt entstanden sind, erweist sich als eine seltene Ausnahme von der Regel der Zerstörung, als ein Übriggebliebener von Verheerungen und Brandopfern. Schöpfung und Zerstörung sind einander bedingende Sachverhalte, vor denen es keine Ausflucht und gegen die es keine Berufung gibt.

Dies ist das Bild, das die Wissenschaft Schritt für Schritt schafft; bislang kommentiert sie es nicht, sondern sie begnügt sich damit, es aus den Entdeckungen der Biologie und aus kosmogonischen Rekonstruktionen – wie ein Mosaik aus nach und nach gefundenen Steinchen – zusammenzusetzen. Hier könnte ich eigentlich einen Punkt machen, doch möchte ich noch einen Augenblick bei der letzten Frage verweilen, die man stellen darf.

VII

Das Bild der Wirklichkeit, das von der Wissenschaft des 21. Jahrhunderts verbreitet werden wird, konnte ich skizzieren, weil seine Umrisse sich schon heute in der Wissenschaft abzeichnen.

Es sind die besten Fachleute, die dieses Bild schaffen und ihm die Echtheitsgarantie verleihen. Die Frage, mit der ich weitergehen möchte, dorthin, wo man selbst mit Vermutungen nicht mehr hingelangt, gilt der Dauerhaftigkeit dieses Bildes, sie lautet also, ob es nun das letzte, endgültige Bild sein wird.

Die Geschichte der Wissenschaft lehrt, daß jedes der Weltbilder, die sie schuf, jeweils als endgültig betrachtet wurde, dann aber doch Korrekturen erfuhr, bis es schließlich zerfiel wie das Muster eines zerschlagenen Mosaiks, und daß nachfolgende Generationen sich dann von neuem darangemacht haben, es zusammenzufügen. Die verschiedenen Religionen beruhen auf Dogmen, deren Ablehnung stets zunächst einer abscheulichen Ketzerei und dann der Entstehung einer anderen Konfession gleichkam. Ein Glaube, der in seinen Anhängern lebt, ist eine letzte, endgültige und damit unwiderrufliche Wahrheit. Die »Gewißheiten«, welche die wissenschaftliche Erkenntnis auszeichnen, sind »nicht gleichermaßen gewiß«; auch deutet nichts darauf hin, daß wir uns dem Ziel der Erkenntnis nähern, der letztlichen Vereinigung des unumstößlichen Wissens mit der nicht zu beseitigenden Unwissenheit. Es steht außer Zweifel, daß die Erkenntnisse, die durch den materiellen Erfolg ihrer Anwendung beglaubigt sind, zugenommen haben. Wir wissen mehr als unsere Vorgänger im 19. Jahrhundert, und sie wußten wiederum mehr als ihre wissenschaftlichen Vorväter; zugleich erkennen wir jedoch die Unerschöpflichkeit der Welt, die Grenzenlosigkeit des Eindringens in die Geheimnisse der Materie, denn jedes Atom, jedes »Elementarteilchen« erweist sich als ein unergründlicher Brunnen, und allein schon diese uns verblüffende Unergründlichkeit der Erkenntnis – irgendwie haben wir alle uns freilich schon an dieses Marathon ohne Ende gewöhnt – läßt jedes »endgültige Bild der Wirklichkeit« zweifelhaft erscheinen. Vielleicht wird sich auch das *principium creationis per destructionem* als eine Etappe unserer Erkenntnis erweisen, die einen menschlichen Maßstab an etwas anlegt, was so unmenschlich ist wie das Universum. Vielleicht wird mit den nicht mehr menschlichen, für unsere armen Tiergehirne nicht erreichbaren, allzu komplizierten Maßstäben einmal ein *Deus ex Machina* zurechtkommen: die entfremdete, von uns begründete Vernunft der Maschinen oder vielmehr der außermaschinellen Früchte der nur von den Menschen in Gang gesetzten Evolution des synthetischen Intellekts. Aber indem ich das sage, gehe ich bereits über das 21. Jahrhundert hinaus in ein Dunkel hinein, das von keiner Mutmaßung erhellt werden kann.

Berlin, im Mai 1983

Provokation
Besprechung eines ungelesenen Buches

Horst Aspernicus
Der Völkermord

I. Die Endlösung als Erlösung
II. Fremdkörper Tod

Göttingen 1982

Ein Sachkenner bemerkte, es sei ein glücklicher Umstand, daß diese Geschichte des Völkermords von einem Deutschen geschrieben wurde, denn ein anderer Autor hätte sich wohl den Vorwurf der Germanophobie zugezogen. Ich glaube nicht, daß es so gekommen wäre. Der Göttinger Anthropologe hält die Tatsache, daß es die Deutschen waren, die die »Endlösung der Judenfrage« im Dritten Reich herbeiführen wollten, für den sekundären Teil eines Prozesses, der weder auf die deutschen Mörder noch auf die jüdischen Opfer beschränkt ist. Abscheuliche Dinge sind über den modernen Menschen schon öfter geschrieben worden. Unser Autor hat jedoch beschlossen, mit diesem Menschen ein für allemal abzurechnen, ihn so festzunageln, daß er sich nicht mehr rühren kann. Aspernicus, ein Name, bei dem man unwillkürlich an Kopernikus denkt, hat sich wie sein großer Vorgänger in der Astronomie das Ziel gesetzt, eine Revolution in der Anthropologie des Bösen herbeizuführen. Der Leser möge anhand einer Inhaltsangabe beider Bände selbst beurteilen, ob ihm dies gelungen ist.

Der erste Band beginnt, wie es sich für ein derart umfangreiches Vorhaben geziemt, mit einer Betrachtung der unter den Tieren herrschenden Verhältnisse. Der Autor befaßt sich mit den Raubtieren, die aus Instinkt töten, um zu leben. Er betont, daß ein Raubtier, besonders ein großes, niemals über seine eigenen und die Bedürfnisse seines Trosses von Kommensalen hinaus tötet; bekanntlich hat ja jede Raubtiergattung einen derartigen Troß, bestehend aus schwächeren Tieren, die Nutznießer der übriggelassenen Beute sind. Die Nichtraubtiere werden nur in der Brunftzeit aggressiv. Zu den Ausnahmen zählen Fälle, in denen der Kampf der um ein Weibchen konkurrierenden Männchen mit dem Tod des Rivalen endet. Das Töten um des Tötens willen ist unter den Tieren eine sehr seltene Erscheinung. Noch am häufigsten kann man dieses Phänomen unter den Haustieren beobachten.

Anders liegen die Dinge beim Menschen. Wie die Chroniken berichten, endeten kriegerische Zusammenstöße seit den ältesten Zeiten gewöhnlich mit dem Massenmord an den Besiegten. Die Beweggründe waren im allgemeinen praktischer Natur: Der Sieger liquidierte auch die Nachkommenschaft des unterlegenen Gegners, um vor künftiger Vergeltung völlig sicher zu sein. Derartige Gemetzel trugen in den antiken Kulturen einen öffentlichen, ja geradezu ostentativen Charakter, da Körbe voller abgeschnittener Glieder und Genitalien im Triumphzug als Exponate des Erfolgs mitgeführt wurden. Auch stellte in der Antike niemand dieses Recht des Siegers in Frage. Ausschlaggebend dafür, ob man die Besiegten tötete oder sie zu Sklaven machte, waren rein sachliche Nutzerwägungen.

Anhand von reichhaltigem Material zeigt Aspernicus auf, wie sich durch die Einführung gewisser Beschränkungen allmählich Kriegsregeln herausbildeten – ein anschauliches Beispiel bilden die Codices der Ritter –, wenngleich man in Bürgerkriegen derartige Beschränkungen nicht beachtete, da es sehr viel gefährlicher war, den Widersacher im Innern am Leben zu lassen als den äußeren Feind. Hier liegt auch die Erklärung dafür, weshalb die Katholiken die Katharer sehr viel grausamer verfolgten als die Sarazenen.

Die ständig wachsende Zahl derartiger Beschränkungen führte schließlich zu Übereinkünften nach Art der Haager Konvention. Ihr Kern besteht darin, daß der militärische Erfolg und der Mord an den Besiegten endgültig voneinander getrennt werden sollen. Ersterer darf in keinem Fall letzteren nach sich ziehen. In dieser Trennung erblickte man einen Fortschritt in der Ethik militärischer Konflikte. Akte des Völkermords ereigneten sich auch in der Neuzeit, jedoch war ihnen der archaische, ostentative Charakter ebenso fremd wie das ausgesprochen eigennützige Interesse der Urheber. An dieser Stelle geht Aspernicus zur Untersuchung der Rationalisierungen über, die in verschiedenen Jahrhunderten zur Rechtfertigung des Völkermords vorgebracht wurden.

In der christianisierten Welt wurden diese Rationalisierungen zum universellen Phänomen. Im übrigen muß man hinzufügen, daß weder bei den Expeditionen der Kolonialzeit, noch bei der Sklavenjagd in Afrika, noch vorher bei der Befreiung des Heiligen Landes die Intention des Völkermords direkt im Vordergrund stand, sondern daß es um Arbeitskräfte ging, um die Bekehrung der Heiden, um die Annexion überseeischer Länder; folglich bedeutete die Abschlachtung der Ureinwohner lediglich die Beseitigung von Hindernissen auf dem Wege zum Ziel. Man kann jedoch in der Chronologie der Genozide einen *Rückgang des eigennützigen Interesses* als Motivationskomponente im Vergleich zur Rechtfertigungskomponente entdecken, das heißt ein zunehmendes Übergewicht des immateriellen gegenüber dem materiellen Nutzen der Urheber. Einen Vorläufer des Völkermords, wie er unter Hitler praktiziert wurde, erblickt Aspernicus in dem Massaker an den Armeniern, das die Türken während des Ersten Weltkriegs veranstalteten, da hier bereits alle Züge des modernen Völkermords vollständig ausgeprägt waren: Das Massaker brachte den Türken keinerlei nennenswerten Nutzen, gleichzeitig wurde es in seinen Motiven mit dem Schleier der Lüge umgeben und vor der Welt, so gut es eben ging, verborgen. Denn dem Autor gemäß ist es nicht der Völkermord tout court, der dem 20. Jahrhundert das Gepräge verleiht, sondern der Mord mit total gefälschter Rechtfertigung, der in seinem Ablauf und in seinen Folgen so sehr verhüllt wird, wie dies nur eben möglich ist. Der materielle Nutzen, der aus der Beraubung der Opfer gezogen wurde, war im allgemeinen gering oder es war sogar so, wie im Falle der Juden und der Deutschen: Der Judenmord stellt in der Bilanz des deutschen Staatshaushalts einen materiell-kulturellen Verlust dar, wie von deutschen Autoren nach dem Kriege anhand umfangreichen faktographischen Materials nachgewiesen wurde. Im Laufe der Geschichte erfolgte somit eine buchstäbliche Umkehrung der Ausgangssituation: Der früher real vorhandene militärische und wirtschaftliche Nutzen des Genozids war inzwischen zur bloßen Fiktion geworden, und aus eben diesem Grunde entstand die Notwendigkeit, völlig neue Rechtfertigungsgründe für die mörderischen Praktiken zu erfinden. Hätten diese Rechtfertigungsgründe die Kraft zwingender Argumente erhalten, so wäre es nicht nötig gewesen, die massenhafte Vollstreckung von Todesurteilen, die mit dieser Begründung erfolgte, vor aller Welt zu verbergen. Da man jedoch überall heimlich mordete, waren die Rechtfertigungsgründe offensichtlich nicht einmal für die Aktivisten des Genozids überzeugend. Aspernicus bemerkt, hier handle es sich um eine frappierende Diagnose, die jedoch angesichts der Fakten nicht zu widerlegen sei. Wie die erhaltenen Dokumente aufzeigen, hielt sich der Nationalsozialismus beim Völkermord an folgende Gradation: Den unterjochten Völkern, die wie die slawischen dezimiert werden sollten, wurde ein Teil der Exekutionen öffentlich angekündigt, den total zu liquidierenden Gruppen hingegen, wie den Juden und den Zigeunern, wurden die Hinrichtungen nicht in analoger Weise zur Kenntnis gebracht. Je totaler der Mord, um so mehr wurde er mit Geheimhaltung umgeben.

Aspernicus untersucht die Gruppe dieser Phänomene mit Hilfe der Methode sukzessiver Penetrationen, um so Schritt für Schritt zu den tieferen Motiven des Völkermords vorzudringen. Zunächst zeigt er auf der Karte Europas einen von Westen nach Osten verlaufenden Gradienten, der sich vom Pol der Geheimhaltung bis zum Pol der Öffentlichkeit erstreckt oder, ausgedrückt in moralischen Kategorien, vom verschämten bis zum schamlosen Mord.

Was die Deutschen in Westeuropa lokal, geheim, in geringerem Ausmaß und zögernd unternahmen, das taten sie im Osten in einem sich ständig steigernden Maßstab, entschlossen, immer rücksichtsloser und offener. Die Zone der kaum verhüllten Morde begann an den Grenzen der annektierten polnischen Gebiete, d. h. im Generalgouvernement; je weiter man jedoch nach Osten kam, um so offener wurde der Genozid zu einer unverzüglich anzuwendenden Norm; oftmals ermordete man die Juden an ihrem Wohnort, ohne sie in Gettos zu isolieren oder in die Vernichtungslager zu transportieren. Der Autor ist der Meinung, daß diese Differenzierung von der Hypokrisie der Völkermörder zeugt, die sich scheuten, im Westen das zu tun, was sie im Osten taten, wo sie sich nicht einmal die Mühe machten, den äußeren Schein zu wahren.

Das Programm der »endgültigen Lösung der Judenfrage« hatte in seinem Anfangsstadium noch verschiedene Varianten, unterschiedlich in der Intensität der

Grausamkeit, jedoch mit identischem Finale. Aspernicus bemerkt mit Recht, daß sich auch eine unblutige Variante hätte realisieren lassen, die für das Dritte Reich in militärischer und wirtschaftlicher Hinsicht sogar nutzbringender gewesen wäre, nämlich die Trennung der jüdischen Bevölkerung nach Geschlechtern und ihre anschließende Isolierung in Gettos oder Lagern. Wenngleich die Deutschen bei der Wahl ihres Vorgehens ethische Faktoren unberücksichtigt ließen, hätten sie doch zumindest den Faktor *Eigennutz* berücksichtigen müssen, der in dieser Variante zweifellos gegeben war. Eine beträchtliche Anzahl von Eisenbahnzügen, mit denen man die Juden aus den Gettos in die Vernichtungslager transportierte, hätte wieder für militärische Zwecke zur Verfügung gestanden; gleichzeitig wäre auch der personelle Aufwand zurückgegangen, denn die bloße Überwachung der Gettos hätte weitaus geringere Kräfte gebunden als die zur unmittelbaren physischen Ausrottung erforderlichen. Auch die Belastung der Industrie, die ja Krematorien, Mühlen für Menschenknochen, Zyklon und andere zum Völkermord unerläßliche Utensilien produzieren mußte, hätte sich verringert. Die nach Geschlechtern getrennten Juden wären in maximal 40 Jahren ausgestorben; dabei braucht man nur daran zu denken, in welchem Tempo, bedingt durch Hunger, Krankheit und Entkräftung infolge von Zwangsarbeit, die Bevölkerung der Gettos dahinschmolz. Das Tempo eines solchen indirekten Völkermords war dem Stab zur »Endlösung der Judenfrage« zu Beginn des Jahres 1942 bekannt; als dieser Stab nun seine endgültigen Entscheidungen traf, konnte er noch voll und ganz auf einen deutschen Sieg rechnen; folglich gab es keinerlei Faktoren, die für eine blutige Lösung sprachen, es sei denn die nackte Mordlust.

Wie die erhaltenen Dokumente bezeugen, prüften die Deutschen auch die Zweckmäßigkeit anderer Methoden, zum Beispiel die Unfruchtbarmachung mit Hilfe von Röntgenstrahlen, entschieden sich schließlich jedoch für das Massaker. Für die Geschichte der Deutschen, erklärt Aspernicus, für die Bemessung ihrer Schuld, für die Weltpolitik in der Nachkriegszeit, hatte die konkrete Variante des Judenmords keinerlei Bedeutung, denn auch ohne sie war das Dritte Reich durch Kriegsverbrechen belastet, die nur mit der schwersten Strafe geahndet werden konnten. Auch ist der kein geringerer Verbrecher, der ein Volk durch Zwangssterilisierung oder durch Isolierung nach Geschlechtern ausrottet als derjenige, der es ermordet. Für die Psychologie des Verbrechens jedoch, für die Analyse der Nazi-Doktrin, für die Theorie vom Menschen bedeutet dies einen kapitalen Unterschied. Himmler begründete den Judenmord gegenüber seinen Mitarbeitern mit der Notwendigkeit, die Juden zu vernichten, damit sie niemals wieder eine Gefahr für den Bestand des deutschen Staates darstellen könnten. Aber selbst wenn man das Vorhandensein einer derartigen Gefahr für bare Münze nimmt, so erweist sich die Variante des indirekten Völkermords materiell, technisch und organisatorisch als die wirtschaftlichste. Himmler belog also seine Leute und wahrscheinlich auch sich selbst. Diese Tatsache wurde durch die späteren Ereignisse verschleiert, als die Deutschen schwere Niederlagen hinnehmen mußten, und es zu umfangreichen Rückzugsbewegungen und gleichzeitig zu Versuchen kam, die Spuren der Massenexekutionen durch Verbrennung der exhumierten Leichen zu verwischen. Wäre es erst jetzt zum blutigen Genozid gekommen, so hätte man an die Echtheit der Überzeugungen der Himmlers und Eichmanns glauben können, daß sie nämlich durch die Angst vor der Vergeltung der Sieger zum Mord getrieben worden seien. Da es jedoch nicht so war, log Himmler ebenfalls, als er die Juden mit auszurottenden Parasiten verglich, denn Parasiten vernichtet man nicht in der erklärten Absicht, ihnen Qualen zuzufügen.

Mit einem Wort, es ging nicht nur um den Nutzen aus dem begangenen Verbrechen, sondern um die Befriedigung, die seine Ausführung verschaffte.

Noch 1943 – und vielleicht auch später – konnten sich Hitler und sein Stab dem Glauben an einen deutschen Sieg hingeben – und »über die Sieger sitzt niemand zu Gericht«. Daher ist es sehr schwer zu erklären, weshalb sich die Nazis nicht rückhaltlos zu den Akten des Völkermords bekannten, weshalb ihre Untaten sogar in streng geheimen Dokumenten mit Kryptonymen wie »Umsiedlung« getarnt wurden, obwohl doch Vernichtung gemeint war. Aspernicus ist der Meinung, daß in dieser Doppelzüngigkeit der Versuch zum Ausdruck kommt, dasjenige miteinander zu vereinbaren, was unvereinbar ist. Die Deutschen sollten edle Arier sein, die ersten unter den Europäern, heldenhafte Sieger, und gleichzeitig Mörder von Wehrlosen. Das eine verkündeten sie, das andere aber taten sie, und aus diesem Zwiespalt entstand das umfangreiche Vokabular der Umbenennungen und Fälschungen wie »Arbeit macht frei«, »Umsiedlung« und eben auch »Endlösung« als Euphemismen für Verbrechen. Gerade in dieser Verlogenheit zeigt sich nach dem Urteil des Autors – allen Aspirationen des Nazi-Regimes zum Trotz – die Zugehörigkeit der Deutschen zur christlichen Kultur: Sie waren von dieser Kultur derart stark geprägt, daß es ihnen trotz aller Anstrengungen nicht gelang, sich in jeder Hinsicht außerhalb des Evangeliums zu stellen. Selbst wenn man in diesem Kulturkreis alles tun kann, bemerkt unser Autor, so heißt dies noch nicht, daß man auch alles sagen kann. Diese Kultur ist ein unabweisbares Faktum, denn wenn es anders wäre, hätten die Deutschen keinerlei Hemmungen gehabt, ihre Taten beim Namen zu nennen.

Der erste Band der Arbeit von Horst Aspernicus enthält unter dem Titel »Die Endlösung als Erlösung« einen Überblick über alle in letzter Zeit unternommenen Versuche, die Wahrheit über den Völkermord des Dritten Reiches als Fälschung und Lüge hinzustellen, von den Siegern dazu bestimmt, den geschlagenen Deutschen auch moralisch den Todesstoß zu versetzen. Könnten nun solche Versuche – nämlich die Negation dessen, was in unzähligen Dokumentarphotos, Geständnissen, Nazi-Archiven seinen Niederschlag gefunden hat, in ganzen Ballen von Frauenhaar, das den Opfern vom Kopf geschoren wurde, in Halden von Prothesen, die man todgeweihten Krüppeln abnahm, in Bergen von Spielzeug ermordeter Kinder, von Brillen und in den Feuerstätten der Krematorien – könnten solche Versuche etwas anderes sein als sichere Anzeichen von Wahnsinn? Ist es möglich, daß ein Mensch, der nicht geistesgestört ist, die unwiderleglichen Beweise eines Verbrechens als Fälschung bezeichnet? Wenn sich dieses Problem auf ein psychiatrisches reduzierte, wenn es sich bei den Verteidigern des Nazi-Regimes wirklich um Paranoiker handelte, dann wäre Aspernicus' Arbeit überflüssig. Unser Autor greift jedoch auf amerikanische Untersuchungen an den Mitgliedern der dortigen Nazi-Partei zurück und zitiert die Diagnose von Spezialisten, die sich darüber einig sind, daß man den Neonazis die geistige Normalität nicht absprechen kann, wenngleich Psychopathen unter ihnen häufiger anzutreffen sind als in der übrigen Bevölkerung. Folglich kann man das Problem nicht mit dem Hinweis abtun, es beschränke sich auf die psychiatrische Prophylaxe, und aus eben diesem Grunde wird seine Untersuchung zur Pflicht einer jeden Philosophie vom Menschen. Hier wird der Leser mit einer umfangreichen Abhandlung konfrontiert, die der Autor geachteten Philosophen vom Range eines Heideggers zugedacht hat. Unser Autor nimmt Heidegger die Zugehörigkeit zur NSDAP, aus der der Philosoph ja sehr bald wieder ausgetreten ist, nicht übel; er sieht es als mildernden Umstand an, daß die völkermörderische Konsequenz des Nationalsozialismus in den dreißiger Jahren nicht leicht zu erkennen war. Irrtümer sind verzeihlich, wenn sie zu einer Änderung des falschen Standpunkts führen sowie zu Handlungen, die diese Änderung verlangt. Aspernicus bezeichnet sich, was dieses Postulat anbelangt, als Minimalisten. Er hält nicht dafür, daß Heidegger oder irgend jemand seinesgleichen verpflichtet war, öffentlich für die Verfolgten einzutreten, und daß man ihn für seinen fehlenden Mut verdammen müsse: Nicht jeder ist zu heroischen Akten geboren. Es geht vielmehr einfach darum, daß Heidegger Philosoph war. Wer sich mit der Natur des menschlichen Wesens befaßt, der durfte die Nazi-Verbrechen nicht mit Schweigen übergehen. Denn wenn er der Meinung gewesen sein sollte, daß diesem Verbrechen in der Seinsordnung nur ein »niederer« Rang zukomme, daß es also rein kriminellen Charakter habe, ungewöhnlich nur durch seine Dimensionen, die es mit Hilfe staatlicher Macht ins Gigantische ausdehnte, und daß es der Philosophie folglich nicht anstehe, sich mit ihm zu befassen, aus denselben Gründen, aus denen diese Disziplin gewöhnliche Verbrechen nicht erforscht, weil sie eben zu ihrer Kernproblematik nicht das Gebiet zählt, welches die Kriminologie untersucht, wenn er tatsächlich dieser Meinung gewesen sein sollte, dann ist er entweder blind oder ein Lügner.

Wenn er die außerkriminelle Bedeutung dieses Verbrechens nicht sieht, so ist er geistig blind und somit ein Dummkopf. Was für ein Philosoph aber kann aus einem Dummkopf hervorgehen, selbst wenn er mit einem messerscharfen Verstand begabt ist? Wenn er aber aus Verlogenheit schweigt, wird er seiner Berufung ebenfalls untreu. So oder so erweist er sich als Komplize des Verbrechens, natürlich nicht bei Planung und Ausführung, eine derartige Anklage wäre eine haltlose Verleumdung. Zum Komplizen wird er, weil er eine Unterlassungssünde begangen hat, weil er das Verbrechen degradiert, für null und nichtig erklärt und an den äußersten Rand der Dinge gedrängt hat, die angeblich von größter Tragweite sind, weil er ihm in der Seinsordnung einen Platz an der Peripherie zugewiesen hat, sofern es in dieser Ordnung überhaupt vorkommt. Schließlich ist ein Arzt, der die Anzeichen einer tödlichen Krankheit für unerheblich ansieht, der diese selbst verschweigt, ihre Symptome wie ihre Folgen – entweder ein miserabler Arzt oder ein Verbündeter der Krankheit; tertium non datur. Wer sich mit der Gesundheit des Menschen befaßt, darf eine mörderische Krankheit nicht vernachlässigen oder sie aus seinem Forschungsgebiet ausklammern; wer sich aber mit dem menschlichen Sein befaßt, darf den Völkermord nicht aus der Ordnung dieses Seins eliminieren. Wenn er dies dennoch tut, erklärt er eben dadurch sein eigenes Werk für null und nichtig. Gerade die Tatsache, daß einem Mann namens Heidegger die Unterstützung vorgehalten wurde, die er der Nazi-Doktrin persönlich hat angedeihen lassen, daß aber dieser Vorwurf nicht gegen seine Werke gerichtet wurde, zeugt nach Meinung unseres Autors von einer stillschweigenden Übereinkunft unter den Mitschuldigen. Mitschuldig sind alle, die sich darüber einig sind, den Stellenwert dieses Verbrechens in der Ordnung der menschlichen Existenz möglichst niedrig anzusetzen.

Der Nationalsozialismus hat viele Interpretationen erfahren. Von all diesen erwähnt der Autor des »Völkermords« drei gängige: die sozioökonomische, die nihilistische und die Gangsterhypothese. Die letztgenannte setzt den Genozid der Nazis mit der mörderischen Tätigkeit von Räubern gleich; sie wurde durch die Nürnberger Prozesse ins Zentrum der öffentlichen Aufmerksamkeit gerückt. Denn die von den Siegern eröffneten Tribunale konnten sich am leichtesten in denjenigen Akten der Anklage zurechtfinden, die sich auf die bei gewöhnlichen Verbrechen übliche Prozedur der Gerichte stützten, dies um so mehr, als ganze Berge scheußlicher materieller Beweise das Verfahren durch ihre bloße Existenz in diese Richtung lenkten.

Die sozioökonomische Interpretation faßt die Schwäche der Weimarer Republik, die Wirtschaftskrise und die Versuchungen, denen das von rechts und links in die Zange genommene Großkapital erlag, als ein Bündel von Ursachen zusammen, die Hitler die Machtergreifung ermöglichten.

Der Nationalsozialismus schließlich als triumphierender Nihilismus faszinierte besonders die großen Humanisten wie Thomas Mann, der in ihm die »andere Stimme« in der Geschichte Deutschlands erblickte, das Motiv der teuflischen Versuchung, das er im *Doktor Faustus* durch die Apostasie Nietzsches aus dem Mittelalter ins Zwanzigste Jahrhundert transponierte.

Diese Interpretationen sind nur zum Teil stichhaltig. Die Gangsterhypothese läßt die abgrundtiefe Verlogenheit der Bewegung außer acht. Gangster nehmen bei ihren Verschwörungen keinerlei Zuflucht zu Euphemismen oder Lügen, die das Verbrechen schönfärben. Die sozioökonomische Interpretation erfaßt nicht den Unterschied zwischen dem italienischen Faschismus und dem Nationalsozialismus, der keinesfalls gering ist, da Mussolini seine Gefolgschaft nicht zum Völkermord aufhetzte. Schließlich ist die Mannsche Konzeption in ihrer These allzu vage, der zufolge Deutschland mit Faust und Hitler mit dem Satan gleichgesetzt werden. Der Nazi als Gangster ist schon eine allzu triviale Banalisierung des Problems, als Diener des Teufels aber ist er eine pathetische Banalität. Die Wahrheit über den Nationalsozialismus ist weder so platt noch so erhaben, wie es diese beiden Gegenbilder darstellen möchten. Die Versuche, den Nationalsozialismus zu analysieren, gerieten in ein Labyrinth von Diagnosen, die untereinander teils stimmig, teils unvereinbar waren, eben weil die Nazi-Verbrechen an der Oberfläche trivial sind, während ihr tieferer perfider Sinn geheim ist. Dieser tiefere Sinn inspirierte die Führer der Bewegung nicht, solange sie nicht mehr waren als eine Handvoll Biertischpolitiker, allerdings wurden sie sich dieses Sinnes auch später nicht bewußt, als sie die Maschinerie eines großen Staates in ihre Hand gebracht hatten. Sie waren unfähig zur Selbsterkenntnis wie alle übrigen Parvenues, Heuchler und habgierigen Ehrgeizlinge, die Hitler nachliefen. Bekanntlich gilt: quos deus perdere vult, prius dementat. Die Eroberungspläne Hitlers waren nicht von vornherein falsch, sie wurden es mit der Zeit, weil sie es werden mußten. Wie man weiß, wollte der Generalstab keinen Krieg mit Rußland, da er das Kräfteverhältnis kannte. Doch selbst wenn Hitler im Osten gesiegt hätte, wäre die endgültige Niederlage des Dritten Reiches nur noch furchtbarer ausgefallen. Im allgemeinen ist es sehr schwer, Alternativen zur Wirklichkeit zu entwickeln, da derartige Konstruktionen durch eine Fülle von Unsicherheitsfaktoren belastet sind; zu jener Zeit aber war die Situation auf dem Schachbrett der Welt in ihrer Dislozierung durch eine derart zwingende Logik bestimmt, daß sich ihr keiner der Spieler hätte entziehen können. Militärische Erfolge Hitlers im Osten hätten die Amerikaner sogleich dazu veranlaßt, Japan atomare Schläge zu versetzen, um es endgültig zu besiegen, bevor es Hilfe von Deutschland erhielt. Die auf diese Weise dokumentierte Existenz von Kernwaffen hätte wiederum die beiden kontinentalen Antagonisten, nämlich Deutschland und Amerika, in einen nuklearen Wettlauf getrieben, den die Amerikaner aufgrund ihres erheblichen Vorsprungs mit Sicherheit gewonnen hätten. Sie hätten ihr anfängliches Übergewicht einfach dazu ausnutzen müssen, Deutschland im Jahre 1946 oder 1947 atomar zu verwüsten, d. h. sie hätten handeln müssen, solange die durch Hitler dezimierte theoretische Physik in Deutschland noch nicht in der Lage war, das Arsenal des Führers durch Kernwaffen zu bereichern. Ein interkontinentaler Waffenstillstand oder eine Teilung der Welt in zwei Einflußzonen wären nicht möglich gewesen, denn nachdem ihnen die Atombombe zur Verfügung stand und sie sich im Kriegszustand mit Deutschland befanden, hätten die Amerikaner geradezu selbstmörderisch gehandelt, wenn sie mit dem Einsatz dieser Waffen solange gezögert hätten, bis die ersten deutschen Atombomben entwickelt worden wären. Hätte das Attentat vom 20. Juli 1944 Erfolg gehabt, so wären die Ausmaße der Zerstörung Deutschlands geringer gewesen, als sie es tatsächlich nach der Kapitulation im Jahre 1945 waren; hätte Deutschland jedoch nicht zu diesem Zeitpunkt kapituliert, so wäre es 1946 oder 47 zu radioaktiv verseuchtem Staub zerfallen. Kein amerikanischer Präsident hätte auf diese atomaren Schläge verzichten können, denn keiner hätte mit einem Gegner paktiert, der Verträge so mit Füßen trat wie Hitler, zumal dieser bereits die Ressourcen Europas und Asiens in seine Gewalt gebracht hätte. Das heißt, die Katastrophe Deutschlands wäre im Endeffekt um so schlimmer ausgefallen, je größer die militärischen Anfangserfolge gewesen wären. Diese Katastrophe war a priori in den Plänen Hitlers vorprogrammiert, denn der expansive Charakter seiner Pläne kannte keine realen Grenzen, so daß es nur eine Frage der Zeit war, bis sich die erfolgreiche in eine selbstmörderische Strategie verwandelte. Ein böses Fatum ließ Hitler gerade die Physiker aus Deutschland vertreiben, durch deren Hirn und Hand in den Vereinigten Staaten die Atombombe geschaffen wurde. Es handelte sich entweder um Juden oder um sogenannte weiße Juden, d. h. Menschen, die wegen ihrer mit dem Nationalsozialismus unvereinbaren Überzeugungen verfolgt wurden. Wie hieraus ersichtlich, spielte die rassistische, in letzter Konsequenz völkermörderische Komponente der Nazi-Doktrin beim Zusammenbruch Deutschlands weder eine belanglose noch eine zufällige Rolle, denn es war gerade diese Komponente, die die Doktrin in die selbstzerstörerische Expansion trieb. Nachdem er so den Stellenwert des Völkermords im Gesamtrahmen des Zweiten

Weltkriegs bestimmt hat, wendet sich Aspernicus nunmehr dem immanenten Charakter des Genozids zu.

Wenn das Verbrechen – behauptet Aspernicus – keine sporadische Verletzung der Normen, sondern die Regel ist, die Leben und Tod gestaltet, so schafft es sich eine eigene Autonomie, ebenso wie die Kultur. Aufgrund seines gigantischen Maßstabs benötigte das Verbrechen eigene Produktivkräfte und Produktionsmittel, folglich auch seine Sachkenner, Ingenieure und Facharbeiter als Spezialisten des Todes. All das mußte erfunden und aus dem Nichts geschaffen werden, denn bis dahin hatte niemand etwas Derartiges in solchem Ausmaß getan. Dieses Ausmaß läßt sich nicht fassen. Angesichts des industrialisierten Verbrechens werden die traditionellen Kategorien von Schuld und Sühne, von Reue und Rache, von Nichtvergessenkönnen und Verzeihen kraftlos – wovon wir insgeheim alle wissen angesichts des Meeres von Tod, in dem der Nationalsozialismus unterging, denn keiner der Mörder und keines der unschuldigen Opfer ist in der Lage, den Sinn der Worte »Millionen, Millionen und Millionen Ermordeter« wirklich zu ergründen. Zudem gibt es nichts Quälenderes, nichts, was den Geist mit einer größeren Leere und peinigenderen Langeweile erfüllen könnte, als die Lektüre der Aussagen von Zeugen des Verbrechens, denn sie wiederholen unablässig ein und dasselbe abgedroschene Motiv: die Schritte zum Graben, zum Ofen, zur Gaskammer, zur Grube, zum Scheiterhaufen; zuletzt wehrt sich das Bewußtsein gegen die endlosen Reihen von Schatten, die durch die Lektüre für den kurzen Moment vor ihrem Ende ins Leben zurückgerufen werden und stößt sie zurück, weil es einfach niemanden gibt, der dem gewachsen wäre. Zur Resignation kommt es nicht durch einen Mangel an

Mitleid, sondern wegen der totalen Prostration, wegen der abstumpfenden und ermüdenden Monotonie dessen, was doch unter keinen Umständen und in keiner Hinsicht monoton, gleichmäßig, sachlich und langweilig sein darf wie die Beobachtung eines Fließbands. Nein, niemand weiß, was es heißt, daß man Millionen Wehrlose ermordet hat. Die Sache wurde zum Geheimnis, wie immer, wenn der Mensch etwas tut, das seine Physis und sein Begriffsvermögen überfordert. Und doch muß man diese Zone lähmenden Entsetzens betreten, nicht so sehr um des Gedenkens an die Opfer willen, als vielmehr mit Rücksicht auf die Lebenden.

Dieser Wissenschaftler – Deutscher, Anthropologe und Historiker – formuliert an dieser Stelle wie folgt: »Lieber Leser, du schwebst jetzt in Gefahr, in eingefahrenen Gleisen zu denken. Wer wie ich redet, setzt sich dem Verdacht aus, ein Moralist zu sein, der das Gewissen der Menschen aufwühlen möchte, damit es sich niemals wieder beruhigt, damit die Kultur die Wunden nicht aus Gründen der Selbstverteidigung zu einer schmerzfreien Narbe schließt, indem sie um der Aufrechterhaltung des Anstands willen Gedenktage zur Erinnerung an die Toten festsetzt. Als Prediger und Autor in einer Person scheine ich somit alte Wunden aufreißen zu wollen, in der Hoffnung, daß es dadurch nicht zu neuen Brandopfern kommen wird. Ich bin jedoch weder so exaltiert, noch so einfältig, um mich derart naiven Träumereien hinzugeben. Von dreierlei Art waren die Reaktionen der Deutschen nach dem Zusammenbruch. Die einen, elementar getroffen durch die Verbrechen, die ihr Volk begangen hatte, waren wie Thomas Mann der Meinung, diese Schande werde eine Mauer sein und die Deutschen auf tausend Jahre von der übrigen Menschheit trennen. Das war die Stimme einiger weniger Individuen, insbesondere aus den Reihen der Emigranten. Die meisten versuchten, eine Verbindung zu dem Verbrechen zu bestreiten, sich in irgendein Alibi zu flüchten, indem sie irgendeine Stufe der Nichtbeteiligung, der Nichtsolidarität mit dem Verbrechen oder des Nichtwissens geltend machten. Die ehrlichsten hingegen gestanden ihr von Entsetzen gelähmtes Halbwissen ein. All diese Stimmen vereinigten sich zu einer Melodie mit dem Leitmotiv »NICHT«: Sie wußten nicht, sie wollten nicht, sie waren nicht beteiligt, sie durften nicht, sie konnten nicht – alles hatte Irgendein Anderer getan.

Einige wenige schließlich taten Buße, wollten in Akten tätiger Reue um Vergebung flehen und um Verzeihung bitten, um das Unrecht irgendwie wieder gutzumachen und sich mit den überlebenden Opfern zu verbrüdern, in der ebenso verzweifelten und ehrenhaften wie abwegigen Überzeugung, daß hier überhaupt jemand das Recht habe, Verzeihung zu gewähren und Schuld zu vergeben, daß irgendein Mensch, irgendwelche Individuen, Organisationen oder irgendeine Regierung zum Friedensstifter zwischen den Deutschen und ihrem Verbrechen werden könnten. Im übrigen übertrug sich dieser edle Wahnsinn auch auf manchen, der der Vernichtung entronnen war.

Und was geschah mit dem Verbrechen selbst, da es die einen anprangerten, während sich die anderen vor ihm drücken wollten, und wieder andere versuchten, sich von ihm loszukaufen? Es wurde vom analytischen Denken nicht bis auf den Grund erforscht. Der Tod macht alle Verstorbenen gleich. Die Opfer des Dritten Reiches existieren ebensowenig wie die Sumerer und Hethiter, denn die gestern Verstorbenen sind ein und dasselbe Nichts wie die vor Tausenden von Jahren

Verstorbenen. Aber der Völkermord bedeutet heute etwas anderes als damals; und es geht mir um diesen menschlichen Sinn des verübten Verbrechens, der nicht zusammen mit den Leichen der Opfer verwest, sondern unter uns geblieben ist, und den wir ergründen müssen. Ihn zu ergründen ist unsere Pflicht, selbst wenn er sich als Mittel zur Prophylaxe des Verbrechens unwirksam erweisen sollte, denn der Mensch sollte über sich, über seine Geschichte und seine Natur mehr wissen, als für die praktischen Dinge nützlich und angenehm ist. Folglich wende ich mich nicht an das Gewissen, sondern an den Verstand.«

In seinen weiteren Ausführungen befaßt sich Aspernicus mit dem Neonazismus. Wenn dieser, sagt er, so weit gegangen wäre, mit einem vollständigen Programm an die Öffentlichkeit zu treten, so wäre auch das letztlich nicht erstaunlich gewesen – heute, in der Epoche des Superliberalismus, der seinem permissiven Charakter entsprechend indifferent gegenüber jedem Exzeß und jeglichem Ikonoklasmus ist. Zudem herrscht ja an extremistischen Positionen und Programmen kein Mangel. Wenn es de Sade in einer Epoche erstarrter Normen als einzelner wagen konnte, Mord und Torturen als geeignetes Mittel des existentiellen Höhepunkts zu verkünden, weshalb sollte es heute nicht eine Gruppe oder eine radikale Fraktion geben, die ein analoges Programm im Kollektiv verkündet? Dennoch ist es bisher nicht zu öffentlichen Lobpreisungen des Völkermords gekommen. Niemand erklärt, er baue eine Bewegung auf, die im Begriff sei, die Methoden zur Durchführung von Massakern zu perfektionieren, daß es darum gehe, diese oder jene Leute – Schädlinge, Ausbeuter, Lumpen, gezeichnet durch das Kainsmal der Rasse, des Glaubens oder

Landbesitzes – zunächst zu entmündigen und zu isolieren, um sie dann zu verbrennen, zu vergiften oder abzuschlachten, und zwar ohne Ausnahme, bis auf den kleinsten Säugling. Obwohl doch unsere heutige Welt derart reich an Extravaganzen ist, die bisweilen sogar in den Wahnsinn übergehen, ist niemand mit einem Programm dieser Art an die Öffentlichkeit getreten. Erst recht gibt es niemanden, der verkündet, daß die Tätigkeit des Knechtens und Tötens dem Lustgewinn zu dienen habe, da es aber gut sei, die Lust zu steigern, werde man diese Tätigkeit organisatorisch und technisch so vervollkommnen, daß man eine möglichst große Zahl von Opfern möglichst lange quälen kann. Kein Anti-Bentham ist mit einem derartigen Motto an die Öffentlichkeit getreten. Das läßt jedoch keinesfalls den Schluß zu, daß derartige Gelüste nicht tief verborgen in den Herzen schlummern. Wie alle Verbrechen, die in unseren Tagen angeblich aus uneigennützigen Motiven begangen werden, weil sie den Urhebern keinen sofortigen Nutzen bringen, kann auch der Völkermord auf Verlogenheit nicht mehr verzichten. Weil aber die Lüge als Voraussetzung des Mordes viele Gesichter hat, müssen wir zunächst das Lügengewebe des Dritten Reiches transparent machen, um sodann dessen Metamorphosen in der Gegenwart zu analysieren.

Der Nationalsozialismus war ein Parvenu in der Politik, ein Neureicher, der unablässig nach der Bestätigung der Würden lechzte, zu denen er es gebracht hatte; weil aber niemand so sorgfältig über die Einhaltung der Konvention wacht wie ein Emporkömmling, solange er sich vom kritischen Auge der Öffentlichkeit beobachtet fühlt, verhielt sich der Nationalsozialismus ganz nach ihrem Muster. Das läßt sich bei den führenden Gestalten der Bewegung beobachten. Um sie richtig zu beurteilen, muß man sie jedoch vor dem Hintergrund ihres Verbrechens betrachten. Offiziell war Hitler ein Asket des Verbrechens, der auf die sinnlichen Freuden der Macht verzichtete, ein Vegetarier und Tierliebhaber, ein Anachoret im Hauptquartier; eigentlich jedoch war er nicht so sehr solch ein Mann, sondern er wurde erst dazu in dem Maße, wie die Wirklichkeit mit seinen Träumen zu divergieren begann. Tatsächlich glaubte er nur an sich selbst, sprach jedoch von der Vorsehung mit Rücksicht auf die Konvention, von der er sich niemals zu befreien vermochte. Im übrigen war er eine Kombination äußerst seltener Eigenschaften, denn es ist authentisch, daß er das widerwärtige Treiben seiner Akoluthen verachtete, wenngleich er es ihnen nachsah. Er konnte sich dies ehrlichen Herzens erlauben, denn er besaß tatsächlich keine niedrigen Neigungen im Sinne eines Hangs zu Ausschweifungen. Die aus dem Sinnengenuß herrührende Befriedigung war ihm fremd, auch konnte er Obszönitäten keinerlei Geschmack abgewinnen. Ein derart rechtschaffener Durchschnittsmensch war er jedoch nur in seinem engen, persönlichen Lebenskreis: Im Spiel um die Macht und in dem von ihm entfesselten Krieg war er ein Lügner, Intrigant, Erpresser, Tyrann und Mörder, und gerade diese Diskrepanz der Charakterzüge ist es, die seine Biographen bis auf den heutigen Tag vor unüberwindliche Schwierigkeiten stellt. Er war tatsächlich gut zu Hunden, Sekretärinnen, Dienern und Chauffeuren, seine eigenen Generäle aber ließ er wie Schweine am Schlachterhaken aufhängen, Millionen Gefangene ließ er verhungern. Das war gar nicht so unerklärlich, wie man meint, denn in seinem alltäglichen Mikrokosmos weiß jeder, wie er sich verhält und was er sich gegenüber anderen Menschen erlauben kann; wer aber weiß, was er sich alles erlauben würde, stünde er der Welt Auge in Auge gegenüber? Das heißt nicht, daß in jedem ein Hitler steckt, sondern nur, daß Hitler gegenüber der Geschichte seine private Rechtschaffenheit einfach ablegte; es war eine sehr manierierte, kleinbürgerliche Rechtschaffenheit, die als solche in der Politik überhaupt nicht zählte, auf diesem Gebiet war er völlig skrupellos, weil seine Rechtschaffenheit in der Konvention, nicht aber in moralischen Grundsätzen wurzelte. Derartige Grundsätze hatte er nicht oder sah sie als ein Nichts an angesichts seiner größenwahnsinnigen Visionen, die sich eine nach der anderen in unübersehbare Berge von Leichen verwandelten – im übrigen hat dies niemand so überzeugend nachgewiesen wie Canetti: *Hitler nach Speer*. Himmler war ein Schulmeister des Verbrechens, aber auch ein Autodidakt auf diesem Gebiet, das für das Schulwesen eine Neuheit darstellte. Er glaubte an Hitler, an Runen, Symbole, (un)glückverheißende Vorzeichen, an die harte Pflicht des Judenmords, an die Zucht großer, blonder, nordischer Menschen in den »Lebensborn«-Heimen und an die Notwendigkeit, ein Beispiel zu geben; also verurteilte er auch einen Verwandten zum Tode, als es sich so ergab, und besuchte sogar die Todeslager, obwohl ihm davon übel wurde. Er wollte Heisenberg liquidieren, weil er eine Zeitlang den Eindruck hatte, dies sei unumgänglich, aus irgendeinem Grunde kam es aber nicht dazu. Leute seines Schlages – in der Regel von recht beschränktem Geiste, zynisch, oftmals ohne den eigenen Zynismus wahrzunehmen, hervorgegangen aus den Niederungen, den ewigen Randgruppen der Gesellschaft, konkreter Begabungen beraubt, sich durch nichts auszeichnend, somit Durchschnittsmenschen –

erhielten ungeachtet ihrer Mediokrität plötzlich die einmalige Chance, sich auszutoben wie niemals zuvor. Zu diesem Zweck dienten ihnen die respektablen Einrichtungen eines mehr als tausendjährigen Staates, Behörden, Gerichte, kodifiziertes Recht, Verwaltungsmaschinerie, Scharen emsiger Bürokraten, ein eiserner Generalstab; aus diesem Material schneiderten sie sich einen passenden Anzug zurecht, wirtschafteten ungeheure Reichtümer in die eigenen Taschen und brachten einen derart steilen Aufstieg zur Macht hinter sich, daß sich auf der erreichten Höhe Mord in ein Urteil historischer Gerechtigkeit verwandelte, und Plünderungen zu kriegerischen Heldentaten wurden. Jedes ihrer scheußlichen Verbrechen konnten sie durch derartige Umbenennungen entkriminalisieren und in eine edle Tat verwandeln; das Wunder dieser Transmutation dauerte immerhin zwölf Jahre. Wenn er gesiegt hätte, sagt Aspernicus, wäre der Nationalsozialismus zum Papsttum des Völkermords geworden und hätte sich die von niemandem auf der ganzen unterjochten Welt in Frage zu stellende Unfehlbarkeit im Verbrechen zuerkannt.

Eben das ist die große Versuchung, die im Bodensatz der Bombenkrater erstarrte, in denen der Nationalsozialismus versank, eine von allen Zügeln befreite rohe Gewalt, von einer noch stärkeren Gewalt zerschmettert. Dort in den Bombenkratern – und in der Asche auf den Rosten der Krematoriumsöfen – liegt immer noch ein Schatten dieser lockenden Versuchung, nämlich die gewaltigsten Taten zu vollbringen, deren der Mensch fähig ist. Nicht der fiebrige Schauder des Meuchelmords, sondern Mord als rechtschaffene Tat, als heilige Pflicht, aufopferungsvolle Mühsal und als Ruhmestitel. Deshalb waren zwangsläufig alle unblutigen

Varianten der »Endlösung der Judenfrage« zu verwerfen. Deshalb konnte sich der Nationalsozialismus auf keinerlei Verträge, Abkommen oder Burgfrieden mit den unterjochten Völkern einlassen. Nicht einmal von der Taktik diktierte Milde oder Mäßigung durfte es geben. Folglich ging es nicht »nur« um »Lebensraum«, nicht »nur« darum, daß die Slawen den Siegern dienen sollten, daß die Juden von der Bildfläche zu verschwinden hatten, indem sie ohne Nachkommenschaft ausstarben oder das Land verließen. Mord sollte Staatsraison sein, ein Instrument staatlicher Politik, das durch kein anderes zu ersetzen war. Und so geschah es: Er wurde zu einem derartigen Instrument. Es fehlte lediglich die letzte Konsequenz, weil man einfach nicht wagte, im Programm der Bewegung über Gemeinplätze und drohende Anspielungen hinauszugehen. Anderenfalls hätte die Praxis ihre volle Übereinstimmung mit der Theorie erlangt. Das aber war nicht möglich wegen der Asymmetrie des Verhältnisses zwischen Gut und Böse. Das Gute beruft sich niemals auf das Böse als seinen Seinsgrund, das Böse aber gibt als Seinsgrund immer irgendein Gut an. Deshalb gibt es in den Aussagen rechtschaffener Utopien keinen Mangel an Konkreta, deshalb kann man in Fouriers Sozialutopie detaillierte Beschreibungen der Einrichtungen der Phalanstères finden. In den orthodoxen Schriften der Nazis aber steht nichts über Vernichtungslager, über Gaskammern, Krematorien, Öfen, Knochenmühlen, Zyklon und Phenol. Im Prinzip konnte man auch ohne Verbrechen auskommen – so behaupten jene, die heute die Deutschen und die übrige Welt mit Büchern beruhigen und deren Interpretation so aussieht: Hitler wußte nicht, bemerkte nicht, wollte nicht, hatte keine Zeit sich zu beschäftigen, übersah, wurde mißverstanden, vergaß, unterließ; in seinem Kopf geschah alles mögliche, was aber auch immer dort herumgeisterte, Mord war es mit Sicherheit niemals.

Der Mythos vom guten Tyrannen und den subalternen Kreaturen, die seine Intentionen ins Gegenteil verkehren, hat ein zähes Leben. Wenn zwischen Hitlers Geistesverfassung und dem Zustand, in dem er Europa hinterlassen hat, zumindest eine geringe Wechselbeziehung besteht, dann hat er gewollt, gewußt und befohlen. Im übrigen hat der Streit über sein Wissen oder Unwissen von den Einzelheiten des Völkermords keinerlei Bedeutung. Jedes große Projekt – ob weiß oder schwarz – löst sich in der Geschichte vom Projektierenden los und wird durch kollektives Handeln gemäß der ihm innewohnenden Logik ergänzt. Das Böse ist vielgestaltiger als das Gute. Es gibt Abstraktionisten des Mordes, die selbst keiner Fliege etwas zuleide tun können, und Naturalisten, die *con amore* töten, wenngleich sie der Begabung ersterer beraubt sind: nämlich das Verbrechen zu rechtfertigen. Der Nationalsozialismus verknüpfte in seiner Hierarchie den einen Typus mit dem anderen, denn er benötigte alle beide. Als moderner Einpeitscher des Völkermords stand er in seiner Verlogenheit gleichsam auf zwei Säulen: *auf der Ethik des Bösen und der Ästhetik des Kitsches*.

Bekanntlich läßt sich die Ethik des Bösen niemals auf eine Autoapologie ein: Das Böse gilt in ihr immer nur als ein Mittel, um irgendein Gut zu erreichen. Dieses Gute kann ein kinderleicht zu durchschauender Vorwand sein, der jedoch im Programm unbedingt vorkommen muß. Die Boshaftigkeit der Lüge erfüllte in Hitlers Vernichtungsmaschinerie eine luststeigernde Funktion, daher wäre es schade gewesen, auf diesen Quell zusätzlicher Freuden einfach zu verzichten. Wir leben in einer Epoche politischer Doktrinen. Die Zeit, in der die Herrschenden ohne diese auskamen, die Zeit der Pharaonen, Tyrannen und Caesaren, ist unwiderruflich vorbei. Undenkbar ist Herrschaft ohne Legitimation. Die Doktrin des Nationalsozialismus litt von Anfang an unter dem intellektuellen Unvermögen ihrer Autoren; verschwommen und unklar selbst im Plagiat, erwies sie sich jedoch in psychologischer Hinsicht als Volltreffer. Unser Jahrhundert kennt keine anderen als gute Herrscher. Gute Intentionen haben auf der ganzen Welt gesiegt – zumindest in den Deklarationen. Es gibt keinen Dschingis Khan mehr, auch preist sich niemand als Attila, die Geißel Gottes, an. Aber diese offizielle Güte ist historisch erzwungen; diametral entgegengesetzte Gelüste sind geblieben und lauern darauf, daß man ihnen eine Chance gibt. Auf einen wie auch immer gearteten Legitimismus können sie nicht verzichten, denn nur der, der auf eigene Faust, für den eigenen Profit mordet, kann heutzutage schweigen. Der Nationalsozialismus war solch ein Legitimismus. Durch Hypokrisie erwies er der offiziellen Tugend der Welt seine Reverenz, indem er vorgab, besser zu sein als sein Ruf, obwohl er noch schlimmer war, als man es selbst im engsten Kreis der Partei eingestand.

Im übrigen müssen theoretische Analysen ebenso radikal sein wie die Exekutionen, denen man sie widmet. Halbe Maßnahmen sind hier völlig fehl am Platz. In de Sades *Die hundertzwanzig Tage von Sodom* schlug der Marquis de Blangis, als er sich an Frauen und Kinder wandte, die bei Orgien zu Tode gequält werden sollten, mit einem zeitlichen Vorsprung von hundertfünfzig Jahren den gleichen Ton an, in dem die strengen Ansprachen der Lagerkommandanten an die neueingetroffenen Häftlinge gehalten wurden, denn er verkündete ihnen ein schweres Schicksal, nicht jedoch den Tod, den er nur als Strafe für Zuwiderhandlungen androhte, nicht jedoch als längst gefälltes Urteil preisgab. Obwohl das Dritte Reich, gemessen an seiner gesamten Praxis, eben dieses Urteil gesprochen hatte, gibt es in seinem kodifizierten Recht nirgendwo einen Paragraphen, der gelautet hätte: »Wer Jude ist, wird mit dem Tode bestraft.« Auch der Marquis de Blangis offenbarte seinen Opfern nicht, daß ihr Los bereits entschieden war, obwohl er dies hätte tun können, da er sie in seiner Gewalt hatte. Allerdings hat de Sade seinen scheußlichen Marquis mit einer sehr viel feineren Rhetorik ausgestattet als sie den SS-Männern zu Gebote stand. Solch ein Kommandant wandte sich an die Neuankömmlinge, um sie zu belügen, in dem sicheren Wissen, daß sie seine Lüge als ihre Rettung auffassen würden, da er ihnen zwar ein schweres und hartes Dasein versprach, aber immerhin ein Dasein und somit das Leben.

Gemeinhin glaubt man, daß die Komödie, die gleich darauf von den Schergen inszeniert wurde, die die Opfer in die angeblichen Badehäuser dirigierten, von rein praktischen Erwägungen diktiert war: Die Hoffnung – geweckt durch die neueingetroffenen Häftlingen recht natürlich erscheinende Anordnung, ein Bad zu nehmen – schläferte ihr Mißtrauen ein, verhinderte Akte der Verzweiflung und verleitete die Nichtsahnenden geradezu zur Zusammenarbeit mit den Schergen. Daher leisteten sie dem Befehl, sich nackt auszuziehen, bereitwillig Folge, da er in der inszenierten Situation durchaus plausibel schien. So war es also ausschließlich der Inszenierung zu verdanken, daß die Menschenmassen, die sich aus den Eisenbahnwaggons ergossen, nackt in den Tod gingen. Diese Interpretation erscheint derart natürlich, daß alle den Genozid untersuchenden Forscher bei ihr stehenblieben, ohne auch nur zu versuchen, für die Nacktheit der Opfer eine andere Ursache zu finden, die über eine buchstabengetreue Deutung der arrangierten Scheußlichkeiten hinausgegangen wäre. Obwohl also, behauptet Aspernicus, die Pornomachie de Sades eine ebenso offene wie zügellose Ausschweifung war, und der Genozid der Nazis als industrialisiertes Verbrechen bis zum letzten Augenblick den administrativ verordneten Puritanismus gegenüber den Opfern vortäuschte, mußten diese hier wie dort nackt sterben – und die Übereinstimmung ist keineswegs ein Zufall. Das ist nicht wahr? Warum mußten dann sogar die Ärmsten der Armen, sogar die Habenichtse unter den Juden in den kleinen galizischen Marktflecken, die nur einen geflickten Kaftan trugen, oder wenn sie zur Winterszeit im Lager ankamen, in Zementsäcke aus Papier und andere Lappen und Fetzen gekleidet waren, weshalb mußten auch sie ihre elenden Lumpen ablegen und nackt an den zur Exekution bestimmten Graben treten? Zusammengepferchte Menschen, die nackt die tödliche Karabinersalve erwarteten, konnte man ja nicht mehr durch irgendeine Vorspiegelung von Hoffnung hinters Licht führen. In dieser Weise verfuhr man jedoch nicht mit denen, die man als Geiseln genommen oder mit der Waffe in der Hand ergriffen hatte; sie fielen in ihrer blutdurchtränkten Kleidung in den Graben. Die Behauptung, den von Natur aus sparsamen Deutschen sei es auch hier noch um die Kleidung gegangen, ist eine verlogene, sekundäre Rationalisierung. Es ging dort um keinerlei Kleidung, denn diese türmte sich in den Magazinen oftmals zu Bergen, wurde feucht und begann zu verrotten.

Es war sogar noch absonderlicher: Juden, die im Kampf gefangengenommen wurden, wie z.B. beim Warschauer Aufstand, brauchten sich zur Erschießung nicht nackt auszuziehen. Im allgemeinen durften auch jüdische Partisanen den Tod in ihrer Kleidung empfangen. Nackt starben die Wehrlosesten, Greise, Frauen, Krüppel, Kinder. Nackt, wie sie auf die Welt gekommen waren, kehrten sie in die Erde zurück. Mord war hier zugleich das Surrogat für die Zumessung von Gerechtigkeit und Liebe. Der Henker stand vor den Massen bis auf die Haut entblößter Menschen, die sich bereits auf den Tod vorbereiteten, halb Vater, halb Geliebter – er sollte ihnen den verdienten Tod geben, so wie der Vater verdiente Züchtigung zumißt und wie der Geliebte das Auge nicht von der Nacktheit des Körpers wenden kann und ihn liebkost. Ja, ist das denn denkbar? Darf man hier über eine wie auch immer geartete Verbindung zur Liebe sprechen, selbst wenn sie zu einer makabren Parodie verzerrt ist? Stellt solch eine Interpretation nicht eine unverantwortliche Phantasmagorie dar?

Um zu verstehen, weshalb es dennoch genau so gewesen ist, sagt Aspernicus, müssen wir uns, nach der Ethik des Bösen, mit der zweiten Karyatide des Nationalsozialismus befassen, nämlich dem Kitsch. Andenfalls entgeht uns der tiefste, weil letzte Sinn dieses Völkermords.

Aspernicus grenzt diesen Begriff wie folgt ein: Nichts zum ersten Mal Geschaffene kann Kitsch sein. Kitsch ist immer die Nachahmung dessen, was in der Kultur einmal in authentischer Schönheit erstrahlte, jedoch derart lange wiederholt und geglättet wurde, bis es schließlich vor die Hunde ging. Kitsch ist eine späte Version, nach Art einer sudelmalerischen Kopie eines meisterhaften Bildes, verbessert durch gedankenlose Epigonen, die Farben und Formen des Originals blind machen, indem sie entsprechend dem sich zusehends verschlechternden Geschmack immer mehr Farbe und Firnis auftragen. Der Edelkitsch hingegen, der ostentativ mit sich selbst protzt, stellt gewöhnlich schon das Ende des Weges dar, er ist eine sehr sorgfältig ausgeführte Degradierung, vollendet in den Details, eine Komposition im Zustand der schematischen Verhärtung. Denn eine Skizze kann grundsätzlich kein Kitsch sein: Sie bietet dem Auge des Betrachters die Chance auf rettende Ergänzungen, was der selbstsichere Kitsch niemals tut. Der sogenannte schlechte Geschmack ist im Kitsch die unbeabsichtigte Lächerlichkeit des feierlichen Ernstes, mit dem die verwendeten Symbole bis zum Bersten vollgepumpt sind. Kitsch in all seinen Spielarten war das wesentliche Stilmerkmal des Nationalsozialismus. In der Architektur waren es die monumentalen Bauwerke in Habt-acht-Stellung, die Pantheons im Zustand weit fortgeschrittener Schwangerschaft, Amtsgebäude, erdrückend durch ihre ungeheure Größe, mit Fenstern und Türen für Riesen, mit Skulpturen, die nackte Athleten und nackte Göttinnen auf der Wacht darstellten. Denn dieser Kitsch sollte demütige Bewunderung erzwingen, wenn nicht sogar Furcht und Schrecken, also protzte er mit Erhabenheit, war jedoch innerlich hohl. Man konnte Vorbilder sowohl aus Griechenland und Rom wie auch aus dem Haussmannschen Paris heranziehen, denn hier existierten respektable Stilarten, die man dem eigenen Großmachtstatus gemäß aufblähen konnte. Wie aber sollte sich ein derartiger Stil in der Sphäre des Völkermords manifestieren, woher sollte man die Vorbilder für das Abschlachten von Menschen nehmen?

Folglich trat hier die technische Seite der Massaker in den Vordergrund. Die Apparaturen des Todes zeichneten sich nur deshalb durch einen recht primitiven Funktionalismus aus, weil es nicht der Mühe wert war, größere Mittel in die Technik zu investieren: Wo immer dies möglich war, wurde sie durch die Kollaboration der Opfer selbst ersetzt, die den Transport, die Durchsuchung und das Fleddern der Leichen übernahmen. Und doch sickerte der Kitsch bis zu den Lagern durch und hielt Einzug auf den Appellplätzen, er stahl sich in die Dramaturgie des Mords am Fließband hinein, wenngleich dies niemand beabsichtigt hatte.

De Sade, ein Sproß uralten Adels, sorgte sich bei dem von ihm in wachsender Zahl veranstalteten Orgien nicht um einen aristokratischen Rahmen. Sein hoher Stand war ihm angeboren, also schmähte und besudelte er gemäß seinem *Credo* als Libertin kühn die traditionellen Symbole der Erhebung über den Pöbel, in dem sicheren Gefühl, daß ihn nichts seiner Spitzenposition in der Gesellschaft berauben könnte: Selbst wenn ihn die Guillotine ereilt hätte, so hätte man immerhin den Marquis Donatien-Alphonse-François de Sade hingerichtet, den Sohn eines Grafen und einer Gräfin, die einer Nebenlinie des Königshauses der Bourbonen entstammte. Die Hitler-Conquista hingegen ging auf den skrupellosen Ehrgeiz von Lumpenproletariern, ungebildeten Flegeln, Unteroffizierssöhnen, Bäckergehilfen und drittklassigen Schreiberlingen zurück, die sehnsüchtig nach Selbsterhöhung lechzten; ihr persönlicher Anteil am Gemetzel aber, der noch dazu permanent war, schien ihnen diesen Aufstieg zu erschweren. Welchem Muster konnten sie also nacheifern, wessen Rolle sollten sie spielen, um in diesem Schlachthaus, wenngleich bis an die Knie im Blut stehend, ihre erhabenen Aspirationen nicht zu verlieren? Der ihnen am ehesten zugängliche Weg, der Weg des Kitsches, führte sie sehr weit, bis hin zu Gott selbst ... zum strengen Gottvater natürlich, nicht etwa zum wehleidigen Jesus, dem Gott des Mitleids und der Erlösung, der sich selbst zum Opfer dargebracht.

Wie müssen die Menschen vor das Jüngste Gericht treten? Nackt. Ebensolch ein Gericht war es: Überall erstreckte sich das Tal Josaphats. Die Nackten und Dahingemordeten sollten die Rolle der Verurteilten in einem Drama spielen, in dem alles fingiert und erschwindelt war, die Beweise ihrer Schuld wie die Gerechtigkeit des Gerichts, nur das Ende nicht. Diese Lüge war nämlich Wahrheit, denn sie mußten ja wirklich sterben. Da aber der Mörder ihr Los in seinen Händen hielt, war er in ein und demselben Moment erfüllt von Mordlust und göttlicher Allmacht. Die Beschreibung macht natürlich sogleich deutlich, daß dieses Mysterienspiel, das viele Jahre, Tag für Tag in zahlreichen Orten Europas aufgeführt wurde, eine bloße Farce war. Gewiß – die Dramaturgie unterlag Veränderungen, war schwankend, hier und da wurde das präexekutive Zeremoniell auf ein lapidares Minimum reduziert.

Es war tatsächlich schwer, die Rolle des Gottvaters in diesem Stück zu spielen, das in den armseligen Dekorationen der Baracken und Drahtverhaue inszeniert wurde, es war schwer, Millionen zu ermorden und Ansprachen an die Opfer zu halten, im Frühling, im Sommer, im Herbst, viele Jahre lang. Diese Rolle zu spielen, ohne sie mehr und mehr zu vernachlässigen, ohne nonchalante Kürzungen vorzunehmen, wäre einfach zu inhaltsleer und frustrierend gewesen; die Mörder fühlten sich zusehends gelangweilt, darum genügten ihnen Fragmente der Handlung, Bruchstücke des Jüngsten Gerichts, Generalproben. Allein der Epilog blieb immer authentisch. Die technische Ausführung wurde schlechter und schlechter, die Leichen wollten nicht brennen, aus den plattgewalzten Gräbern trat Blut aus, im Sommer machte sich der Gestank verbrannten Fleisches sogar in den weit abgelegenen Häusern der Wachmannschaften bemerkbar; nur der Tod klappte noch, er war niemals Pfuscharbeit.

Folgende Worte schließen dieses Kapitel der »Endlösung als Erlösung« ab: »Ich weiß, daß mir niemand Glauben schenken wird, der an den Ereignissen nicht entweder als Henker oder als Opfer beteiligt war, vielmehr wird man meine Schlußfolgerungen als die Frucht einer unverantwortlichen Phantasie ansehen. Dies um so mehr, als die Opfer nicht mehr leben, und sich niemand von den Henkern – obwohl das Gemetzel schon fast vierzig Jahre zurückliegt – entschließen konnte, seine Memoiren – sei es auch anonym – zu veröffentlichen. Wie ist dieses absolute Schweigen zu erklären, das in so eklatantem Widerspruch zum natürlichen Streben des Menschen steht, die intensivsten Erinnerungen seines Lebens festzuhalten, oder zumindest doch die extremsten, die nicht jedem zuteil werden? Wie soll man dieses totale Fehlen selbst unter Pseudonym veröffentlichter Geständnisse erklären, an deren Stelle schließlich literarische Apokryphen treten mußten, wenn nicht mit der Gleichgültigkeit des Schauspielers gegenüber einer längst abgelegten Rolle? Lieber Leser, wir müssen uns wohl darauf einigen, daß sich die Schauspieler ihrer Rolle nicht bewußt waren, denn es wäre absurd und völlig unsinnig, wollte man annehmen, daß die Schergen selbst begriffen, was sie taten, daß sie ganz bewußt die Gestalt Gottes verkörperten, der in seiner Gerechtigkeit das Leben nimmt. Hier handelte es sich ja um monströsen Kitsch. Primäre Eigenschaft und primäre Voraussetzung des Kitsches ist aber, daß er für seine Schöpfer keinen Kitsch darstellt, sondern eben das, wofür sie ihn auf dem Niveau ihrer subjektiven Überzeugungen ansehen: nämlich als wahre Malerei, authentische Skulptur, echte Architektur, infolgedessen würde derjenige, der in seinem Werk die Merkmale des Kitsches wahrnimmt, dieses weder fortsetzen noch jemals beenden.

Ich sage etwas ganz anderes, und zwar, daß die Menschen weder einzeln noch kollektiv handeln, einen einzigen Schritt tun oder sich begrüßen können, ohne dabei von einem Vorbild abzuhängen, ohne einem Stil oder Beispiel zu folgen. Irgendein Stil, irgendwelche Paradigmata mußten einfach die präzedenzlose Leere des Massenverbrechens im technischen Zeitalter ausfüllen. Und zwar waren es jene, die allen am besten bekannt waren, die noch aus frühester Kindheit vertrauten Denkmuster und Symbole des Christentums, dem sie zwar mit dem Beitritt zur NSDAP abgeschworen hatten, was jedoch noch nicht bedeutete, daß sie all seine Spuren in ihrem Gedächtnis ausgelöscht hatten. Es gab ja weder in der SS, noch in der SA, noch im Parteiapparat Mohammedaner, Buddhisten oder Taoisten, und sicherlich gab es keine gläubigen Christen in der scheußlichen Apostasie auf den Plätzen der Vernichtungslager. Dort entstand nur blutiger Kitsch, denn *irgend etwas* mußte ja die stillose Leere ausfüllen. Ausgefüllt aber wurde sie mit dem, was den Schergen gleichsam als ein elementarer Reflex des Geistes zu Gebote stand, und zwar eben deshalb, weil *Mein Kampf, Der Mythos des 20. Jahrhunderts* und die Berge sonstiger papierener Indoktrination, die gesamte »Blut und Boden-Literatur«, kein einziges Wort, keinerlei Instruktionen oder Anweisungen enthielten, wie diese Leere mit konkretem Inhalt zu füllen sei. Ohne Direktiven von seiten der Führer blieben die Schergen ganz auf sich allein gestellt, und so entstand dieser blasphemische Kitsch. In seiner Dramaturgie war er natürlich eine erbärmliche Vereinfachung, gewissermaßen aus dem Religionsheft abgeschrieben, ein Restbestand verschwommener Erinnerungen an den Katechismusunterricht, auf den man ebenso unbewußt wie gedankenlos zurückgriff, so daß von den Originalen nur noch Bruchstücke übrigblieben: die Allgerechtigkeit, die Allmacht, allerdings nicht als theologische Begriffe, sondern mehr im Sinne bildhafter Vorstellungen.

Der nächste Beweis für die Richtigkeit meiner Argumentation in diesem Indizienprozeß ist das Faktum, daß der deutschen Besatzungsmacht an nichts so sehr gelegen war wie daran, Mord als die gerechte Ordnung der Dinge erscheinen zu lassen. Gemeinhin nimmt man an – und heute sind sich alle den Nationalsozialismus untersuchenden Wissenschaftler darüber einig –, daß die Juden die idée fixe des Dritten Reiches waren, mit der Hitler selbstzerstörerisch seine eigene Bewegung und in weiterer Konsequenz auch die Deutschen infizierte, daß es sich hier um einen in Aggression umschlagenden Verfolgungswahn handelte, um eine echte soziale Paranoia, da man die Wurzel alles Bösen auf der Welt in den Juden erblickte und für jene, die mit absoluter Sicherheit keine Juden waren und mit ihnen auch in keinerlei Verbindung standen, den Terminus »weiße Juden« erfunden hatte, der trotz all seiner Absurdität systematisch verwendet wurde. Wie aber hieraus ersichtlich, galt als das Essentielle des Judentums – entgegen den kanonischen Thesen des Nationalsozialismus – nicht die *Rasse*, sondern das *Böse* – als dessen partikulare Inkarnation in besonders hoher Konzentration die Juden galten. Sie wurden damals zum Problem Nummer Eins des Reiches, zur persönlichen Sache des Nationalsozialismus, der ihre Liquidierung als historische Notwendigkeit hinstellte und diesen Plan entsprechend realisierte.«

Eine wesentliche Rolle in der Tradition der Judenverfolgung spielen die Pogrome, die Deutschen selbst aber griffen fast niemals zu diesem Mittel. Zwar kam es zu derartigen Ausschreitungen in der Zeit der Machtergreifung, als es nötig schien, auf die Straßen zu gehen, die Unentschlossenen mitzureißen und den Entschlossenen eine Chance zu geben, »sich zu beweisen«; der in sich gefestigte, militärisch siegreiche Nationalsozialismus aber hetzte nur sehr selten zu Pogromen auf. Zu ihnen kam es gewöhnlich, wenn sich die besiegten Armeen zurückgezogen hatten, und deutsche Vorposten in die verwüsteten Ortschaften einrückten. Aber auch dies war nicht immer der Fall. Wie man annehmen muß, hielten sie sich und andere von Pogromen zurück, weil es ja blutige Krawalle sind, die mit Plünderungen und chaotischer Zerstörung jüdischen Eigentums einhergehen, also mit *kollektiv verübten Straftaten*, die Verfolgung der Juden sollte aber kein krimineller Akt sein, sondern dessen diametrales Gegenteil, nämlich ein Akt höchster Gerechtigkeit. Den Juden sollte das widerfahren, was ihnen nach Recht und Gesetz gebührte. Dieser Kommentar erklärt die Abneigung der Deutschen gegenüber Pogromen, ihre weitgehende Zurückhaltung auf dem Gebiet. Er gibt aber noch keine Auskunft darüber, weshalb die Deutschen – die ja froh darüber waren, den russischen Partisanen angeworbene Gefangene und Deserteure wie die Angehörigen der Wlassov-Division entgegenstellen zu können und die SS-Abteilungen aus den »nordischen Freiwilligen« Spaniens, Frankreichs und Hollands bildeten – zur Liquidierung der Juden nur in Ausnahmesituationen Nichtdeutsche einsetzten, in Notfällen etwa, wenn an Ort und Stelle nicht genügend eigene Kräfte zur Verfügung standen. In jedem derartigen Einzelfall kann man gestützt auf die erhaltenen Dokumente nachweisen, daß die Entscheidung zum Einsatz von Nichtdeutschen bei Vernichtungsaktionen durch eine Zwangslage bedingt war. Bereits hieraus wird klar ersichtlich, bis zu welchem Grade die Juden für die Deutschen »eine persönliche Angelegenheit« darstellten, wie sehr es um eine endgültige Abrechnung ging, die *per procura* niemand anstelle der Deutschen vornehmen durfte. Und wenn man Juden in Arbeitslager schickte, so geschah dies nur als Vorspiel zu ihrer völligen Vernichtung; die Vernichtungslager wurden ja erst später geschaffen, und zwar ausschließlich für Juden. Bekanntlich kann man die einem Verbrechen zugrunde liegenden Intentionen mit größerer Sicherheit aus den materiellen Fakten ablesen als aus den Erklärungen und Aussagen, die diesen Fakten vorausgingen oder sie ex post kommentierten. Wenn man aber die Fakten betrachtet, loslöst von der Nazi-Doktrin und den verbalen Anstrengungen eines Goebbels und seiner Presse, so geht aus ihnen zweifelsfrei hervor, daß die Entscheidung über die »Endlösung der Judenfrage« früher gefallen ist, und nicht erst, als sich der militärische Zusammenbruch abzeichnete; folglich kann die Beschleunigung, mit der die Ausrottung der Juden erfolgte, nicht allein durch den Willen erklärt werden, den Mord zu begehen, bevor irgend jemand den Opfern zu Hilfe kam. Das heißt, daß der Völkermord im Verständnis der Täter selbst über die von ihnen verkündeten Kategorien von Rache und Vergeltung hinausging, denn er war etwas anderes: ihre historische Mission. Was bedeutete diese Mission in letzter Instanz? Niemals direkt beim Namen genannt, brachte sie ein nebelhaft verschwommenes Umfeld hervor, in dem durch Technologie und Soziographie des Genozids jüdisch-christliche Symbolik hindurchschimmerte, die zu Mord pervertiert war. Da die Deutschen Gott nicht töten konnten, töteten sie sein »auserwähltes Volk«, um dessen Platz einzunehmen und nach der blutigen Entthronisierung in effigie zu selbsternannten Auserwählten der Geschichte zu werden. Die heiligen Symbole unterlagen nicht der Annihilation, sondern der Inversion. Der Antisemitismus des Dritten Reiches war also in seinem letzten Grunde nur ein Vorwand: Die Ideologen waren nicht wahnsinnig genug, um sich im buchstäblichen Sinne an den Theozid zu machen, die Negation Gottes durch Wort und Recht aber konnte ihnen nicht genügen. Zwar war es bereits möglich, die Kirchen zu drangsalieren, man konnte sie aber nicht gänzlich vernichten, dazu war es noch zu früh. Es war jedoch ein Volk zur Hand, das in sich das Christentum geboren hatte, und dieses Volk zu vernichten, bedeutete, Hinrichtungen zu vollziehen, die einem Attentat auf Gott so nahe kamen, wie menschliche Macht es vermag. Der Mord war ein Akt der Anti-Erlösung: Durch ihn befreiten sich die Deutschen vom biblischen Bund. Diese Befreiung aber sollte total sein, sie durfte also nicht gleichbedeutend mit dem Übergang aus der Vormundschaft Gottes in eine Vormundschaft mit umgekehrtem Vorzeichen sein. Die Anti-Erlösung sollte keine Huldigung an das satanische Böse sein, sondern eine Rebellion, gekrönt durch den Gewinn der totalen

Unabhängigkeit, sowohl vom düsteren wie auch vom strahlenden Himmel. Und obwohl niemand im ganzen Reich dies jemals so formulierte, war das unausgesprochene Wissen um die metaphysische Bedeutung jener Dinge insgeheim Gemeingut der mörderischen Verschwörung. Der Haß auf die Opfer hatte sein Gegenstück in der Anhänglichkeit, die ein hoher SS-Führer bewies. Am Fenster eines Salonwagens stehend, der durch die von armseligen Kiefern bestandene, sandige Ebene seines Distrikts rollte, bemerkte er zu einem Reisegefährten: »Hier liegen MEINE Juden.« Er fühlte sich ihnen verbunden, weil er es war, der ihnen den Tod zugefügt hatte. Die niederen SS-Chargen konnten nur schwer verstehen, weshalb Kinder mit ihren Müttern sterben mußten. Um einem derart fatalen Mangel an jeglicher Schuld sofort abzuhelfen, arrangierten sie deren Entstehung ad hoc: wenn die Mütter zum Beispiel, kaum im Lager angekommen, versuchten, ihre eigenen Kinder zu verleugnen, weil sie wußten, daß man nur kinderlose Frauen zur Arbeit schickte, während man Mütter mit Kindern sofort zum Ofen führte. Für diese Verleugnung der Mutterschaft bestrafte man die Rabenmütter unverzüglich; der Umstand aber, daß die Kinder, für deren Schutz der Scherge ja eingetreten war, auch sofort getötet werden mußten, hinderte ihn keinesfalls daran, die Komödie gerechter Empörung zu spielen. Sage nur niemand, daß sich unter diesen in gerechtem Zorn entbrannten Mördern Leser des Marquis de Sade befanden, der hundertfünfzig Jahre früher analoge Komödien mit Gottesmord in effigie ersonnen hatte, und daß die SS-Männer seine Plagiatoren waren. Dadurch, daß sie für die Kinder eintraten, deren Schädel sie nur wenige Augenblicke später zertrümmerten, und eine

Farce der Gerechtigkeit aufführten, so miserabel zusammengeschustert, daß sie sogleich in sich zusammenfiel, hielten sie doch unbewußt einer niemals ausgesprochenen Wahrheit die Treue, die den Genozid als stellvertretende Exekution Gottes zum Inhalt hatte.

Im zweiten Teil seiner Arbeit, der den Titel »Fremdkörper Tod« trägt, wagt sich unser Autor an eine geschichtsphilosophische Synthese, die über die Faktographie des ersten Bandes hinausgeht, wenngleich sie sich auf diese stützt. Dabei stellt er den von ihm selbst geprägten Begriff der »sekundären Utilisierung des Todes« in den Vordergrund. Die Ausrottung ganzer Völker oder ethnischer Gruppen stellte in der Antike einen integralen Bestandteil des Kriegsrechts dar. Das Christentum machte ein Ende mit all jenen Massakern, die nur einen einzigen Rechtfertigungsgrund hatten, nämlich die bloße *Möglichkeit ihrer Ausführung*. Von nun an mußte man, um zu töten, zunächst die *Schuld* der zu Tötenden feststellen. Die Schuld konnte in einem anderen Glauben bestehen, und im Mittelalter bestand sie zumeist darin. Das Mittelalter schuf eine Symbiose sui generis mit dem Tod, der als ein dem Menschen durch Gottes Ratschluß angeborenes Los galt. Weil es die vier apokalyptischen Reiter, das »Heulen und Zähneklappern«, den Totentanz und die Höllenfahrt in die bereitwillig akzeptierte conditio humana integrierte, machte das Mittelalter den Tod zu einem natürlichen Bestandteil des menschlichen Geschicks, das in seiner Gerechtigkeit alle – Bettler wie Monarchen – gleichmachte. Möglich war das gerade deshalb, weil das Mittelalter gegenüber dem Tod völlig wehrlos war. Da nicht existierend, konnten medizinische Heilverfahren, naturwissenschaftliche Kenntnisse, internationale Konventionen und Wiederbelebungstechniken den Ansturm des Todes nicht hemmen, nicht einmal den Tod als ein allgemeines biologisches Phänomen in die natürliche Ordnung der Dinge eingliedern: Das Christentum hatte eine tiefe Zäsur zwischen dem Menschen und der übrigen belebten Natur konstruiert. Gerade die hohe Sterblichkeit und die kurze Dauer des Lebens versöhnten das Mittelalter mit dem Tod, dem der höchste Rang innerhalb einer durch starke Bande mit dem Jenseits verknüpften Existenz zuerkannt wurde. Eine entsetzliche Finsternis war der Tod nur vom Diesseits aus betrachtet; von jener Seite her gesehen erwies er sich als Übergang zum ewigen Leben durch das Jüngste Gericht, einer zwar strengen, jedoch nicht vernichtenden Instanz. Diese Intensität der eschatologischen Erwartung können wir heute nicht einmal mehr annähernd verstehen: Die denkwürdigen Worte, ausgesprochen von einem Christen: »Tötet alle, Gott erkennt die Seinen!«, die in unseren Ohren wie abgefeimter Hohn klingen, waren Ausdruck eines blind vertrauenden Glaubens.

Die moderne Zivilisation hingegen ist dadurch gekennzeichnet, daß sie immer weiter vom Tode *abrückt:* Soziale Reformen, Fortschritte der Medizin, die Vergesellschaftung von Problemen, die der einzelne früher ganz auf sich gestellt zu lösen hatte (Vorsorge für den Fall der Invalidität, von Krankheit, Alter, Armut, Arbeitslosigkeit sowie die Gewährleistung der persönlichen Sicherheit), haben den Tod Schritt für Schritt *isoliert,* denn ihm gegenüber blieben all diese Maßnahmen ohnmächtig. Deshalb wurde der Tod mehr und mehr zu einer *privaten* Sache im Gegensatz zu anderen Gebrechen, die mit den Mitteln öffentlicher Fürsorge gemildert oder geheilt werden können. Gerade in

Wohlstandsgesellschaften reduzierte die öffentliche Fürsorge Armut, Epidemien, Krankheiten und bereicherte das Leben um zahllose Annehmlichkeiten, beim Tod jedoch hörte der Fortschritt auf. Dieser Umstand zog einen Trennungsstrich zwischen ihm und den übrigen Komponenten der Existenz und machte den Tod »überflüssig« im Verständnis der Weltverbesserungstheorien, die in der laizisierten Kultur nach und nach die Oberhand über den Glauben gewannen. Der Trend zur Entfremdung des Todes verstärkte sich nachdrücklich im 20. Jahrhundert, als selbst seine domestizierten Personifikationen wie der Todesengel, das Skelett mit der Sense oder der Fremde ohne Gesicht bereits aus der Folklore verschwanden. So der außerweltlichen Bestätigung und der früher einmal fraglosen Zustimmung beraubt, in dem Maße, wie sich die Kultur von einer strikten Befehlsgeberin zu einer gehorsamen Dienerin bei der Befriedigung der Lebensbedürfnisse wandelte, wurde der Tod innerhalb der Kultur zu einem Fremdkörper, mehr und mehr seines Inhalts und seiner Bedeutung entblößt, weil die ganz auf Daseinsvorsorge und Verschaffung von Lebensgenuß orientierte Kultur dem Tod im Rahmen solcher Prämissen keinerlei Sinn mehr verleihen konnte. Der Tod aber, öffentlich zum Tode verurteilt, verschwand dennoch nicht aus dem Leben. In der Ordnung der Kultur deplaziert, vertrieben aus seiner ehemals erhabenen Position, begann er gleichsam heimlich zu lauern und zu verwildern. Als das einzige Mittel, ihn erneut zu zähmen, d. h. ihn für die Gemeinschaft zurückzugewinnen, erschien seine Verabreichung im Rahmen von Normen und Gesetzen. Ihn aber auch als solchen beim Namen zu nennen, erwies sich als unmöglich. Der Tod sollte also nicht im Namen seiner Wiedereingliederung in die Kultur verabreicht werden, sondern im Namen des Guten, des Lebens und der Rettung; und eben diese Konzeption erhob der Nationalsozialismus in den Rang einer Staatsdoktrin.

Der Autor erinnert an den heftigen Streit, den das Erscheinen des Buches von Hannah Arendt *Eichmann in Jerusalem. Ein Bericht von der Banalität des Bösen* hervorrief. Beteiligt waren Saul Bellow und Norman Podhoretz, die die Meinung vertraten, weil »sich jeder Mensch in seinem Innern der Heiligkeit des Lebens bewußt ist« (Bellow), und weil »ein ungeheures Verbrechen nur von einem Ungeheuer begangen werden kann« (Podhoretz), könne man das Böse des Nationalsozialismus und das Banale nicht gleichsetzen.

Nach Aspernicus' Meinung haben sich alle Diskutanten geirrt, denn da sie ihre Kontroverse auf den Fall Eichmanns als den Exponenten des Nazi-Verbrechens beschränkten, konnten sie das Dilemma nicht lösen. Eichmann war, ähnlich wie die meisten Kreaturen des Dritten Reiches, ein fleißiger und pflichteifriger Bürokrat des Genozids. Man kann aber nicht gleichzeitig annehmen, daß es zu einem Eichmann durch die karrieristische Verblendung von Parteibürokraten gekommen ist, die untereinander darin wetteiferten, die Anordnungen des Führers, wenn er selbst sie nicht präzisiert hatte, sinngemäß zu vervollständigen. Nach Aspernicus war die Doktrin banal, banal konnten auch ihre Vollstrecker sein, aber nicht banal waren ihre Wurzeln, die außerhalb des Nationalsozialismus und außerhalb des Antisemitismus lagen. Der oben erwähnte Streit blieb in Randgebieten der Problematik stecken und konnte darum nicht zu einer richtigen Diagnose des Völkermords im 20. Jahrhundert kommen. Die verweltlichte Zivilisation lenkte das menschliche Denken in die Bahnen einer naturalistischen Suche nach den »Urhebern des Bösen«, im Sinne der Wurzel allen Übels. Da das für nichtig erachtete Jenseits schon nicht mehr das Böse sein konnte, mußte es jemanden geben, der es verkörperte, denn *irgend jemand mußte für das Böse verantwortlich sein*. Man brauchte ihn nur zu finden und beim Namen zu nennen. Im Mittelalter genügte es, von den Juden zu sprechen, man brauchte nur zu erwähnen, daß sie den Herrn Jesus getötet hätten; das war im 20. Jahrhundert zu wenig; sie sollten sich als Urheber alles Bösen erweisen. Bei der Auseinandersetzung mit ihnen griff Hitler auf den Darwinismus zurück, der den unwiderruflich letzten, wenngleich außerkulturellen Sinn des Todes erkannt hatte: Der Tod ist die unerläßliche Voraussetzung für den Fortschritt der natürlichen Evolution. Hitler verstand das auf seine Weise, d. h. platt und falsch, als Gebot und Musterbeispiel, durch das die Natur (die er mit Vorliebe als die Vorsehung bezeichnete) es rechtfertigt und die Stärkeren geradezu damit beauftragt, die Schwächeren zu töten. Wie schon manch primitiver Geist vor ihm faßte er die Formel vom »Kampf ums Dasein« im buchstäblichen Sinne auf, wenngleich diese in Wirklichkeit mit der physischen Vernichtung der Opfer durch Raubtiere nichts gemein hat: Der evolutionäre Fortschritt findet ja gerade dann statt, wenn ein Gleichgewichtszustand zwischen den aggressiven und den weniger aggressiven Gattungen herrscht; die totale Liquidierung der Schwächeren würde den Hungertod der Raubtiere nach sich ziehen. Der Nationalsozialismus las also aus Darwin nur das heraus, wonach er als nach etwas Übermenschlichem – wenngleich nicht Transzendentalem – lechzte, nämlich der Gleichbedeutung des Mordes an den Schwächeren mit dem Wesen der Weltgeschichte. Die derart in verfälschter Form übernommene Direktive machte die Ethik zunichte und ersetzte sie durch ein Rechtsempfinden, wie es bei einem Kampf auf Leben und Tod zutage tritt. Um die Juden als einen genügend monströsen Feind erscheinen zu lassen, mußte man die Rolle, die sie in der Welt spielten, ohne Rücksicht auf Glaubwürdigkeit kräftig übertreiben; so begann die Kette widersinniger Argumente, die zur totalen Dämonisierung der Juden führte, den NS-Propagandaapparat jedoch erhebliche Mühe kostete, da sie im Widerspruch zur gängigen Erfahrung der Deutschen stand. Die Juden lebten ja seit Jahrhunderten unter ihnen, und daher wußte man, daß sie bei all ihren Untugenden, ja sogar dann, wenn der Antisemitismus in seinen konkreten Anklagepunkten recht gehabt hätte, die Ausrottung bis auf den letzten Mann, die Scheiterhaufen, Gräben, Öfen und Knochenmühlen nicht verdient hatten. Denn das war nicht nur etwas Ungeheuerliches, sondern etwas, das in seiner Ungeheuerlichkeit zudem völlig absurd war. Mehr oder weniger so, als hätte sich in der Pädagogik eine neue Theorie durchgesetzt, die postulierte, alle Kinder zu töten, die notorisch die Schule schwänzen oder ihre Mitschüler bestehlen. Es kann ja keinem Zweifel unterliegen, daß selbst der traditionelle Antisemitismus in Europa nicht den Standpunkt vertrat, die Juden seien vom Angesicht der Erde zu tilgen. Indikativ ist auch die Tatsache, daß die heutzutage wiederauflebenden neonazistischen Bewegungen die Vernichtung der Juden weder in ihr Programm aufnehmen, noch zugeben, daß ihre Vorläufer im Dritten Reich diese Vernichtung beabsichtigt und durchgeführt haben. Diese Bewegungen beschränken sich auf allgemeine antisemitische

Slogans oder behandeln diese Problematik in ihren Programmen nur ganz am Rande, weil die Juden als »Träger des universellen Bösen« gleichsam eine Degradierung erfahren haben. Noch vor 40 oder 50 Jahren trugen sie in den Augen der Antisemiten an allem die Schuld, vom Kapitalismus bis zum Kommunismus, von den Wirtschaftskrisen und dem Elend bis hin zum Verfall der Sitten; heute aber kann jeder auf Anhieb eine Vielzahl von Übeln aufzählen, für die niemand die Juden verantwortlich macht (die Vergiftung der Biosphäre, Überbevölkerung, Energiekrisen, Inflation etc.). Somit ist der Antisemitismus degradiert worden, nicht in dem Sinne, daß er verschwunden wäre, sondern nur insoweit, als er die ihm ehemals verliehene Macht verloren hat, nämlich die Universalerklärung für sämtliche Gebrechen der Gesellschaft zu liefern. Damit man ihn nicht falsch versteht, fügt Aspernicus hinzu, daß er die Bedeutung des Antisemitismus nicht etwa in allen Bereichen für null und nichtig erklärt, sondern nur in der geschichtsphilosophischen Perspektive: Zu einem Sündenbock, der an allem schuld ist, taugen die Juden in der postgenozidären Epoche nicht mehr.

Wie ging es nun weiter? Es kam zur Desintegration bei den Versuchen, Schuldige aufzuspüren und die »Urheber alles Bösen« zu finden. Nach dem Verlust des Glaubens an die universelle Wahrheit Gottes, nach dem Zusammenbruch des Glaubens an das universelle Böse in Gestalt des Weltjudentums, kommt es zum logisch nächsten und gleichzeitig letzten Schritt. Die Apodiktik bei der Identifizierung der »Urheber« erreicht ihren Höhepunkt. Urheber des Bösen kann jeder genannt werden.

Geschichtsphilosophisch betrachtet, sagt Aspernicus, haben wir es mit einem säkularen Prozeß der Entfremdung des Todes in einer hedonistisch, perfektionistisch und pragmatisch orientierten Kultur zu tun. Die Angst vor dem Tod, der aus der Kultur des Bürgertums verdrängt wurde, fand ihren institutionellen Niederschlag in der Gesetzgebung; sie kommt darin zum Ausdruck, daß in Staaten, die auf diesem Wege am weitesten vorangeschritten sind, die Todesstrafe aus den Gesetzbüchern gestrichen ist, sie zeigt sich aber auch in einer nur scheinbar absonderlichen Perversion der Medizin, wenn die Ärzte es ablehnen, die Reanimationsapparaturen selbst bei Sterbenden abzuschalten, die de facto bereits Leichen sind, deren elende Existenz jedoch durch immer neue Bluttransfusionen aufrechterhalten wird. Hier wie dort wagt es niemand, die Verantwortung für den Tod auf sich zu nehmen. Hinter der lauthals verkündeten Wertschätzung für das Leben verbirgt sich die Angst als ein Gefühl der Ratlosigkeit, der Ohnmacht und der entsetzlichen Frustration angesichts des Todes. Ein Korrelat dieser zunehmenden Ratlosigkeit oder auch die Kehrseite der Angst vor dem Töten besteht in einer derart gestiegenen Wertschätzung des individuellen Lebens, daß Regierungen sich erpressen lassen, wenn das Leben von Geiseln – ganz gleich welchen – auf dem Spiel steht. Der Prozeß ist weit fortgeschritten, da Regierungen, die meinen, dem Recht zu unterstehen, das Recht brechen, wenn ein derartiger Akt die Rettung eines Menschen vor dem Tode verspricht. Dieser Prozeß bildet Metastasen; er hat bereits das Völkerrecht und die seit alters her in der Geschichte unantastbare Immunität diplomatischer Vertretungen in Mitleidenschaft gezogen.

Optimismus und Perfektionismus wiederum kommen in einer mit ihren naturwissenschaftlichen Errungenschaften protzenden Kultur durch die Versuche zur technischen Realisierung der Auferstehung zum Ausdruck: Obwohl den Experten bekannt ist, daß die sogenannte reversible Vitrifikation des Menschen, d. h. das Einfrieren mit der Chance auf Resurrektion in der Zukunft (zumindest gegenwärtig) eine Unmöglichkeit darstellt, geben Tausende von reichen Leuten Order, ihre sterbliche Hülle einzufrieren und in Behältern mit flüssigem Stickstoff aufzubewahren. Hier handelt es sich, bemerkt Aspernicus, um Beiträge zu einer makabren Humoristik *sui generis* im Rahmen einer total säkularisierten Eschatologie. Eine Gesellschaft, die gern zur Kenntnis nimmt, daß nicht Gott den Menschen geschaffen hat, sondern wohlwollende Fremde aus dem Kosmos, daß nicht die Vorsehung über die Keime der Zivilisation wachte, sondern fürsorgliche Astronauten von fremden Sternen, daß nicht Schutzengel, sondern fliegende Untertassen über uns schweben und jeden unserer Schritte überwachen, daß die Verdammten nicht von der Hölle, sondern vom Bermuda-Dreieck verschlungen werden, solch eine Gesellschaft läßt sich auch gern darüber aufklären, daß man das Leben in Eisschränken verlängern kann, und daß der Mensch sich um die Annehmlichkeiten des Lebens kümmern sollte, nicht aber um die Tugend der Askese. Und schließlich häufen sich die Versuche, den rohen und leider schwer verdaulichen Tod so zu präparieren, zu würzen und abzuschmecken, daß er endlich auch ohne Inanspruchnahme der Metaphysik appetitlich und konsumierbar wird. Daher rührt die Nachfrage nach dem Tod als Spektakel, nach Mord und Agonie in Großaufnahme, nach dem menschenfressenden Hai, gewaltigen Erdbeben, Feuersbrünsten, nach nachgestellten Szenen des authentischen Völkermords (Holocaust), daher das Angebot an sadistischer Literatur und auch die Industrie, die sexuelle Perversionen ausbeutet, die hart an der Grenze zu tödlichen Torturen liegen. Daher die Stricke, die eisernen Fesseln und sonstigen Flagellanteninstrumente, diese ganze Requisitenkammer pseudomittelalterlicher Kasematten, die in den USA als gängige Marktware so populär ist. Und daher auch das Phänomen, daß Menschen tatsächlich ein tödliches Risiko eingehen, weil es sich gut vermarkten läßt, daher die Bereitschaft dieser Eintags-Helden, ihren Lebensunterhalt unter Einsatz ihres Lebens zu verdienen. Hier liegt schließlich auch die Quelle für die Popularität pseudowissenschaftlicher Literatur, die den Leser mit einer Flut von Büchern über experimentelle Beweise des Lebens nach dem Tode überschüttete, was die etablierten Kirchen in nicht geringe Verlegenheit brachte, denn sie wußten nicht recht, was sie mit dieser ebenso unerbetenen wie dubiosen Schützenhilfe anfangen sollten.

Den einzelnen Phasen der Vertreibung des Todes aus der Kultur des Westens widmete die Literatur weniger Aufmerksamkeit als seiner kommerziellen Vermarktung. Es erschienen zwar Arbeiten über krasse und naive Auswüchse der kosmetischen Behandlung von Leichen und der Dramaturgie von Beerdigungen, aber die durchdringende Kraft des analytischen Denkens, so brillant sie in Einzelfällen war, führte nicht zu einer integrierten geschichtsphilosophischen Vision des gesamten Weges von Veränderungen, den die Zivilisation im Kampf mit dem entsakralisierten, von den geheimnisvollen, ihn mit dem Leben versöhnenden Banden befreiten Tod zurückgelegt hatte. Daher begreifen wir die geistigen Wurzeln solcher Tagesphänomene wie des

Terrorismus oder des religiösen Sektierertums nicht, weil die für Soziologie, Psychologie und auch Religionspsychologie typischen empirischen Untersuchungsmethoden kaum Ausschnitte dieser Geißeln der Gesellschaft sichtbar machen, sondern Beobachtungen anstellen, die schon von den Prämissen her rational und daher auf das beschränkt sind, was man sehen, photographieren und aus den Aussagen von Augenzeugen oder Angeklagten herausholen kann. Wenn ein Analphabet seine Nase auf einen Brief preßt, wird es ihm auch nicht gelingen, den Inhalt des Schreibens zu erschnüffeln. Wer die Niagara-Fälle begreifen möchte, muß ihnen den Rücken zukehren und in die Sonne schauen, denn es ist die Sonne, die das von den Felsen stürzende Wasser wieder emporhebt. An dieser Stelle führt der Autor den Begriff der »sekundären Utilisierung des Todes« ein. Seit hunderttausend Jahren, seitdem der Mensch die eigene Sterblichkeit als sein Schicksal erkannte, wovon aus dieser Zeit datierende Gräber als erste Wahrzeichen der Ritualisierung des Todes Zeugnis ablegen, erkannten die aufeinanderfolgenden Kulturen dem Tod eine hohe Stellung innerhalb ihrer Ordnung zu. Je rationaler die Zivilisation wurde, um so mehr verstärkte sich in ihr die Herrenlosigkeit des Todes, den man weder effektiv bejahen noch mit Erfolg leugnen konnte. Gleichzeitig wachte die Kultur, von einer apodiktischen Befehlsgeberin zu einer willfährigen Gönnerin geworden, immer nachlässiger über ihre eigene Orthodoxie, denn sie gestattete ihren Schutzbefohlenen nach und nach die Erfüllung aller Gelüste, bis hin zum letzten, nämlich die Kultur selbst abzulehnen und ihre Normen zu verwerfen. Bevor es von den seltsamen Erfindungen der Subkultur wimmelte, bevor der Dekalog völlig verrottete, waren es jedoch nicht etwa selbstherrliche Individuen, die den verwaisten Platz eroberten, den der Tod innerhalb der mediterranen Kultur innegehabt hatte. Dies konnte nur ein mächtiger Souverän tun, wie es der Staat ist, der sich den Tod als Instrument zur Selbstbestätigung zunutze machen wollte. Aber selbst der Staat konnte dies nicht öffentlich tun, und erst recht nicht, solange Frieden herrschte. Erst nachdem der Krieg ausgebrochen war, der den Völkermord vor den Augen der Öffentlichkeit abschirmte und ihn erleichterte, entstanden hinter den Fronten, die sie vom Rest der Welt abschnitten, die Institutionen der Massenvernichtung. Das war der erste Akt der Reinthronisation.

In der Zeit des Wiederaufbaus nach dem Krieg kam es zu einer wahren Hoch-Zeit besonders der jugendlichen Subkulturen, die jedoch originell nur in ihrer Nichtoriginalität waren, denn sie stellten eine spielerische und damit nicht ganz ernstzunehmende Nachahmung uralter Muster an Sitten und Kleidung dar, der Geschichte entnommen wie der Requisitenkammer eines Theaters. Diese »weichen« Erfindungen auf dem Gebiet der Lebensweise mußten jedoch schließlich durch harte ersetzt werden, weil die Menschen immer das konsequent zu Ende führen, was als eine offene, noch unbesetzte Möglichkeit vor ihnen liegt. Die Chance darauf, daß sich die Subkultur den Tod in diesem Jahrhundert des Lärms und der Verwirrung als eine Art Markenzeichen zunutze machte, schien von vornherein versperrt, und zwar aus folgendem Grund. Man konnte zwar Wilde oder Einsiedler spielen, nicht aber Mörder, denn zu solch einem Spiel, das mit einem echten Mord endete, hätte selbst die permissive Kultur ihr Einverständnis nicht gegeben, und was vielleicht das wichtigste war: Ein Mord, selbst wenn er nicht aus egoistischen Motiven erfolgte, hätte seine Urheber zu *gemeinen Verbrechern* gemacht.

An die klassischen Positionen des Todes innerhalb der Wertordnung konnte man nicht anknüpfen, denn weder war es möglich, ostentativ aus religiösen Gründen zu töten wie bei den Hinrichtungen der Häretiker durch die Inquisition, noch konnte man den Göttern Menschenopfer darbringen wie bei den Inkas oder in einen orgiastischen Amoklauf verfallen wie die Berserker. Aber auch einen außerreligiös motivierten Totschlag konnte sich niemand leisten; das industrielle Zeitalter richtet an jede Tat eines Menschen die Frage »WARUM?«, und unter der Drohung der psychiatrischen Disqualifikation muß jeder auf diese Frage sinnvoll und sachlich antworten. Da der neue Extremismus keinen religiösen Zugang zum Tode hatte (man kann aus einer Laune heraus eine x-beliebige Religion erfinden, aber man kann nicht aus einer Laune heraus auch an sie glauben), und ihn außerreligiöse Motive zu einem gewöhnlichen Verbrecher gestempelt hätten, gab es keinen anderen Ausweg, als Mord nicht mehr Mord zu nennen, sondern ihn als den *Vollzug der Gerechtigkeit* hinzustellen. Aber dieses völkermörderische Paradigma des Dritten Reiches konnte nicht in der Weise übernommen werden, daß man die *Geheimhaltung* der »Endlösung« sklavisch nachgeahmt hätte, denn dann wären die Morde in unserem Jahrhundert der Befreiungskämpfe und Kriege unsichtbar geblieben wie der Niagara, der im Meer versinkt. Folglich taten die Terroristen das, was der Staat früher nur heimlich zu tun wagte, in aller Offenheit. Die Ähnlichkeit zwischen Terrorismus und Nationalsozialismus liegt jedoch darin, daß die Mörder sich erneut als gerechtes Gericht bezeichnen. Da jedes Gericht nicht im eigenen Namen handelt, sondern unter Berufung auf höhere Instanzen, mußten sie den *Anschein* der Existenz einer solchen Instanz erwecken, der unabhängig von traditionellen Kriterien sein sollte, seien es nun religiöse, psychiatrische oder kriminelle. Eben deshalb mußten sie sich als Arm der Gerechtigkeit bezeichnen, die größer und erhabener als sie selbst war. Diese Besonderheit ist deutlich abzulesen an dem durchgängig *partikularen Charakter* der Namen, die sie ihren Gruppierungen gegeben haben (»Rote Armee FRAKTION«, also nicht die ganze Armee, und folglich existiert dieses GANZE außerhalb von ihnen; »Erste Linie«, es muß also noch weitere Linien geben, die tief im Hinterland gestaffelt sind; »Rote Brigaden«, wieder handelt es sich nur um bestimmte Abteilungen einer größeren Armee). Zum anderen brauchten sie einen Gegner. Er mußte so mächtig wie nur irgend möglich sein, denn einen bedeutenden Feind zu haben, erhöht die eigene Bedeutung. Einzelne Vertreter des Kapitals waren ihnen als Widersacher nicht groß genug, sie verlangten nach einem Antagonisten, der deutlicher konsolidiert war als das politisch-ökonomische System, das in der ganzen Welt mehr oder weniger verwaschene Konturen aufwies. Daher fiel die Wahl auf den Staat, nicht aber auf seine materiellen Institutionen. Sie waren ja nicht angetreten, um diese in die Luft zu sprengen, denn, wir dürfen nicht vergessen, es ging darum, Menschen den Tod zuzufügen, nicht aber um die Zerstörung toter Symbole oder Mittel staatlicher Macht. Als es ihnen indessen nur ein einziges Mal gelang – nämlich in Italien –, einen Politiker ersten Ranges in ihre Gewalt zu bringen, und als die Hauptexponenten staatlicher Macht aufgrund wirkungsvoller Schutzmaßnahmen unerreichbar blieben, begannen sie sich mit stellvertretenden Opfern zufriedenzugeben. Inzwischen war ihnen jeder recht, wenn er nur irgendeinen, sei es noch so winzigen Anteil an der Ausübung der Regierungsgewalt hatte. War das Opfer an der Regierung gänzlich unbeteiligt, so mußte es zumindest in einer Führungsposition sein und eine Rolle bei der Verteidigung der bestehenden Ordnung spielen. Schließlich genügte es, wenn das Opfer im Bildungswesen tätig war, denn auch dem Bildungssystem lassen sich staatstragende Funktionen zuschreiben. Wenn wir also von den durch die historische Situation gegebenen Bedingungen des Terrorismus ausgehen und uns daran erinnern, daß es um Mord in der Maske der Pflicht, der Entsagung und des gerechten Zorns ging, so führen uns all unsere logischen Überlegungen, die wir unabhängig von der bekannten Faktographie der Morde anstellen, doch wieder zu dieser hin, zu ihren taktischen Details und zu der Tatsache, daß die hochfliegenden Aspirationen der Mörder einen Dämpfer nach dem anderen erhielten, bis sie sich schließlich mit Opfern zufriedengeben mußten, die in der gesellschaftlichen Hierarchie einen immer »geringeren« Rang einnahmen. Was die Ideologie anbelangt, so wurde sie aus dem zusammengezimmert, was gerade zur Hand war. Selbst die schon erwähnten Namen der Gruppierungen sind bei der Linken gestohlen, weil die Revolution sehr hoch im Kurs stand, weil der kompromißlose Revolutionär zum Helden unserer Zeit geworden war. Seine Haltung, seine Gesten und seine Rhetorik hatten sich diejenigen zu eigen gemacht, die nach dem Tod griffen – diesem Fremdkörper der hedonistischen Zivilisation. Zynismus, plagiatorischer Charakter und X-Beliebigkeit der schlecht und recht zusammengeschusterten Argumente für den Terror fallen nur dem Wissenschaftler auf, der sie unter die

Lupe nimmt. Die Bewegung fühlte sich subjektiv weder zynisch, noch verlogen, noch – und das ist das wichtigste – hatte sie das Gefühl, sich lediglich hinter der Maske des authentischen Kampfs für die Verbesserung der Welt zu verbergen. Die Tatsache, daß sie ihrem Gegner – dem Staat – Faschismus, Gestapomethoden und Hitlers Erbe vorwarfen und sich links von den Kommunisten plazierten, weil sie päpstlicher als der Papst sein wollten, hat die Diagnostiker am meisten verwirrt, denn sie nahmen diese Anklagen für bare Münze, vielleicht nicht jedes Wort, aber doch die zugrundeliegende Intention. Selbstverständlich, die Bewegung war anders als ihre Vorläufer beim uneigennützigen Mord, sie entwickelte sich ja auch unter anderen Bedingungen. Sie übernahm nicht den Kitsch der Nazizeit, denn der Untergrund kann keine eigene Gala, keine eigenen Paraden, Prachtgebäude, Kanzleien und Zeremoniells haben. Die Kompensation dafür in der Illegalität war die Aura der Macht, die die hysterisch gewordenen Massenmedien bereitwillig zugestanden. Wenn man allerdings nach ätiologischer Exaktheit strebt, so ist zu sagen, daß der Nationalsozialismus zwar ein Vorläufer, nicht aber die Quelle des Terrorismus war – die Quelle beider Bewegungen liegt tiefer: Der Tod, der anderen mit kaltblütiger Entschlossenheit pflichtgemäß zugefügt wird, hat in der Kultur dank seiner sekundären Utilisierung wieder einen erhabenen Platz erobert, denn weggestoßen von der Kultur und aus ihr verbannt, ist er zurückgekehrt.

In einem totalitären Staat, in dem alles Menschliche verstaatlicht wurde, hatte nur die Führungsspitze das Recht, Opfer auszuwählen. In einem Staat mit großen persönlichen Freiheiten waren die selbsternannten Liquidatoren des Bösen frei darin, das Böse zu identifizieren und zu verfolgen. Diese Korrelation erklärt die Verwandtschaft beider Formationen – sie liegt in der Absolution, die sich die Mörder erteilen, denn der totale Gehorsam gegenüber Autoritäten schließt ebenso wie die totale Negation jeglichen Gehorsams das Gewissen aus, wenn es um die Prüfung der eigenen Taten geht. So gelangen beide auf verschiedenen Wegen zum identischen, blutigen Finale.

Exekutiv, aber nicht revolutionär orientiert, übernimmt der Terrorismus von der Linken nur das, was seinen Taten als ideologisches Feigenblatt dienen kann; ausgestrichen oder ausgelassen wird dagegen alles, was den Mord, sein Lebenselement, erschweren oder vereiteln könnte. Die Zukunft, der er Menschenopfer bringt, ist für ihn ebenso ein Transparent, das all seine Taten legalisiert, wie es die Vision des »Tausendjährigen Reichs« für den Nationalsozialismus war.

Terroristen, die aus der Bewegung austreten und die organisatorische Verbindung zu ihr verlieren, verlieren gleichzeitig das Verständnis für die Motive, die einmal der Motor für ihre jahrelange, fanatische Aktivität waren. Wenn sie schließlich »auspacken« und ihre Gesprächspartner mit angehaltenem Atem auf eine Sensation warten, dann kommt dabei nicht mehr heraus als Klatsch und Geschwätz über die Führer der Bewegung, ebenso platt und banal wie die Berichte über die einfältigen »Tischgespräche« Hitlers im Kreise seiner engsten Mitarbeiter. »Aber Hitler« – heißt es an dieser Stelle im Text – »beging Selbstmord *vor* seiner Gefangennahme.« Vergeblich ist die Hoffnung, in Geheimnisse eingeweiht zu werden; es erweist sich, daß Berichte die Situation, in der man anderen den Tod zufügen konnte, nicht adäquat wiedergeben, denn im Töten, nicht aber in den Köpfen der Mörder liegt das Geheimnis verborgen. Alles kann platt, abgeschmackt und erbärmlich zusammengeschustert sein, wie das Bestreben – der Nazis und der Terroristen – standrechtliche Exekutionen zu vermeiden, denn das Töten an Ort und Stelle ist ein typisches Merkmal des gemeinen Mords, dessen Anschein doch vermieden werden sollte. Darum führte man die Opfer zu den Hinrichtungsstätten, es sei denn, sie wehrten sich, was man äußerst ungern sah; jeder Widerstand ist eine Beleidigung der Gerechtigkeit, und den Terroristen war mehr noch als den Nazis daran gelegen, den Schein eines rechtmäßigen Gerichtsverfahrens und Urteils zu wahren, da sie – staatlicher Souveränität beraubt – selbst dafür sorgen mußten, die eigene Autorität zu stärken. Aber keiner, den sie ausgewählt haben um ihn zu verurteilen, erhielt und erhält jemals ein faires Verfahren. Seine hundertprozentige Schuld steht immer von vornherein fest. In dieser Unfehlbarkeit kommt der Terrorismus dem Papsttum des Völkermords gleich, zu dem der Nationalsozialismus werden wollte. Keine Überredungskünste und Appelle, kein Flehen, keine Berufung auf menschliche Solidarität oder mildernde Umstände, keine Bitten um Barmherzigkeit, keine Beweise für die Sinnlosigkeit oder praktische Nutzlosigkeit des Mords, keine Argumente können die Mörder von ihrem Weg abbringen, denn sie verfügen über ein ganzes Arsenal von vornherein feststehender Begründungen, das sie Milde und Mäßigung mit der gleichen Bösartigkeit bewerten läßt, mit der sie die Antiextremistengesetzgebung oder die Politiker konservativer Repressionen beurteilen. Der Panzer der Selbstrechtfertigung, mit dem sich die Terroristen umgeben, ist dann völlig undurchdringlich, wenn jeder Typ des Verhaltens der Gegenseite als ein neuerlicher Beweis ihrer Schuld angesehen wird. Nur hiermit ist es zu erklären, daß sich die ehemaligen Angehörigen der SS bei ihren Jubiläumstreffen immer außerordentlich wohl fühlen, und daß die Sektenmitglieder, die den Alptraum des Massenselbstmords von Guyana überlebt haben, nach wie vor unerschütterlich an das Charisma ihres scheußlichen Propheten glauben.

Äußerlich dem pseudopolitischen Extremismus ähnlich, begünstigt jede wirklich oppositionelle Bewegung, die rechtschaffene Motive zum Kampf gegen tatsächliche Unfreiheit oder Ausbeutung hat, ohne es zu wollen, die Fälscher, die Mord als ein Instrument des Kampfes für das Gute ausgeben; weil sie die bei der Analyse der Ereignisse herrschende Verwirrung vergrößert und die notwendige Differenzierung zwischen nur scheinbarer und tatsächlicher Schuld erschwert oder gänzlich unmöglich macht – und wer auf dieser Welt ist schon gänzlich unschuldig wie ein Engel? So entsteht ein Mimikry-Spiel, dessen Effizienz erstaunlich ist. Simulierte Motive lassen sich nicht mehr von echten unterscheiden, und zwar nicht so sehr deshalb, weil die Simulanten perfekte Schauspieler sind, sondern weil das Gewissen der Gesellschaften, die den Terrorismus der Nachkriegszeit in sich hervorgebracht haben, nicht ganz rein ist.

Letztlich werden mörderische Aggressionen durch mörderische Repressionen abgewehrt. Die Polizei schießt, bevor sie sich legitimiert, die Demokratie muß zu ihrer Rettung bis zu einem gewissen Grade auf sich selbst verzichten, so daß der Extremismus, der ja mit gefälschten Beweggründen angetreten ist, schließlich Reaktionen hervorruft, die seine fingierten Anklagen in stichhaltige verwandeln. Pragmatisch betrachtet ist das Böse erfolgreicher als das Gute, denn bei dem gegebenen Kräfteverhältnis muß das Gute sich selbst verleugnen, um das Böse in seine Schranken zu verweisen, d. h. es gibt bei diesen Auseinandersetzungen keine siegverheißende Strategie, die makellos wäre, da das Recht nur in dem Maße siegen kann, in dem es sich dem von ihm bekämpften Unrecht anpaßt.

Die Lektion, die der Nationalsozialismus unserer Epoche erteilte, wurde also nicht vergessen. Man kann einen totalitären Staat des Verbrechens mit Gewalt zerschlagen, wie dies mit dem Dritten Reich geschah. Dann aber zerstreuen sich die Urheber des Verbrechens in alle Winde und scheinen sich in Luft aufzulösen; sie verschwinden mit Ausnahme einer Handvoll Leute, die den Völkermord an höchster Stelle geplant haben sowie einiger niedriger Chargen, denen man nachweisen konnte, daß Blut an ihren Händen klebt; aber diese Saat geht nicht daran zugrunde, daß sie verstreut wird. Durch die progressive Generalisierung bei der Auswahl der Schuldigen hat sich der Prozeß bereits erfüllt und seinen logischen Abschluß erreicht. Vom Lager, in dem Menschen unter Zwang gequält und gepeinigt wurden, verlief dieser Zyklus der Eschatologie des 20. Jahrhunderts bis hin zum Lager der freiwilligen Hinrichtungen in Guayana. In diesem letzten Schritt verschmolzen die Henker mit den Opfern zu dem Beweis, daß jeder schuldig ist, und daß die Ausgangssituation der Ratlosigkeit zurückgekehrt ist, denn das in derartigen Ablegern sichtbare Erbe des Verbrechens erweist sich als resistent gegen einen derart brutalen Eingriff, wie es der Sturz der Tyrannei ist. Der Doktor der Philosophie, der Historiker und Anthropologe Horst Aspernicus, dessen Vorname uns unwillkürlich an einen anderen Horst erinnert, schließt seine Arbeit nicht mit dem Rezept für ein universelles

Heilmittel gegen die geschilderte Endemie des Nihilismus ab. Er ist der Meinung, seine Aufgabe sei beendet, da er die scheußlichen Zusammenhänge zutage gefördert hat, die den bösartigen Tumor des Völkermords mit den individuellen Metastasen im Schoße der europäischen Zivilisation genetisch verbinden. Sein Versuch einer Integration des Nationalsozialismus in die Ordnung der mediterranen Kultur, der es verbietet, dieses Phänomen als eine Ausnahme von der Regel zu behandeln, als alptraumartigen Exzeß, der ebenso plötzlich, wie er ausgebrochen war, auch wieder verschwand, ohne giftige Spuren zu hinterlassen – sein Versuch wird, wie zu befürchten steht, zum festen Bestandteil unseres Wissens über den modernen Menschen werden, selbst dann, wenn die Seuche, die hier einer scharfsinnigen Analyse unterzogen wurde, endlich gebannt sein sollte.

Der Gegenstand, dem Doktor Aspernicus sein zweibändiges Werk gewidmet hat, betrifft das, was er als den Platz des Todes in der Rangordnung der Kultur bezeichnete. Es ist außerordentlich schwer vorherzusagen, ob der Stellenwert des Todes weiteren Schwankungen unterworfen sein wird, und welche künftigen Folgen dies haben würde. Denn der Prozeß hat bereits seinen ganzen Zyklus durchlaufen, da das Böse nacheinander überall dort lokalisiert wurde, wo seine Lokalisierung nur denkbar erschien, und da die Eröffnung des nihilistischen Spiels, die durch die Paranoia des Nationalsozialismus erfolgte, bereits bis zu ihrem logischen Ende gelangt ist, nämlich bis zum kollektiven suizidalen Wahnsinn. Was bleibt der Menschheit noch zu tun auf diesem düsteren Arbeitsfeld? Welche Spiele mit dem Tod wird sie noch ersinnen, der einmal verschleiert erscheint, das andere Mal aber aufreizend wirkt durch blutigen Striptease? Diese Frage ohne Antwort beschließt die »Geschichte des Völkermords«.

Krakau, März 1980 – Februar 1981

Quellen- und Übersetzernachweise

Eine Minute der Menschheit. Eine Momentaufnahme. Aus Lems Bibliothek des 21. Jahrhunderts
Originaltitel: *One Human Minute*
Aus dem Polnischen von Edda Werfel
suhrkamp taschenbuch 955. Phantastische Bibliothek Band 110

Waffensysteme des 21. Jahrhunderts oder The Upside Down Evolution (Die verkehrte Evolution). Aus Lems Bibliothek des 21. Jahrhunderts
Originaltitel: *Weapon Systems of the 21st Century or The Upside Down Evolution*
Aus dem Polnischen von Edda Werfel
suhrkamp taschenbuch 998. Phantastische Bibliothek Band 124

Das Katastrophenprinzip. Die kreative Zerstörung im Weltall. Aus Lems Bibliothek des 21. Jahrhunderts
Originaltitel: *The World as Holocaust*
Aus dem Polnischen von Friedrich Griese
suhrkamp taschenbuch 999. Phantastische Bibliothek Band 125

Provokation. Besprechung eines ungelesenen Buches
Titel des erstmals 1980 in den Nummern 7 und 8 (Juli und August) der Monatszeitschrift *Odra* erschienenen polnischen Originals: *Prowokacja*
Autorisierte Übertragung aus dem Polnischen von Jens Reuter
Bibliothek Suhrkamp 740